KB104743

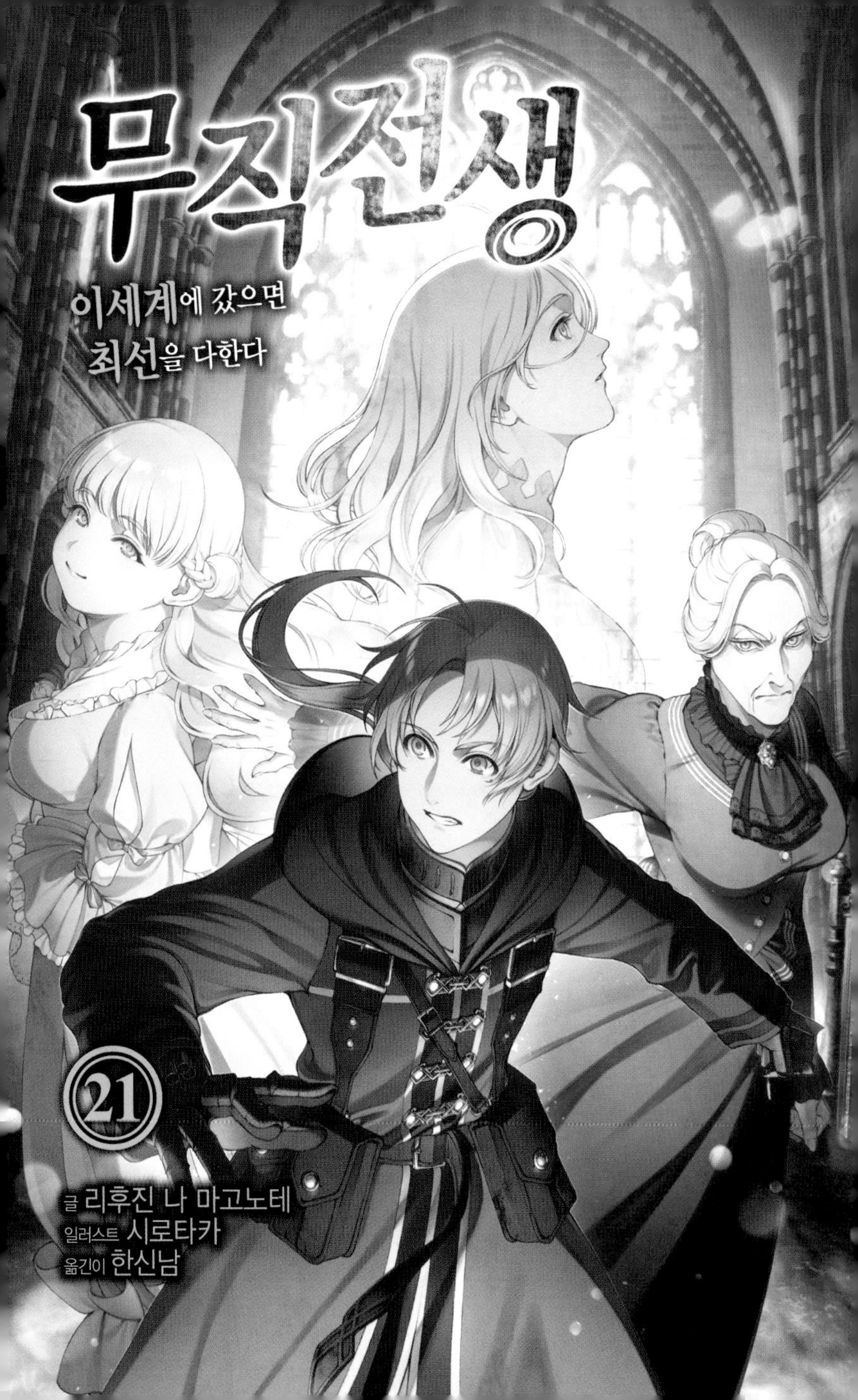
무직전생
이세계에 갔으면
최선을 다한다
21
글 리후진 나 마고노테
일러스트 시로타카
옮긴이 한신남

클레어

제니스

기스

인물소개

"팔이여, 빨아들여라."

무직전생

이세계에 갔으면
최선을 다한다

㉑

글 리후진 나 마고노테   일러스트 시로타카   옮긴이 한신남

無職転生　～異世界行ったら本気だす～ 21

ⓒRifujin na Magonote 2019
First published in Japan in 2019 by KADOKAWA CORPORATION, Tokyo.
Korean translation rights arranged with KADOKAWA CORPORATION, Tokyo.

이 책의 한국어판 저작권은 일본 KADOKAWA CORPORATION과의 독점 계약으로
(주)학산문화사에 있습니다.
저작권법에 의해 한국 내에서 보호를 받는 저작물이므로 불법 복제와 스캔 등을 이용한
무단 전재 및 유포 시 법적 제재를 받게 됨을 알려 드립니다.

CONTENTS

제21장   제니스 편

제1화	시치미를 떼다	12
제2화	외통수	44
제3화	뒤집어서 구슬을 줍다	75
제4화	세계 나가다	106
제5화	망설일 이유가 어디 있을까	134
제6화	집안을 위해, 딸을 위해	169
제7화	은혜를 위해	198
제8화	배신자를 놓치고	230
막간	광검왕과 신의 아이	253
막간	테레즈의 맞선	275
막간	원숭이와 늑대	296

"아무리 틀려먹었더라도 부모는 부모."

Even if it's wrong, it's affection.

글 : 루데우스 그레이랫

옮김 : 진 RF 매곳

제21장

제니스 편

제1화 시치미를 떼다

모험가 구역에 도착했다.

내 마술을 이용해서 도약했는데, 거듭된 훈련으로 거의 실패없이 착지해서 이번에는 다리가 부러지지 않았다.

시간은… 이동을 시작하고 십여 분 정도 지났을까.

제니스가 사라진 후로 이미 몇 시간이 경과했다.

얼른 제니스를 찾으러 가야….

"휴우."

그렇게 마음이 급해지기도 했지만, 그 전에 상황을 재확인하자.

크리프의 집에 돌아오니 제니스가 사라진 상태였다.

아무래도 기스가 데리고 나간 모양이다. 시간이 지나면 돌아올 거라고도 생각했지만, 해가 저물어도 돌아오지 않았다.

기스는 S급 모험가지만 거친 일에는 약하고 마족이다.

이곳 미리스 신성국이 마족을 박하게 대한다는 사실은 모두가 알고 있다.

기스는 수족에 가까운 외모니까 그렇게 박해를 받지 않은 모양이지만, 경우에 따라서는 심신상실의 여성을 유괴했다는 오해를 사서 위병들에게 붙잡혔을 가능성도 있다.

게다가 마족이 제니스와 함께 있는 것을 라트레이아 가문이 알게 되면 어떻게 할까….

　라트레이아 가문의 클레어는 현재 상태의 제니스를 억지로 누군가와 결혼시키겠다는 말도 안 되는 소리를 하는 할망구다. 무슨 짓을 할지 모른다.

　아무튼 만일의 경우도 있으니 서둘러 찾아서 보호해야만 한다.

　"좋아, 가자, 아이샤."

　"오빠, 자, 잠깐만…."

　아이샤는 다리를 부들부들 떨더니 털썩 주저앉았다. 아무래도 힘이 빠진 모양이다.

　"기다릴 시간 없어, 얼른."

　"아, 알았어. 하지만, 하다못해, 지상을 달려서…."

　아이샤는 높은 곳이 싫은가. 미안한 짓을 했군.

　내 가족 중에는 높은 곳을 싫어하는 사람이 많은 모양이다.

　실피도 고소공포증이 있고, 나도 높은 곳을 그리 좋아하지 않는다. 에리스만큼은 높은 곳을 좋아하는 모양이지만.

　그렇긴 해도 지금은 그걸 이해해 줄 시간이 없다.

　"지상을 달리다간 교통사고가 일어나. 자, 얼른 어머니를 찾으러 가자."

　없어진 제니스나 혹은 제니스를 데려간 기스를 찾아야만 한다.

지금 상태의 제니스를 방치할 수는 없다.

"우우… 못 걷겠어."

"자, 업어줄 테니까."

"이젠 안 날아?"

"안 날아."

털썩 주저앉은 아이샤를 업고 수색을 시작했다.

하지만 모험가 구역은 넓다. 어디서부터 찾아야 할까.

"오빠, 주점으로 가자. 밥 시간이니까 어디서 밥을 먹고 있을지도."

"응, 그래."

아이샤의 조언에 따라 길을 달렸다.

길가에 있는 주점들을 살피면서 제니스와 기스의 모습을 찾았다.

식사시간이기 때문에 손님은 많았지만, 일일이 손님 전원의 얼굴을 볼 필요는 없었다. 점원에게 물어보면 가게에서 들이는 시간을 절약할 수 있다.

멍한 얼굴을 한 여자와 원숭이 얼굴의 마족. 눈에 띌 테니까 목격 정보가 분명히 있을 거라고 생각했다.

이미 해는 저물었지만 모험가 구역에는 아직 사람이 많았다.

사냥감을 들고 의뢰에서 돌아온 모험가. 그 모험가와 거래를 하는 상인. 일을 마치고 식사하러 가는 모험가. 그 모험가를 부르는 숙소나 주점의 점원들. 싸우는 소리도 들려왔다.

시간이 시간인지라 마차가 오가는 일은 별로 없었다.

그렇다면 제니스가 혼자서 멍하니 돌아다니다가 마차에 치일 가능성은 낮다.

그건 안심할 수 있다.

"원숭이 얼굴? 아, 기스 말이야? 그 녀석이라면 '봄의 숲속의 햇살'에서 봤는데?"

세 번째 가게에서 정보가 나왔다.

기스가 이 나라에 온 뒤로 그럭저럭 세월이 지났다.

그 녀석이라면 여기저기에 얼굴을 팔았겠지.

"여자를 데리고 있지 않았습니까?"

"여자…? 글쎄…?"

점원은 고개를 갸웃거렸지만, 아무튼 가 보면 알겠지.

나는 점원에게 그 가게의 위치를 듣고 감사의 표시로 동전을 하나 쥐어준 뒤 '봄의 숲속의 햇살'로 향했다.

조금 안 좋은 예감이 들었다.

'봄의 숲속의 햇살'이 있는 곳은 분위기가 안 좋았다.

길가에 창부인 듯한 여자가 있고, 저속한 표정의 남자들이 품평이라도 하듯이 돌아다녔다. 아마도 사창가가 근처에 있는 거겠지. 미리시온에도 이런 동네가 있군….

그렇긴 해도 여자들이 신기한 기색으로 우리를 보았다.

나와 아이샤처럼 조용한 분위기를 가진 인물은 붕 떠 보이는 걸까.

"하하! 여어! 그건 무슨 플레이야?"

싹싹하게 말을 붙여오는 이도 있었다.

내가 무슨 플레이를 하냐니. 분명히 나는 일류 플레이어를 목표로 하지만, 지금은 침대 위도 아니고, 딱히 플레이를 하는 것도….

"저기, 오빠, 창피하니까 이제 내려줘!"

아니었다. 내 등에 업힌 아이샤가 신기한가 보다.

아이샤를 내려주자 시선은 사라졌다.

봄의 숲속의 햇살.

가게의 외관은 평범한데 불량한 녀석들이 드나들었다.

과거의 나라면 가게에서 나온 거친 얼굴의 남자에게 쫄았겠지.

하지만 나도 이 세계에 온 뒤로 꽤나 강해졌다. 이런 가게도 두려움 없이 드나들 수 있다. 솔직히 말해서 샤리아의 루드 용병단 사무소 쪽이 더 위압감 있을 정도다.

하지만 이런 곳에 제니스가 있을지도 모른다는 사실에 불안해졌다.

기스 녀석, 무슨 생각을 하는 거야….

혹시 무슨 착각으로 제니스를 사창가에 팔아넘기려고 했다면, 아무리 기스라도 용서하지 않겠다.

팔 둘과 다리 둘 정도는 각오해라.

"어서 옵쇼!"

입구를 통해 들어가자 시끄러운 소리와 함께 점원의 씩씩한 목소리가 울렸다.

딱히 배타적인 분위기는 아니었다. 질이 안 좋아 보이는 것은 겉모습뿐이고, 안은 밝은 분위기였다.

손님도 그렇게 거친 이들만 있는 게 아니라 평범한 모험가도 많아 보였다.

나는 빠르게 주위 손님들의 얼굴을 확인하면서 점원에게….

"거기서 내가 재치를 부려서 말했지. '어쩌면 세 전이마법진은 모두 덫이고, 달리 통로가 있는 거 아냐?'라고."

물어볼 것도 없었다.

안쪽, 원숭이 얼굴의 남자가 술을 마시면서 젊은 모험가를 상대로 자랑인지 뭔지를 떠들고 있었다.

젊은 모험가는 머리칼이 뾰족뾰족하게 선 소년, 코에 피어스를 한 장발의 소년, 눈이 쳐지고 머리를 화려한 색깔로 물들인 소녀, 그렇게 세 명이었다. 뭔가 좀 건방진 느낌이었다.

제니스의 모습은 없었다.

주위를 둘러봐도 역시 제니스의 모습은 없었다.

"그랬더니 내가 예상한 대로… 있었단 말이야, 보스방으로

가는 숨겨진 통로가….”

테이블 근처에 서자, 기스가 나를 알아봤다.

순간 기스의 표정이 변했다. '아, 이런.' 이란 얼굴이다.

“기스.”

“여, 여어, 선배. 마, 마침 네 이야기를 했어. 어이, 너희들, 이 사람이 '진흙탕'이야.”

세 사람이 놀란 얼굴로 나를 보았다.

소녀는 자기 가슴을 누르면서 의자에 앉은 채로 뒤로 물러났다.

뭐야…. 나에 대해 어떻게 말한 거야. 여자가 저런 태도를 보이면 나도 조금은 상처 받는다고.

뭐, 됐어. 그런 것보다도 물어봐야 하는 게 아주 많아.

어떤 것부터 물어볼까…. 좋아, 일단은 인신이 관여하지 않았는지 떠볼까.

“기스…. 아쉬워. 네가 내 적이었다니.”

“뭐? 무슨 소리야.”

“다 들었겠지? 그 녀석이 꿈에서 말했겠지? 이렇게 되었을 때 내가 어쩔지도.”

“어이어이, 무슨 소리야? 꿈? 뭐?”

실실 웃으면서 시치미를 떼려는 기스에게 손가락을 내밀며 마력을 담았다.

스톤 캐논이 생성되어 고속 회전을 시작했다. 키이잉 하고

드릴 같은 소리가 주위에 울렸다.

젊은 모험가들이 놀라서 자리에서 일어났다.

"움직이지 마."

녀석들은 그 한마디에 굳어 버렸다.

그 뒤에 기스의 눈을 바라보며 다시 한번 말했다.

"무슨 소리를 들었는지 다 자백해 봐. 그러면 목숨만큼은 살려 주지."

"어, 어이, 지, 지, 진짜냐, 그, 그만해…. 미안해! 뭐가 어떻게 된 건지 모르지만, 내가 잘못했으니까, 그거 좀 치워 줘!"

손가락을 뒤로 살짝 뺐다.

그러자 기스는 곧바로 의자에서 뛰어내려서 그 자리에 엎드렸다.

그리고 그대로 체면이고 뭐고 없이 사과했다.

"내, 내가 뭔가 잘못을 했겠지! 선배를… 아니, 루데우스 씨를 화나게 한 거야! 사과할게! 이렇게! 하지만 짚이는 데가 없어! 일단 그걸 가르쳐 줘! 무슨 잘못을 했는지 모르지만, 사과할 수밖에 없지! 진짜로 미안해!"

뭔가 얼떨떨해졌다.

예상과는 반응이 너무 달랐다.

인신의 사도가 아닌 걸까.

아니, 아직 판단할 수 없다.

하지만 지금까지 신세졌던 상대가 이렇게 눈앞에서 꾸벅대는 모습을 보니… 미안한 마음이 드는군.

"…내 어머니를 어떻게 했지?"

"어?"

기스는 고개를 들고 갸웃거렸다. 취기가 돈 얼굴이었지만, 놀란 표정.

이게 연기라면 대단하군.

"어머니 말이야. 제니스 그레이랫."

"…제니스? 아니, 동네를 구경한 뒤에 바로 돌아갔는데?"

"돌아오지 않았으니까 내가 여기에 온 거야."

팔짱을 끼고 그렇게 말하자, 소년 한 명이 웃었다.

돌아보니, 아이샤가 옆에서 나와 같은 포즈로 끄덕이고 있었다. 장난칠 상황이 아니니까 우연이겠지. 소년을 노려보자, 그는 힉 소리를 내며 몸을 굳혔다.

정말이지 기스는 나에 대해 뭐라고 떠들고 다닌 거야….

"어어… 하지만… 분명히 돌아갔는데?"

"어디까지?"

"어디까지냐고 해도 모험가 구역의 입구 근처야. 거기서 너희 집 사람이 마중 나왔기에 그쪽에 맡겼어."

……뭐?

사람? 우리 집 사람?

나와 크리프는 계속 교단 본부에 있었다. 아이샤는 장을 보러 나갔고, 웬디는 집에서….

아니, 잠깐.

우리 집이 아니다.

"그건 라트레이아 가문 사람이었어…?"

"그래, 가문의 문장도 분명히 확인했거든? 틀림없이 라트레이아 가문 사람이었어."

심장이 뛰었다.

라트레이아 가문 사람이, 제니스를, 데리고 돌아갔다.

진정해. 정리해. 일단 기스가 제니스를 데리고 나갔다. 그건 왜지?

"너는 뭘 위해 어머니를 데리고 나갔지?"

"뭘 위해서냐고 해도, 제니스와 선배도 오랜만이니까 이야기나 좀 할까 하고…."

변덕이냐.

오케이, 앞뒤는 맞아…. 아니, 잠깐, 이상해.

"너, 왜 크리프의 집을 알고 있지?"

"처음에는 라트레이아 저택으로 갔어. 뭐, 별로 가고 싶지 않은 곳이지만, 선배의 이름을 대면 괜찮을까 하고…. 그랬더니 너랑 제니스는 사정이 있어서 다른 집에서 묵는다며 거기로 가라고 하더군. 그래서 일부러 거기까지 갔지."

"신성 구역에 들어가는 걸 싫어했으면서?"

"마족이 이유도 없이 어슬렁거리면 무슨 짓을 당할지 모를 뿐이지, 죽어도 못 들어가는 건 아냐."

기스의 변명이 조금 약해졌다.

모호하다. 술을 마신 탓도 있겠고, 혼란스러운 것도 있겠지.

"……."

하지만 알았다. 무슨 일이 일어났는지는 지금 대화로 알았다.

즉, 이야기의 흐름은 이렇다.

일단 어제, 내가 라트레이아 저택에서 화를 내며 그 집을 뛰쳐나왔다. 하지만 걸어서 돌아온 우리에게 미행이 붙은 거겠지. 멍청하게도 나는 그걸 모른 채 체재 장소를 들켰다.

그렇기는 해도 라트레이아 가문과 그리몰 가문은 서로 적대하는 파벌 사이다. 찾아가서 제니스를 넘기라고 해도 문전박대당할 것은 상상하기 어렵지 않다. 그렇다고 그리몰 가문을 습격하는 건 정세를 보더라도 어렵겠지. 마족 배척파가 우세라고 해도 사소한 일 하나가 실각으로 이어질 수 있기 때문이다.

그래서 라트레이아 가문은 기스를 이용했다.

라트레이아 저택에 어슬렁어슬렁 찾아온, 아무것도 모르는 마족 남자.

본래 내쫓아야할 존재지만, 그것은 동시에 마족 배척파인 자신들이 쓸 리가 없는 말도 될 수 있다.

그걸 이용하여 제니스를 밖으로 유인했다.

기스가 데리고 나온 제니스를 바로 확보하지 않았던 것은 호위가 있는지 고려했던 것이겠지.

하지만 호위는 없었다. 나는 외출했고, 운 나쁘게 아이샤도 외출했다.

최종적으로 라트레이아 가문은 운 좋게도, 실로 간단하게 제니스를 확보했다.

이제 내가 무슨 소리를 해도 시치미를 뗄 수 있겠지.

기스? 모르는 사람이네요. 애초에 그런 더러운 마족을 우리가 알 리가 없지 않습니까? 라고.

납치해 온 제니스는 어딘가에 숨기면 된다.

옆에 사람을 한 명 붙이면 감금하는 건 간단하다.

"어, 어이, 선배. 왜 그래⋯."

"⋯아니. 너, 크리프네 집 위치를 들을 때 라트레이아 가문 사람에게 무슨 소리를 들었지?"

"어? 음, 제니스도 고향에 오랜만에 왔으니 동네 구경을 하고 싶을 테니까, 집에 있으면 데리고 나오라고⋯."

기스를 탓할 수는 없다. 그는 아무것도 몰랐다. 라트레이아 가문에 간다는 것과 거기서 머물 거라고 말한 것은 나다.

내가 집에 있다고 생각했으면, 라트레이아 가문이 기스에게 매몰차게 대응하지 않더라도 의문스럽지 않겠지.

그런 상태에서 이런저런 말을 들으면 조종당하는 것도 어쩔 수 없다.

멍청한 것은 나다. 역시 제니스는 오늘이라도 집으로 돌려 보내야 했다.

라트레이아 가문을 방문하고 난 시점에서 제니스가 미리시온에 있을 필요는 없었다. 시간이 걸리게 되지만, 먼저 제니스를 집에 돌려보내고 다시 준비해서 미리시온 공략에 덤벼야 했다.

시간적으로 여유가 없는 것도 아니었는데, 약점이 되는 존재를 근처에 놔둔 것은 잘못이었다.

모든 것이 끝난 뒤, 몰래 제니스를 데리고 관광하러 오면 되는 것이었다.

하지만 아무리 분하게 여겨도 소용없다.

아무튼 지금은 제니스를 되찾아야만 한다.

"기스… 실은….."

나는 기스에게 일의 전말을 말하고 협력을 요청하기로 했다.

이런 상황이니 이 녀석의 힘도 있는 편이 좋겠지. 이용당했다고 해도 이 녀석에게도 책임의 일부가 있으니까. 방금 전의 대화를 돌아보자면 인신의 사도는 아닌 것 같고.

"…진짜냐."

모든 이야기를 마쳤을 때, 기스는 씁쓸한 얼굴을 하고 있었다.

"그래, 분명히 조금 이상하다 생각했어. 라트레이아 가문이 선배의 중개도 없이 흔쾌히 위치를 가르쳐 주었고… 분명히 선배가 이야기를 해 놓은 거라고 생각했는데… 밖으로 데리고 나오라는 것도 그런 건가…."

약간 어긋난 정보. 그것이 상대에게 파고들 틈을 주었다.

하지만 누구에게든 실수는 있다.

얼른 바로잡자.

"알았어. 그런 거라면 나도 협력하지."

"부탁해."

기스를 동료로 삼고 우리는 곧바로 라트레이아 저택으로 향하기로 했다.

반쯤 헛수고라고 생각하면서도.

라트레이아 가문에 도착했을 때에는 이미 주위가 고요해졌다.

저녁식사 시간도 끝나고, 취침 시간으로 접어들려는 시간대였다.

서둘러 온다고 왔지만, 사람을 둘이나 데리고 이동하다보니 아무래도 시간이 걸린 것이다.

아이샤가 반쯤 울상을 하고 "오빠 거짓말쟁이⋯."라고 중얼거린 것은 넘어가자.

"아직 안 자고 있군."

라트레이아 저택에는 아직 불이 켜져 있었다.

하지만 문 앞에는 아무도 없었다. 초인종도 없다. 집안사람을 부르고 싶을 경우 어떻게 하면 될까.

크게 소리라도 치면 되나?

…손님이 오면 어쩔 생각이지? 아니, 이런 시간에 오는 손님은 처음부터 사절이라는 거겠지.

에잇, 모르겠다.

"루데우스입니다! 누구 없습니까!"

나는 문을 쾅쾅 두드리면서 크게 소리 질렀다.

이웃에게 폐가 되어도 알 바 아니다.

대의라고는 할 수 없지만 명분은 있다.

혹시 라트레이아 가문이 제니스를 유괴했다면 잘못은 저쪽에게 있다.

혹시 라트레이아 가문이 제니스를 유괴하지 않았다면, 기스에게 온 라트레이아 가문 사람은 가짜고, 진짜로 제니스가 유괴당한 것이 된다.

나는 이 집안과 연을 끊었지만, 라트레이아 가문을 사칭하였다면 이쪽으로서도 문제겠지.

"……."

하지만 대답이 없었다. 나는 계속 문을 두들기며 소리를 질렀다.

금속 격자문은 마도갑옷의 주먹을 얻어맞아 조금씩 일그러졌다.

"어머니 일로 이야기를 하고 싶습니다!"

하지만 역시 대답은 없었다.

아예 부숴 버릴까?

"안 나오면 문을 부술 겁니다!"

일단 그렇게 말한 뒤에 나는 오른손에 마력을 넣었다.

이 정도의 문으로 나를 막을 수 있다고 생각하면 오산이다.

"어, 어이, 선배, 기다려! 부수는 건 안 돼."

제지당했다.

부수는 건 심했나. 흥분했던 모양이다.

하지만 마음이 급하긴 하다. 어제 클레어는 제니스를 다른 집안과 결혼시켜서 아이를 낳게 하겠다는 말을 했다. 상대를 찾아서 결혼식을 올리고 살 곳을 정하고 자식을 만든다….

그렇게 생각하면 시간은 있다. 서두를 것 없다.

라트레이아 가문의 동향을 뒤쫓으면 언젠가 제니스에게 도달할 수 있겠지.

하지만 여기에 한 가지 문제가 있었다.

아이를 만든다는 부분을 주목하면, 어머나, 신기해라.

남자와 여자를 침대로 보내면 30분 만에 가능하기도 하다.

그리고 세상에는 '기정사실'이라는 단어도 존재한다.

제니스를 찾아냈을 때에는 이미 뭔가가 짓밟혔을 가능성도 있다.

자기 딸에게 그런 짓까지는 안 하리라고 믿고 싶지만, 심신 상실 상태가 된 딸을 결혼시키겠다는 소리를 하는 할망구의 생각은 예측 불가능이다.

그러니까 서둘러야 한다.

하지만 문을 부수는 건 성급하겠지.

스톤 캐논이라도 쏘면 단방에 해결이지만, 크게 소리를 내면 사람을 부른다. 이 나라의 법률은 잘 모르지만, 문을 파괴하고 무죄일 리는 없겠지. 사람이 모이고 위병이 오고 범죄자가 되면 교황이나 크리프에게도 여파가 갈 거다.

앞날을 생각하고 행동해야만 한다.

"그래. 여기서는 흙 마술로 문을 열고 슬며시….."

"슬며시 뭘 할 생각입니까?"

그 목소리는 문 너머에서 들렸다.

어느 틈에 격자문 너머에 다섯 명의 남녀가 서 있었다.

병사가 세 명에 집사가 한 명. 그리고 고상한 옷을 입은 노파가 한 명이었다.

"이렇게 밤늦게, 이곳에 대체 무슨 일입니까?"

"……."

클레어 라트레이아.

내 목소리를 듣고 나온 걸까, 아니면 미리 준비를 했던 걸까….

"클레어 씨… 이건 좀 수단이 더럽지 않습니까?"

"무슨 이야기입니까?"

"기스를 이용해서 어머니를 납치한 것 말입니다."

그렇게 말하자 클레어는 기스를 보고 눈썹을 찌푸렸다.

"납치? 무슨 이야기인지 전혀 모르겠군요."

"그렇게 시치미 뗄 것은 예상했습니다만⋯."

기스에게 눈짓을 하자, 그는 고개를 끄덕이더니 호위 셋 중 하나를 가리켰다.

"저 녀석이야. 마중 나왔던 건."

"⋯⋯."

지목당한 호위. 그 녀석은 태연한 얼굴로 어깨를 으쓱였다.

무슨 이야기인지 모르겠다는 얼굴이다.

"당가에서는 교의에 따라 마족과 교류하는 것을 금하고 있습니다. 그런 더러운 마족을 쓰는 일은 없습니다."

클레어는 차가운 눈으로 기스를 쳐다보고 딱 잘라 말했다.

정말로 예상 그대로의 반응이었다.

"제니스가 누군가에게 납치되었다면 수색대를 보내죠. 물론 그 마족의 헛소리일 수도 있으니까 자세한 이야기를 들어볼까 합니다만⋯."

"윽⋯."

그 말에 기스가 신음소리를 내며 한 걸음 물러났다.

입막음인가. 그렇게 생각하면 오늘밤 중에 기스가 살해되었을 가능성도 있군.

그렇게 되면 내가 여기까지 오지도 못했을 수 있다.

서둘러 행동하길 잘했나.

"그럼 당신은 어머니가 어디 있는지 짚이는 데가 없다는 말이로군요?"

"없습니다. 가령 있다고 해도 당가와 인연을 끊고 나간 당신에게 가르쳐 줄 생각은 없습니다."

왜 이 할망구는 일일이 사람 짜증나게 하는 소리를 덧붙이지….

작전인가? 나를 짜증나게 하면 무슨 득이 있지?

혹시 이 녀석, 인신의 사도 아닐까.

의도를 모르겠지만….

어쩌면 정말로 모를 가능성도 있나? 그러면 기스가 거짓말을 했다? 왜 기스가 거짓말을 하지?

이 녀석은 거짓말쟁이지만, 남에게 상처를 주는 거짓말은 하지 않을 텐데.

"클레어 씨…."

"뭡니까, 루데우스 씨, 거짓말이라고 생각한다면 저택을 뒤져봐도 상관없습니다만?"

클레어는 콧방귀를 뀌고 차가운 시선을 보냈다.

못 찾는다는 자신이 있는 걸까. 아니면 이미 다른 장소로 옮겼든가.

"다른 일이 없다면 돌아가세요. 당신은 이제 라트레이아 가문과 관계없는 인간이죠?"

"……."

나는 씁쓸한 얼굴을 하고 있었을 것이다.

눈앞의 인물이 수상한데 진위를 확인할 방법이 없다. 대화를 하고 있는데 말이 나오지 않았다.

제니스는 걱정되지만, 눈앞의 할망구에게서 그 위치를 알아낼 길이 없을 것 같았다.

아예 클레어를 납치해서 억지로라도 털어놓게 만들까 하는 마음까지 솟았다.

아니, 진짜로 그래 버릴까?

증거는 하나도 없다. 기스의 이야기뿐이다.

하지만 라트레이아 가문이 납치한 것이 진실이라면….

잠깐, 잠깐, 진정해. 일단은 대화다.

시치미를 뗄 것은 처음부터 알고 있었잖아.

말로 하면 된다. 언뜻 봐선 재수 없는 녀석이라도 대화를 하면 조금 다른 면이 보인다. 그런 것을 나는 지난번에 배웠을 것이다.

"어머니는… 라트레이아 가문과 관계가 있다는 말입니까…."

"그 아이는 내 딸입니다. 어머니에게는 어긋난 길을 간 딸을 돌볼 의무가 있습니다."

"그게! 본인의 의지 없이 결혼시키는 것이란 말입니까?"

"……."

"나도 제니스의 아들입니다. 아버지에게 '죽더라도 어머니를 지켜라'는 유언을 들었습니다. 의무가 있습니다. 결코 버리지 않고, 책임을 지고 끝까지 돌볼 겁니다. 그러니까 어머니를 돌려주세요….”

“…….”

클레어는 대답하지 않았다.

하지만 가만히 있을 수 없다는 듯이 시선을 피했다. 왜 그런 얼굴을 하지?

역시 그녀에게도 생각하는 바가 있나? 자기가 하는 일이 이상하다는 자각이.

테레즈도 클레어가 그렇게 나쁜 사람은 아니라고 말했다.

서로 조금 어긋났을 뿐이다. 그래. 좋아, 내가 더 참으면서 이야기를 하고 의도를 캐내면….

“위병이 왔군요.”

아니다. 클레어가 눈을 돌린 게 아니다. 그 시선의 끝, 길 저편.

거기서 위병인 듯한 사람들이 램프를 한손에 들고 달려오고 있었다.

“이 이상 이 자리에서 문답을 계속할 생각이라면 수상한 자라고 신고하겠습니다만, 어쩔 건가요?”

나는 클레어를 노려보았다.

차갑고 완고하며 내 말을 전혀 들을 생각이 없는 할망구를 노려보았다.

머릿속에서는 이 할망구를 인질로 잡고 제니스를 내놓으라고 요구하는 광경이 떠올랐다.

이런 문은 내게 아무것도 아니다.

박살내고 할망구의 목덜미를 붙잡아 들어올리고, 주위 녀석들에게 '지금 당장 제니스를 데려와!'라고 소리친다.

2초도 안 걸린다. 순식간이다.

하지만 그런다고 제니스가 돌아올까?

이 할망구의 차가운 얼굴을 봐라.

할 수 있으면 해 보라는 듯한 여유로운 얼굴을 봐라.

아무것도 못 할 거라고 생각하는 건 아니겠지.

나는 저번에 꽤나 난동을 부렸다. 너무 흥분해서 기억이 불분명하지만, 나중에 들은 바로는 위병을 6~7명 날려 버렸다는 모양이다.

지금 그녀의 주위에 있는 위병의 숫자는 세 명, 달려오는 위병도 두 명.

내가 날려 버린 숫자보다 다소 적은 숫자에 불과하다.

숫자가 전부인 건 아니다.

하지만 내가 마음만 먹으면 실력행사가 가능하다는 걸 모르는 건 아니겠지.

그런데 이런 문 하나만을 사이에 둔 장소로 나와서,

"…나는 당신을 납치해서 억지로라도 제니스가 어디 있는지 털어놓게 할 수도 있습니다."

"해 보세요. 그런 짓으로 제니스가 돌아오리라고 생각한다면.”

이렇게 거만하게, 이런 소리를 한다.

그 배짱은 어디서 나오지?

내가 할 수 있는 걸 알 텐데, 열 받으면 난동을 부리는 녀석인 걸 알 텐데.

자기가 어떻게 되어도 상관없다? 왜 이런 짓을 하지?

제길, 의도를 모르겠다. 내가 그런 짓을 하길 바라나⋯?

위병들의 눈앞에서?

“클레어 씨, 당신은 혹시 꿈에서 계시 같은 걸 듣고 있는 것 아닙니까?”

“⋯음? 갑자기 무슨 소린가요? 계시?”

클레어는 순간 차가운 표정을 풀었다.

놀란 얼굴. 정말로 짚이는 데가 없는 얼굴. 방금 전의 기스와 비슷한 얼굴.

이건 아니다. 인신의 사도가 아니다.

하지만 곧 그 표정도 사라졌다.

“⋯흥.”

그녀는 내게서 시선을 거두고, 달려오는 위병을 바라보았다.

“성당기사단 ‘활 그룹’의 시가지 경비입니다! 큰 소리가 들렸는데, 무슨 일 있었습니까?!”

“이자들은⋯.”

“알겠습니다. 오늘은 돌아가겠습니다.”

나는 마지막 이성을 쥐어짜내듯이 그렇게 말했다.

돌아가는 길. 의기소침한 모습으로 거주 구역의 길을 걷고 있었다.

내 머릿속은 빙글빙글 돌았다. 냉정하지 않다는 건 안다. 어찌할 수 없는 분노와 짜증이 소용돌이 쳤다.

"……."

결국 제니스의 행방은 알 수 없었다.

하지만 지금 주고받은 대화로. 그 말없는 얼굴이나 대답으로. 나는 확신했다.

클레어는 기스를 이용하여 제니스를 납치했다.

그건 틀림없다.

내게도 잘못이 있었지만… 하지만 대화할 자리조차 마련하지 않고 일방적으로 납치하고 시치미를 떼고 나를 쫓아냈다.

제길….

"저기, 미안해…. 내가 허튼 짓을 해서."

"아니, 기스. 너는 잘못 없어. 어머니를 생각해서, 들어가고 싶지 않은 신성 구역에도 와 주었잖아?"

"어, 어어…."

기스가 잘못한 게 아니다. 이용당했을 뿐이다.

타이밍이 너무 좋았지만, 이용당할 때는 그런 법이다. 이쪽이 마음을 놓고 있었을지도 모르지만, 상대는 호시탐탐 기회를 엿보고 있으니까.

"기스… 내 어머니, 찾을 수 있을까?"

"불가능한 건 아니지만, 어려울걸?"

"그렇겠지….."

기스는 마족이다.

이렇게 거주 구역을 걷기만 해도 지나가는 병사들이 의아한 시선으로 바라본다.

그런 그가 거주 구역이나 신성 구역을 뒤지고 다니는 것은 힘들겠지. 경우에 따라서는 그대로 감옥에 들어갈 수도 있다.

제니스를 직접 찾기 위한 수단은 내 수중에 없다.

"……."

하지만 직접이 아니더라도 간접적으로 할 방법은 얼마든지 있다.

저쪽이 그런 식으로 나온다면, 수단을 가리지 않는 비겁한 수를 쓴다면 나한테도 생각이 있다.

루데우스 그레이랫은 오늘부터 마족 배척파의 적이다.

클레어 할머니, 당신이 날 이렇게 만들었어.

"아이샤, 기스…. 조금 위험한 짓을 해야겠어. 도와줘."

"물론 돕겠지만… 오빠… 이쩔 건데?"

아이샤가 불안한 기색으로 물었다. 나는 그런 아이샤를 내려다보며 말했다.

"무녀를 유괴하겠어."

기스가 펄쩍 뛰었다.
"뭐?! 갑자기 무슨 뜬금없는 소리를 하는 거야?!"
가까이 다가와서 내 어깨를 붙잡았다.
"그건 진짜 위험해!"
"라트레이아 가문은 신전기사단과 연관이 깊어. 신전기사단은 추기경파. 추기경파는 무녀를 내세워서 세력을 키웠잖아? 그럼 인질로 제일 유효할 거야. 다른 녀석이라면 버릴 수 있을지 모르지만, 무녀라면 분명히 어머니가 돌아와….."
상대가 유괴라는 수단을 사용했다면, 그것과 같은 식으로 갚아주고 싶다.
인질 교환에 쓸 만한 인물이라면 무녀 정도밖에 떠오르지 않는다.
"그야 유효하겠지만, 앞일을 좀 생각해! 그렇게 해서 무사히 제니스가 돌아왔다고 해도 미리스란 나라 전체를 적으로 돌릴지도 모른다고?!"
미리스 신성국 따윈 아무래도 좋다. 올스테드의 폭력과 아리엘의 권력으로 꺾어 주지.
이 나라에서의 활동은 포기한다.

나에게는 제니스가 더 중요하다.

인신과의 싸움은 중요하지만, 제일 지키고 싶은 것을 버릴 생각은 없다.

"선배는 어떻게 될지 모르지만, 나는 마족이야. 아까 일로 너랑 아는 사이라고 들켰으니, 분명히 죽을 거라고!"

기스의 비통한 목소리.

죽을지도 모른다는 말에 조금 머리가 식었다. 냉정해졌다.

분명히 라트레이아 가문과 신전기사단을 적으로 돌리면, 나는 몰라도 주위는 위험에 처하겠지.

오늘 낮에 만났던 그런 녀석들이 우글대는 군단이다.

무슨 짓을 할지 모른다.

교황은 문제없겠지만, 크리프는 집중적으로 목표가 되겠지.

생각해 보면 미래의 일기에서 아이샤와 자노바를 죽인 것은 미리스의 기사단이었다.

즉, 미리스를 적으로 돌리면 샤리아로 돌아가도 안전하지 않다는 소리다.

게다가 앞으로의 전개에 커다란 지장이 생기는 건 틀림없겠지.

미리스 교도는 중앙대륙 어디에든 있다.

용병단이 활동하려고 할 때마다 방해할지도 모른다.

본래는 아군으로 삼아야 하는 미리스 교단. 그것과 적대한 상태로 라플라스가 부활하면… 제일 기뻐할 자는 인신인가.

아니, 인신도 내가 무녀를 유괴한다는 생각까지는 못하겠지. 단순한 피해망상이다.

어찌 되었든 무녀를 유괴하는 건 안 좋은 방법인가.

아니… 잠깐만? 무녀를 어떻게 해 달라는 소리는 교황도 암암리에 했다.

잘만 하면 라트레이아 가문, 추기경파를 뭉개면서 제니스를 되찾을 수 있을지도 모른다.

교황 쪽에 붙는 것 자체는 별 상관없겠지.

어찌 되었든 루이젤드 인형을 판매하려고 한다면 피할 수 없는 길이다.

지금 시점에서 그쪽에 붙는 것은 크리프가 바라는 바가 아니겠지만, 그도 이해해 줄 것이다.

마음에 걸리는 거라면 테레즈 정도일까.

무녀의 호위대장인 테레즈. 10년 전과 오늘, 두 번이나 나를 도와준 그녀에게 은혜를 원수로 갚는 짓이 된다.

…제길.

"아이샤, 너는 어떻게 생각해?"

아이샤에게도 의견을 물어보자.

그녀 또한 진지한 얼굴로 고민했지만, 내 말에 고개를 들었다.

"무녀를 납치하는 건 도를 넘었다고 생각해."

"그런가."

"항상 냉정하고 침착한 오빠답지 않다…고 봐."

네 오빠는 평소에도 별로 냉정하고 침착하지 않아. 하지만 그녀가 그렇게 말한다면 나는 지금 냉정하지 않은 것이다.

냉정하지 않을 때는 판단 미스를 저지르기 쉽다.

그래….

좋아, 진정하고… 차분한 마음으로 생각하자.

일단 인신의 짓인지 아닌지.

지금 시점에서 그건 기우겠지. 그 녀석이 얽히면 피해망상이 한없이 커지지만, 이번에는 기본적으로 나와 라트레이아 가문과의 문제다. 지금으로서는 그것뿐이다.

내가 클레어를 공격하게 만들어 추기경파와 대립하도록 의도했을 수도 있지만, 그건 너무 뱅뱅 도는 짓이다.

따지고 보면 나는 원래부터 교황파의 인간이다. 추기경파와는 별로 마음이 맞지 않는다.

인신이 미래예지로 추기경 쪽과 내가 손을 잡는 미래를 보고 이런 방향으로 일을 꾸몄을지도 모르지만, 그거라면 클레어보다도 무녀나 추기경처럼 알기 쉬운 존재와 적대시키는 편이 낫다. 뭐, 원래는 클레어가 추기경 쪽과의 다리 역할을 해주는 존재고, 그녀와 적대시키면 자동적으로 추기경파도 적대한다는 시나리오일지도 모르지만.

아무튼 그런 쪽으로는 증거도 찾아낼 수 없을 테니까, 생각해 봤자 헛수고다.

그러니까 일단 지금은 인신이 관여하지 않는 쪽으로 생각하고 행동한다.

그리고 배척파와 적대하는 것도 별로 좋지 않다.

"알았어. 무녀 유괴는 좀 심하지. 안 할게."

그리고 지금 당장 강경수단을 취할 필요도 없다.

교황에게는 이미 힘이 되어 달라고 부탁했다. 테레즈도 오늘 만나본 바로는 우호적이었다.

두 사람과 잘 이야기하면 협력해 줄지도 모른다.

이판사판으로 강경수단에 호소하기 전에, 아직 할 수 있는 일은 많이 있다.

그걸 위해서 오늘 교단 본부에 갔으니까.

그 완고한 할망구에게 무슨 의도가 있든지, 이런 문제 도중에 곧바로 제니스를 이상한 남자에게 보내서 기정사실을 만드는 짓은 하지 않겠지. 아무리 그래도 그렇게 복잡한 수를 써서 유괴한 직후에 그런 수단은 취하지 않을 것이다.

"의논할 수 있는 사람은 많아. 일단 여러 방향으로 힘을 써 보자. 라트레이아 가문도 앞으로 움직임이 있을 테고."

그렇게 말하자 두 사람은 가슴을 쓸어내렸다.

지금 대답은 냉정하게 보였던 모양이다.

"하지만 만일을 위해 기스는 어머니가 어디 있는지 좀 찾아봐 줘. 찾기 어렵겠지만… 뭣하면 사람을 써도 좋아. 돈은 있어."

"응, 알았어."

"나는? 나는 뭘 하면 돼?"

기스에게 부탁을 하자, 아이샤가 주먹을 쥐고 물었다.

그녀도 책임을 느끼는 걸지도 모른다.

"…그럼 아이샤는 용병단 지부용 건물을 찾아 줘."

"어?! 제니스 엄마를 찾는 게 아니라?"

"통신석판과 긴급용 전이마법진을 설치하고 싶어. 인신의 관여에 대해 올스테드 님의 의견도 듣고 싶고."

"아, 그런가…. 그래, 그 다음은?"

"기스를 도우면서 어머니를 찾아 줘."

"알았어!"

아이샤는 힘주어 고개를 끄덕였다.

마족인 기스만으로는 힘들지도 모르지만, 아이샤와 손을 잡으면 호랑이에게 날개를 단 격이다.

못 찾을 것도 찾을 수 있을 것 같다는 기분이 들었다.

"…하지만 정말로 어머니가 위험해지면 나는 앞일 생각 안 하고 움직일 거야. 그러니까 두 사람 다 여차하면 도망칠 준비는 해 두도록."

"그래."

"알았어."

두 사람이 고개를 끄덕였다.

좋아, 나는 내일 다시 교단 본부로 가자.

제2화 외통수

다음 날. 나는 또다시 결계를 친 방 안에서 교황과 대치했다.

옆에는 크리프도 있었다.

"성하, 오늘은 좀 어떠신지요."

크리프도 어젯밤의 일을 알고 있다.

제니스를 데려오지 못했던 일을 모두 다 이야기했다. 라트레이아 가문의 폭거에 분노를 보여 준 그에게 나는 '교황에게 힘을 빌리고 싶다'고 부탁했다.

그 결과가 이틀 연속의 알현이다.

교황도 한가하지 않을 텐데, 내가 온다니까 시간을 내 주었다.

"루데우스 님은 조금 지친 모양이로군요."

"티가 납니까?"

나는 내 얼굴을 만져 보았다. 방금 면도한 얼굴의 감촉이 손에 남았다.

어젯밤에는 클레어의 언동을 생각하니 짜증스러운 나머지 잠을 이룰 수 없기도 했다.

몰골이 좀 심하겠지.

"예, 오늘은 혹시 그 건 때문입니까?"

다 들여다보는 듯한 교황의 태도.

어쩌면 이미 제니스 문제는 그의 귀에 들어갔을지도 모른다.

"실은 어제 어머니가 유괴당했습니다."

"호오, 그건 누가?"

교황은 미소를 띤 채로 나를 바라보았다.

누가? 라는 말을 보면, 역시 알고 있는 걸까.

설마 교황이 뒤에서 손을 쓴 것은 아니라고 믿고 싶은데….

"라트레이아 가문입니다."

그대로 어제 있었던 일을 말하자, 교황은 눈을 가늘게 떴다.

"그럼 나에게 수색을 도와달라는 건가요?"

"단적으로 말하자면."

교황은 생각에 잠기듯이 자기 수염을 쓸었다. 산타클로스 같은 수염을 이리저리 만지작거리며.

그리고 나를 보았다. 얼굴은 여전히 웃고 있지만, 눈은 웃고 있지 않았다.

"그럼 뭘 대가로 받을까요…."

"성하?"

교황의 말에 이해할 수 없다는 듯이 말한 것은 크리프였다.

"그는 제 친구입니다. 이번에는 파벌이 아니라 가족 문제. 교환 조건을 거는 것은 좀…."

"오히려 그렇기 때문입니다, 크리프."

그런 크리프에게 교황은 부드러운 목소리로 타이르듯이 말했다.

"이번 일은 라트레이아 가문의 문제. 우리가 나설 수는 있습니다만, 다른 가문의 일에 끼어드는 형태가 됩니다. 그리몰 가문이 나서는 것을 라트레이아 가문도 좋게 생각하지 않겠죠. 하지만 교황의 말이라면 이야기는 들어줍니다. 결국은 어머니와 딸, 그리고 손자의 이야기니까요. 그리고 그리몰 가문은 라트레이아 가문에게 큰 빚을 지게 됩니다."

라트레이아 가문으로서는 호박이 알아서 굴러들어온 꼴이다.

교황 쪽에서는 뭔가 더 얻는 게 없으면 수지가 맞지 않는다.

"성하께서는 내게 뭘 바라십니까?"

"글쎄요, 말하는 거야 간단합니다만⋯. 꽤나 내게 좋은 이야기라고 생각합니다. '용신의 오른팔'이 난처한 얼굴로 내 앞에 나타나서 도움을 청하다니⋯. 애초에 라트레이아 가문은 왜 일부러 '용신의 오른팔'이라고도 불리는 당신과 적대하는 행동을 취했을까요?"

"⋯모르겠습니다. 용신과 관련된 정보를 갖고 있지 않은 것 아닐까요?"

생각해 보면 클레어는 처음부터 나를 얕잡아보았던 것 같다.

아이샤에 대한 배려를 봐도, 첫 인사를 무시한 것을 봐도 그렇다.

용신 올스테드 같은 촌뜨기는 모르는 듯했다.

"라트레이아 백작은 그래도 정보 수집에 뛰어난 인물입니다. 당신 같은 무인의 정보는 놓칠 리 없고, 가벼이 볼 것 같지도 않습니다만."

백작이라는 건 클레어 이야기가 아니군. 클레어의 남편, 칼라일의 이야기다.

"…나는 당주인 백작과는 만나지 않았습니다. 아무것도 모르는 백작부인인 클레어가 독단으로 행동한 걸지도 모릅니다."

가령 클레어가 정보를 가지고 있었다고 해도, 인간의 가치관은 각기 다르다.

나는 귀족도 아니고, 어느 나라의 요직에 앉은 몸도 아니다. 용신이라는, 이름이라면 들어본 적 있다는 무인 밑에 있다고 해도 불명확하고, 아리엘과 연줄이 있다고 해도 어느 정도 친밀한지 모른다.

호랑이의 위세를 빌리는 여우일 뿐일지도 모른다.

클레어의 상식으로 생각하면, 나라는 인간에게 가치는 없었을지도 모른다.

"라트레이아 가문의 클레어 님은 분명히 지나치게 가문을 중시하는 면도 있으니까요…. 그런 일도 있을 수 있을까요…."

교황은 수염을 쓸면서 생각하다가 고개를 끄덕였다.

"뭐, 좋습니다. 모험을 하지 않으면 보물이 손에 들어오지 않는다고 합니다. 그래서 루데우스 님… 구체적으로 뭘 할 수 있습니까?"

뭘 할 수 있냐, 라.

바꿔 말하자면 '어디까지 할 수 있냐'라는 의미일지도 모른
다.

당신의 성의는 어디까지입니까, 라는 의미다.

"글쎄요….."

머리에 떠오른 것은 어제 생각했던 내용이었다. 갑작스럽게
떠올린 것이며 당연히 거절당했던 생각.

하지만 가능한 일.

"무녀님을 유괴하는 정도라면 가능합니다."

그 말을 들은 순간 크리프가 외쳤다.

"유괴?! 루데우스! 무슨 소리야!"

"즉, 마족 배척파의 급소를 찌를 수 있다는 소리입니다."

"그게 아냐! 이런 일로 무녀를 유괴했다간 라트레이아 가문
이 망할지도 몰라! 너는 자기 집안을 뭉개겠다고 말하는 거
다!"

나는 천천히 크리프 쪽을 보았다.

"내 집안이 아닙니다."

"……!"

말을 잃은 크리프에게서 눈을 돌렸다.

교황은 계속 부드러운 얼굴이었다.

"물론 뭘 할 수 있냐는 말에, 성하께 가장 유리할 듯한 내용

을 말했을 뿐입니다. 마음만 먹으면 도시 하나 정도는 재로 만들거나 숲을 황야로 만들 수도 있습니다."

어디까지나 카드를 제시했을 뿐이지만, 교황은 또 수염을 쓸었다.

그에게 너무 좋은 이야기라고 생각하는 걸까. 누군가가 덫을 깔았다고 생각하는 걸지도 모른다.

뒤를 조사해 보더라도 어쩔 수 없다. 적어도 내게는 뒤고 뭐고 없다.

그저 제니스를 되찾는 것만을 염두에 두고 움직이고 있다.

"저는 반대입니다!"

갑자기 크리프가 외쳤다.

"유괴는 범죄입니다. 아무리 적이라고 해도 할아버님이 중간에 끼면 해결될 터!"

"……!"

"루데우스, 너도 정신 차려! 상대와 똑같은 짓을 하면 안 되잖아! 너답지 않아…. 흥분한 것 아닌가?"

흥분했다? 그래, 그렇고말고.

나는 클레어의 방식에 분통이 터졌다. 클레어 라트레이아에게 화가 났다.

폭력에 호소하지 않는 것이 이상할 정도다.

제니스가 유괴된 게 아니라면 이렇게까지 분노하지 않았다.

북제와의 싸움에서 에리스가 다쳤어도, 사신과의 싸움에서 록시가 죽을 뻔했어도 분노하지 않았다.

그녀들에게는 의지가 있었다. 자기 의사로 나를 따라왔고, 각오도 했다.

그 결과 죽었으면 나는 분명 슬퍼했겠지. 그 의사를 존중하고, 내 힘이 부족했던 것을 한탄했겠지. 어떻게 더 잘 할 수 있었을 거라고 울며 소리쳤겠지.

하지만 지금의 제니스에게는 의사가 없다.

편지의 부름에, 간다 만다는 말도 하지 않은 채로 따라왔다.

그랬더니 알지도 못하는 남자와 결혼하여 아이까지 낳게 될 가능성이 생겼다.

혹시나 제니스에게 의식이 있고 자기 의사로 여기에 온 거라면 이야기는 다르다. 거절하고서 싸우고 패한 끝에 그렇게 되었다면 그래도 허용할 수 있다. 허용할 수 있다고 해도 어디까지나 '분노하지는 않는다'라는 정도겠지만, 허용은 허용이다.

그때는 그때대로, 내 마음 속에는 자살하고 싶어질 만한 뭔가가 끓어오르겠지. 분노와는 다른 뭔가, 답답함 같은 종류의 무력감 말이다. 그것은 분노보다 훨씬 더 괴로운 감정일지도 모르지만, 허용은 허용이다.

이번 것은 허용할 수 없다.

의사가 없는 제니스가 도구처럼 다뤄지는 것을 나는 허용할 수 없다.

그러니까 나는 클레어에게 그런 무력감을 주고 싶어 하는 걸지도 모른다.

너 때문에 무녀가 납치당했다, 책임을 져라, 그렇게 궁지에 몰리고 규탄당하면서 아무것도 할 수 없어 당황하고 약해지는 클레어. 그런 모습을 보고 싶은 걸지도 모른다.

요는 앙갚음을 하고 싶은 것이다.

…나도 참 재수 없는 녀석이군.

"루데우스, 지금이라면 아직 늦지 않았어. 더 이야기를 해 봐. 뭣하면 내가 대화 자리에 동석할게."

"크리프 선배….."

"라트레이아 가문은 네 어머니의 수색에 조력해 주었잖아? 그건 네 어머니나 여동생들을 생각한 행동이야. 그럼 이번 일도 서로에게 약간 오해가 있을 뿐이지, 서로의 생각을 잘 맞춰 보면 납득할 수 있을지도 모르지."

크리프의 말에 마음이 조금 흔들렸지만, 곧 원래 위치로 돌아왔다.

나도 대화로 끝난다면 그러고 싶다. 하지만 그 할망구는 내 말을 들어주지 않잖아. 나는 그 할망구와 화해할 수 있을 것 같지 않아.

생각이, 가치관이 너무 다르다. 다른 언어로 말하는 듯한 위화감이 있었다.

대화할 수 없는 상대와 어떻게 말로 풀 수 있을까.

"…그렇군요."

하지만 조금 진정하고 생각해 보았다.

그건 어디까지나 클레어와 나 사이의 가치관 차이다.

크리프의 말처럼 다시 제3자를 사이에 두고 자리를 가지면 해결책은 있을지도 모른다.

교황은 입장상 무리다. 사이에 끼면 빚을 만들게 된다.

크리프도 힘들다. 그는 아직 이 나라에서 아무런 입장도 없다. 클레어는 그의 말을 들어주지 않을지도 모른다.

하지만 아직 대화할 수 있는 사람은 있다. 클레어와 말이 통할 것 같고, 파벌 사이의 빚이 되지 않을 인물.

그래. 교황이 아니라 먼저 그쪽과 이야기를 해야 했다.

"테레즈 씨와 이야기해 보겠습니다…. 성하, 죄송합니다만, 유괴 이야기는 없었던 것으로."

"그게 좋겠지요."

교황은 그렇게 말하고 부드럽게 미소 지었다.

"그녀는 신전기사단 중에서도 특히나 올바른 생각을 가졌습니다. 분명 당신의 힘이 되어 줄 겁니다…."

교황의 말에 나는 고개를 끄덕였고, 크리프는 가슴을 쓸어내렸다.

다음 날부터 테레즈와 이야기를 해 보기로 했다.

하지만 조금 문제가 있었다.

그녀는 무녀의 호위대장이다. 신전기사단 중에서도 방패 그룹의 '중대장'이라는 위치에 있다.

그녀는 평소부터 무녀와 함께 지내며 그 신변을 계속 지킨다.

그 무녀가 평소에 뭘 하느냐 하면, 딱히 아무것도 하지 않는다. 무녀는 교황과 마찬가지로 교단 본부 중추에서 연금 상태로 지낸다. 이전에는 빈번하게 외출했다는 모양인데, 암살당할 뻔한 적도 있어서 현재는 교단의 일이 있지 않는 이상 밖으로 나가지 않는다.

교단 본부에는 신전기사나 신격 마술이나 결계 마술을 쓰는 이가 많이 있으며, 무녀 자신도 전속 호위가 열 명 정도 붙어 있다. 대단히 안전한 장소라는 이야기다.

그런 무녀와 항상 함께 있는 테레즈와 만나는 것은 꽤나 어렵다. 편지는 전달되지 않고, 불러내도 나오지를 않는다.

교황에게 도움을 받는 게 나았겠다고 생각할 정도로.

물론 무리인 건 아니다.

교황에게 얻은 정보에 따르면, 무녀도 항상 방 안에 갇혀 있는 것은 아니다.

며칠에 한 번 정도, 아주 짧은 시간 동안, 교단 안의 정원에 나오는 것이 허락된다.

무녀의 자유시간이다.

일반신도에게도 개방되는 정원에 나와서 나무나 꽃을 보고,

호위들과 잡담을 나누고 가끔씩 거기 있는 일반인의 이야기를 듣고… 지극히 좁은 범위 안에서만 살았던 무녀에게 유일한 오락이 준비되어 있다.

그걸 노려서 테레즈와 만난다.

그렇다고 해도 너무 노골적으로 기다리고 있다간 괜한 의심을 산다.

무녀는 VIP다. 테레즈와 만날 일이 있다고 해도 그걸 노린 움직임을 보였다간 당연하게도 신전기사단에게 찍히게 된다.

그러니까 나는 거의 매일 같이 정원에 나가기로 했다. 크리프의 호위라는 입장으로 당연하다는 듯이 본부에 얼굴을 내밀고, 당연하다는 듯이 정원에 있는다.

표면적인 이유는 사라쿠 나무가 마음에 들었으니까, 라는 걸로 하고.

그리고 캔버스를 가져와서 그림을 그렸다.

그림은 하루 만에 완성되지 않으니, 매일 다니는 구실이 된다.

그동안에도 아이샤와 기스가 움직였다.

아이샤는 초특급으로 건물을 찾았고, 기스는 사람을 써서 라트레이아 가문에서 일하는 이들의 행동을 감시하게 하면서 제니스를 찾았다.

물론 아직 성과는 없었다.

그런 일을 하는 사이에 무녀의 휴일과 맞닥뜨렸다.

"아, 루데우스 님! 오늘도 계셨네요!"

무녀는 내 모습을 보자 달려왔다.

"약속했죠! 에리스 님의 이야기를 들려주세요!"

나는 바라는 대로 그녀에게 에리스 이야기를 해 주었다.

에리스의 에피소드는 재미난 것이 많아서, 무녀도 기쁜 듯이 이야기를 들었다.

호위는 나를 경계했다. 그들의 일은 무녀에게 수상한 자가 접근하지 않도록 막는 것이다. 이상한 벌레가 접근하지 않도록 하는 것이 그들의 역할이다.

물론 나는 수상한 자가 아니다. 크리프의 친구라는 신분은 알려졌고, 호위대장인 테레즈와도 면식이 있다.

무녀와 대화한 뒤에 테레즈와 이야기를 해 보았다.

"아, 그것 말인가….."

그녀는 제니스가 유괴당한 것에 대해서 이미 아는 눈치였다.

진지하게 이야기를 들어주었다.

"설마 어머님이 이런 강경수단으로 나오다니…. 아무튼 이제 곧 휴일이 된다. 그때라도 내가 어머님과 이야기를 해 보지. 괜찮아, 네가 모르는 사이에 제니스가 다른 남자와 결혼하는 일은 없어."

테레즈는 제니스와 비슷한 큰 가슴을 두드리며 그렇게 말했다.

든든하다.

"하지만 나도 기사단에 들어갈 때에 어머님의 반대에 부딪쳤었지. 내 말에 귀를 기울일지는 알 수 없어."

"…들어주지 않으면 어떻게 하죠?"

"그때는 아버님이든 오라버님이든, 아무튼 의논할 상대는 있다. 맡겨다오."

정말 든든하다.

그로부터 며칠이 지났다.

제니스는 아직 발견되지 않았다. 기스의 말에 따르면 라트레이아 가문의 고용인들 중에 수상한 행동을 하는 이는 없다는 모양이다. 밖에서 누군가와 연락을 취하는 일도 없고, 라트레이아 가문 이외의 사람이 빈번하게 저택에 드나드는 낌새도 없었다. 물론 제니스로 보이는 사람이 드나드는 일도 없었다.

고로 기스는 제니스가 라트레이아 저택 안에 있을 가능성이 높다고 보았다.

아이샤는 용병단의 지부가 될 건물 확보를 완료했다. 상업 구역의 가장자리에 있는 주점 건물이었다. 아이샤는 현재 거기에 보존식이나 의류 등을 준비하고 있다.

나는 그 건물 지하에 통신석판과 긴급용 전이마법진을 설치했다.

이 전이마법진은 마력결정을 이용한 시스템을 채용했다. 내 수중의 스크롤과 연결되지만, 한 번밖에 쓸 수 없다.

뭐, 이건 안 쓰겠지만.

아무튼 통신석판을 이용하여 재빨리 올스테드와 이야기를 나누었다.

"…그렇게 되었습니다."

"그렇군."

올스테드에게 이번 일을 이야기하자, 몇 가지 정보와 인신의 예상 행동을 들려주었다.

일단 무녀의 정보다.

신의 아이인 무녀. 이름은 없다. 무녀로 교단에 불려온 시점에서 이름을 버렸다. 그 이후로는 표면상으로는 요인으로, 뒤로는 단순한 도구로 다뤄지고 있다.

그녀의 신의 아이로서의 능력은 '기억의 관람'이다. 그녀는 남의 눈동자를 들여다보면 기억을 볼 수 있다.

그런 그녀의 일은 심문. 교단 내부의 심문이나 나라의 중요한 재판 때 불려가서, 용의자의 기억을 본다. 완전범죄를 저질렀을 터인 주교가, 귀족이, 무녀 한 명의 말로 단죄당한다. 강력한 거짓말 탐지기이며, 그 힘은 국왕이 증명했다.

추기경파가 힘을 얻고 교황파가 약해질 만하군.

그렇긴 해도 기억이라. 기억을 본다. 볼 뿐.

하지만 혹시나 싶은 바는 있었다. 무녀라면 제니스의 기억을 되돌릴 수 있지 않을까…라는.

올스테드의 말로는, 무녀의 능력은 보는 것뿐이니까 무리라는데….

하지만 기회가 있으면 시험해 달라고 할까 싶다.

다만 그 무녀의 능력이란 외부인이 부탁한다고 함부로 써 주는 게 아닌 모양이다. 무녀의 능력은 미리스 교단이, 실제로는 추기경파가 독점하고 있으며, 사용하려면 허가가 필요하다.

왕족이든, 교황이든, 추기경의 허가가 없으면 무녀의 능력을 쓸 수 없다.

내가 조금 친해졌다고 해서 라트레이아 저택까지 가서 클레어의 거짓말을 폭로해 달라고 할 수 없다는 소리다.

참고로 이렇게 강력한 능력을 가진 그녀의 운명은 꽤나 약하다는 모양이다.

어떤 루프에서도 대개 열 살 전후에, 오래 살아도 서른을 넘기기 전에 죽는다고 한다.

운명으로 봐도, 능력으로 봐도, 인신의 사도일 가능성은 거의 없다는 것이 올스테드의 말이었다.

그 다음에는 라트레이아 가문에 대해 말했다.

라트레이아 가문 사람 중 현재 성인은 제니스를 제외하고 네 명.

현재 당주인 칼라일 라트레이아 백작.

그의 아내, 클레어 라트레이아 백작부인.

장남, 신전기사 에드가 라트레이아.

사녀, 신전기사 테레즈 라트레이아.

장녀인 아니스 라트레이아는 버클란트 후작가로 시집갔다. 버클란트 후작가는 미리시온에서 서쪽으로 하루거리의 도시에 있다. 그렇기 때문에 그녀는 현재 미리시온에 없다.

장남인 에드가도 마찬가지.

신전기사단의 소대장으로, 아니스와 같은 도시에 부임했다는 모양이다.

당주인 칼라일은 신전기사단의 대대장.

꽤나 바쁜 자리라서 평소에는 거의 병영에 머무르고 있으며, 열흘에 한 번 정도밖에 집에 돌아오지 않는다.

테레즈는 지난번에 조사한 것처럼 무녀의 호위로 교단 본부에서 지낸다.

기본적으로 휴일에도 집에 돌아오지 않는다. 즉, 저택은 실질적으로 클레어 혼자서 꾸린다는 소리다.

올스테드에게도 클레어라는 인물에 대해 물어보았다.

클레어 라트레이아.

라트레이아 가문의 장녀이며, 완고한 성격으로 태어난 데다가 집안 교육으로 스스로에게도 남에게도 엄한 사람으로 자랐다. 스스로 결정한 것을 결코 굽히지 않는 성격은 죽을 때까지 변하지 않는 모양이다.

남편인 칼라일은 데릴사위.

자식은 아들이 하나, 딸이 넷. 올스테드가 알기로 딱히 역사에 이름을 남기는 일도, 대단한 일을 하는 것도 아닌, 어디에나 있는 평범한 귀족집안 딸.

정정당당한 인물을 좋아하고 범죄를 싫어한다.

억지로 누군가를 유괴할 만한 인물이 아니라고 올스테드도 말했다.

또한 미리스 교단의 내부항쟁에 대해서도 자세한 이야기를 들었다.

알고 있던 것이긴 하지만, 미리스 교단은 교황파와 추기경파로 나뉘어 다투고 있다.

이렇게 나뉜 것은 3백 년 정도 전. 그때까지는 경전에 있는 '마족은 전부 멸해야 한다'는 말에 따라 미리스 교단은 마족을 배척했다. 하지만 '어떠한 종족도 미리스 밑에서 평등하다'라는 구절을 본 어느 신부가 '마족도 평등하지 않나?'라고 말하면서 분열.

그 뒤로는 마족 영합파와 마족 배척파가 계속 다투고 있다.

현재는 아래와 같은 상황이다.

교황파 : 마족 영합파. 현재의 최대파벌. 크리프의 할아버지가 교황. 미리스 국내에 사는 평민이나 교도기사단의 태반이 이 파벌에 소속. (통칭 : 교황파, 영합파 등)

추기경파 : 마족 배척파. 무녀를 데리고 있는 파벌. 라트레

이아 가문 같은 역사 있는 미리스 귀족이나 신전기사단의 태반이 이 파벌에 소속. (통칭 : 추기경파, 무녀파, 배척파 등)

왕족과 성당기사단은 중립.

4~50년 전 정도까지는 배척파가 강세였기에, 미리시온 안의 다른 종족에게 까칠하게 굴었고 대삼림에 사는 이들과 종종 다툼을 일으켰다.

하지만 영합파가 수족과의 커다란 항쟁을 끝맺으면서 발언력이 강해졌고, 영합파의 추기경이 교황 지위를 차지했다. 그로부터 한동안 영합파가 기세를 떨쳤지만, 무녀가 태어나고 배척파가 그녀를 옹립. 배척파의 대주교가 추기경으로 올라가면서 배척파가 다시 역전하고 있다.

그런 느낌이다.

마지막으로 인신의 관여에 대해서.

올스테드가 보기로는 지금 미리스에 그리 중요한 인물은 없는 모양이다.

미리스라는 나라의 특징상, 어떻게 굴러가도 라플라스가 전쟁을 일으켰을 때 마족파에 붙는 일은 없다.

인신에게도, 올스테드에게도, 교황파가 이기든 추기경파가 이기든 아무래도 좋다는 소리다.

물론 내가 바라는 것은 교황 크리프의 탄생이다.

그것을 방해하기 위해 인신이 무슨 행동을 일으킬 가능성도 있다.

하지만 그렇다고 해도 움직임이 묘하다. 제니스를 유괴한다는 행동의 의미를 모르겠다.

솔직히 인신이 관여했을 가능성은 낮다고 봐도 좋다는 모양이다.

"고민되면 죽여라. 의혹을 뿌리부터 없애는 거다."

이것이 올스테드의 말. 이번에는 정말로 그래 버릴까 하는 생각이 들었다.

일단은 그것뿐이다.

이 정도의 정보는 사전에 입수해야 했겠지.

뭐, 이번 미리스행은 꽤나 갑작스러웠고, 잠깐 가서 인사만 하고 돌아올 거라고 낙관했던 것도 있다.

왕룡 왕국 때에는 더 제대로 해 보자.

그로부터 며칠 뒤. 테레즈가 낭보를 가져왔다.

"어머님이 제니스를 감금했다고 암암리에 인정했다."

"오오!"

테레즈는 얼마 없는 휴일을 이용하여 클레어를 만나러 갔다.

그리고 이것저것 캐물었더니 사람을 써서 기스를 속이고 제니스를 유괴했다고 넌지시 인정했다는 것이다.

그리고 어딘가에 제니스를 감금했다고도.

"하지만 역시 어머님의 분위기가 좀 이상했어…. 뭔가 숨기는 건지, 망설이는 듯했지. 아무리 그래도 진짜로 언니의 결혼까지 생각하는 건 아니겠지만…."

"그렇군요…. 그래서 감금장소는?"

"아니, 미안하지만 거기까지는 알 수 없었다."

테레즈는 어두운 표정을 지었다.

그녀는 감금장소를 알아내려고 했지만 실패. 그 뒤에 테레즈는 제니스를 내게 돌려주라고 설득했다는 모양이다.

지금의 제니스가 어떤 상황인지는 모르지만, 미망인이며 마음에 문제가 있는 여자의 상대를 찾을 여유는 없다면서.

루데우스가 얼마나 대단한지 실감할 수 없겠지만, 교황과 쉽게 면회를 할 정도의 남자니까 더 진지하게 대응하라고.

그런 남자가 죽을 때까지 제니스를 돌보겠다고 하니까, 맡길 만하지 않겠냐고.

하지만 클레어는 어물거리는 대답으로 이리저리 피했다는 모양이다.

"결국 내가 언제 결혼하냐는 이야기가 되어서… 미안하다. 그 말을 들으면 아무래도 싸움이 나서…."

"……."

유괴 후에 움직임이 없더라고 기스가 말했다.

뭔가 숨기든가 망설이는 듯한 언동이었다고 테레즈가 말했다.

억지로 누군가를 유괴할 만한 인물이 아니라고 올스베드가 가르쳐 주었다.

역시 뭔가 있는 걸까.

…뭔가 있다고 해도 내가 그걸 고려할 이유는 없나. 저쪽도 내 사정을 고려하지 않았으니까.

완전 무시했으니까.

"뭐, 라트레이아 가문은 내 상대도 준비하지 못하는데, 바로 제니스의 결혼 상대를 찾을 수 있을 리가 없지. 그렇지?"

"…어? 아, 예, 그렇군요. 옳은 말씀입니다."

전혀 이해되지 않는 이론이지만, 테레즈가 그렇게 말한다면 그런 거겠지.

"아무튼 어머님은 그냥 고집을 부리는 것뿐이야. 다음에는 주위부터 공략하자. 아버님에게도 이야기를 해 두었고, 오라버님이나 언니도 지방에서 불렀다. 어머님은 아무래도 남자의 말을 존중하는 분이니까, 아버님이나 오라버님이 뭐라고 하면 그래도 귀를 기울이겠지."

"정말… 고맙습니다."

"그런 말은 됐어. 어머님이 잘못한 거니까."

테레즈는 열심히 움직여 주었다. 왜 이렇게 헌신적일까 싶을 정도로.

한두 번 정도밖에 못 만난 사이인데….

"하지만 혹시 네가 내게 감사의 뜻을 보이고 싶다면, 아슬라 왕국의 귀족이나 기사를 몇 명 소개…."

"테레즈! 이야기는 끝났나요?"

이야기가 일단락 났을 때 무녀가 다가왔다. 곧바로 테레즈가 태도를 가다듬었다.

"예, 무녀님! 임무 중에 개인적인 일로 시간을 써서 죄송합니다."

"괜찮아요. 에리스 님의 남편 분이니까요. 은혜는 갚아야죠. 미리스 님은 항상 지켜보고 계십니다."

그래, 테레즈가 나를 도와주는 것에는 에리스 때문도 있군.

에리스가 저지른 일 때문에 남에게 감사의 말을 듣는 건 처음인 것 같다.

좋아, 아이가 더 자라면 에리스도 데려오자.

"무녀님, 이제 들어갈 시간입니다."

"방으로 돌아가시죠."

"루데우스 님도 수고 많으십니다!"

추종자들도 최근에는 내게 잘 대해 주었다.

처음에는 내가 교황파의 인간과 관련 있다고 해서 호위들이 살기를 띤 적도 몇 번 있었지만, 최근에는 딱히 충돌하지도 않았다.

그래도 경계는 하는 모양이지만, 일단 중립의 입장에 있는 안전한 인물로 생각해 주는 모양이다.

아니, 나도 노력했지.

무녀를 해하는 기색을 일체 보이지 않고, 또 무녀라고 괜히 뻣뻣하게 대하지도 않고, 항상 재미있는 이야기로 무녀를 즐겁게 했다.

나와 있으면 무녀는 항상 기분이 좋고, 자기 방에 돌아간 뒤에도 내가 오기를 기다리는 모양이고… 노력의 성과야.

그 이상으로 호위대장 테레즈가 내게 친밀하게 대해 주는 덕분이기도 하겠지.

대장이 그렇게 경계하지 않으니까, 경계하는 것도 바보 같아진 걸지도 모른다.

솔직히 더 경계해 주었으면 싶다.

이런 상태면 간단히 무녀를 유괴할 수 있겠다.

안 할 거지만.

…아니, 하지만 테레즈의 노력도 헛되이, 제니스가 돌아오지 않았을 경우.

정말로 궁지에 몰려서 수단이 없어졌을 경우.

나는 할 거다.

무녀의 유괴든, 라트레이아 가문의 습격이든, 나는 할 거다.

최종적으로 제니스를 우선한다. 그러지 않으면 죽은 파울로에게도, 임신한 실피를 돌봐주는 리랴에게도 미안하다.

그걸 감안하여 무녀와는 눈을 마주치지 않도록 했다.

기억을 읽는다는 그녀의 능력으로 상대의 생각을 어디까지 읽을 수 있는지는 모른다.

보아하니 내가 무녀를 유괴한다는 선택지를 갖고 있는 건 들키지 않은 걸지도 모른다.

들켰을지도 모른다.

어찌 되었든 눈을 마주치지 않으면 발동하지 않는 것은 틀림없다.

호위 중에 내가 무녀와 눈을 마주치지 않으려 하는 것을 알아차린 자는 없는 것 같다.

어쩌면 있을지도 모르지만, 교단 안에서도 눈을 마주치지 않으려 하는 이는 많은 듯하다.

누구든 기억을 읽히는 것은 싫으니까.

눈을 마주치지 않는다고 딱히 수상하게 여기지 않을 것이다.

유괴하는 건 간단하다.

무녀가 항상 앉는 의자 밑, 흙 안에 전이마법진의 스크롤을 설치하면 된다.

작전을 결행할 때, 나는 호위의 눈을 피해 그 마법진에 마력을 넣어 무녀를 전이시킨다.

내 눈앞에서 무녀가 사라지기 때문에 의심이야 하겠지.

하지만 증거는 없다. 마법진을 그린 잉크는 사라지고 종이만 남는다.

전이마법진이 사용되었다고 알아차릴 사람은 극히 일부겠지.

전이마법진은 용병단 지부로 연결된다. 거기에는 용병단을 움직이기 위한 식량이나 의료품이 쌓여 있다. 아이샤를 시켜 무녀를 감시하게 하고 교섭을 진행하는 형태가 될까.

하지만 가능하면 이 방법은 쓰고 싶지 않다.

무녀 경비의 책임자인 테레즈에게도 미안하다.

그녀는 정말로 헌신적으로 대해 주었다. 클레어의 억지스러운 방식에 분노를 느껴 주었다.

클레어를 설득하기 위해, 미리시온에서 다소 떨어진 도시에 사는 형제자매에게도 연락을 넣어 주었다.

근처에 있을 칼라일 경이 어떻게 생각하는지는 아직 모르는 모양이지만….

어찌 되었든 테레즈는 정말로 클레어를 설득하려고 했다.

무녀가 유괴당하면 그런 그녀가 책임을 지게 될 것은 상상하기 어렵지 않다.

"테레즈 씨. 혹시 시간이 되면 내게 칼라일 경과 외삼촌, 이모를 소개해 주세요. 인사는 드려야 하겠고, 이번 일에 대해서 내 쪽에서도 부탁을 드리고 싶으니."

"그래, 알았다."

하지만, 그래도. 때가 되면 나는 움직인다. 내가 오명을 쓰는 걸로 파울로나 리랴와의 약속을 지킬 수 있다면 좋다.

하지만 가능하다면 그 전에 테레즈에게도 그 뜻을 전하고 싶군. 테레즈의 설득이 무리인 줄 알았을 때에는 하다못해 비겁한 수를 쓰지 않고, 정면에서 당당히 호위를 깨뜨리고 무녀를 납치하고 싶다.

준비하는 것과는 정반대의 감정이다.

"이렇게 훌륭한 아들을 둔 제니스보다 내 상대를 찾아줬으면 하는데… 휴우….”

투덜대면서 자리를 뜨는 테레즈에게 나는 다시 고개를 숙였다.

나는 별로 훌륭하지 않습니다.

그로부터 또 며칠이 지난 아침.

이 나라에 온 지 14~5일 정도가 경과했을까.

기스, 그리고 거점 설치를 마치고 수색에 참가한 아이샤에게서 새로운 정보가 들어왔다.

어제, 옷 가게 사람이 라트레이아 가문에 드나들었다고 한다.

아이샤가 사람을 써서 그 사람을 닦달해 보았더니, 신부 의상을 주문해서 저택 안에서 여자의 치수를 재었다고 한다. 다소 나이가 있는, 멍한 눈의 여자라고 했으니까 제니스가 틀림없다.

또한 클레어는 어제 집사를 시켜서 교단의 누군가와 비밀리에 연락을 주고받았다는 모양이다.

이야기의 흐름에서 보면, 제니스의 결혼 상대를 고른 것일까.

그렇다면 혹시 시간이 별로 없는 걸지도 모른다.

하지만 서두를 것은 없다. 현재 테레즈의 요청을 받아 라트레이아 가문의 장남과 장녀가 이쪽으로 향하고 있다. 앞서 도착한 편지의 내용에 따르면 '아무리 그래도 말도 못 하는 딸을 결혼시킬 리는 없겠지'라고 말해 주었다는 모양이다. 외삼촌과 이모가 멀쩡한 사람이라서 다행이다.

칼라일 경과는 아직 만나지 못했다.

대대장이라는 신분이라서 매우 바쁜 거겠지.

물론 테레즈의 말로는 '클레어의 이런 방식을 가만히 놔둘 사람이 아니다'라고 했다.

아이샤도 '당주님은 잘 대해 주셨다'라고 기억했다. 이번 일에 어떤 의견을 말할지는 모르겠지만, 얼른 만나보고 싶다.

당주를 포함한 가족 전원이 반대한다면 클레어도 마음대로 할 수 없겠지.

아무리 저택을 꾸려나가는 입장이라도 당주는 아니다. 어떻게 움직였다고 하든 시간문제. 궁지에 몰아넣었다고 봐도 좋겠지.

신속하게 움직여 준 테레즈에게는 아무리 감사해도 부족하다.

혹시 실패로 돌아간다고 해도, 이미 제니스가 어디 있는지는 알았고 저택의 전력도 파악했다.

테레즈에게 사전에 말하면 저택의 구조도나 예상되는 감금

장소 정도는 알려주겠지.

물론 당주가 우리 편을 들어준다면 습격이라는 레벨까지는 안 간다. 강제로 제니스를 찾아내고 클레어를 규탄하는 정도 겠지.

다행이다.

간신히 라트레이아 가문과 나 사이의 문제만으로 끝이 날 것 같다.

크리프에게도 교황에게도 폐를 끼치지 않고, 클레어 이외의 라트레이아 가문 사람들과도 안면을 틀 수 있다.

우여곡절은 있었지만 이상적인 형태로 끝날 것 같다.

응. 역시 그 자리에서 난동을 부리지 않길 잘했어. 주위와 이야기를 해 보고 이렇게 바깥 장벽을 하나씩 없애면 되는 거였어.

무녀를 납치할 필요는 없었다.

그 날 나는 정신이 좀 불안정했다. 만사를 한방에 해결할 수 있는 길을 찾으려다가 말도 안 되는 짓을 저지를 뻔했다.

만사는 하나씩 차분하게 해야지.

그렇게 하면 못된 녀석은 확실히 궁지에 몰리잖아.

앙갚음은 할 수 없지만, 거기에 집착할 것도 없겠지.

"……."

그렇게 생각하면서 나는 평소처럼 교단 본부의 정원으로 향했다.

교단 본부의 사라쿠는 요 14~5일 사이에 져 버렸다.

　하지만 내 그림 안에서는 만개한 상태다. 오늘도 핑크색 꽃잎이 떨어지고 있다.

　그런 그림도 슬슬 완성된다. 스스로 생각해도 서툰 그림이다. 처음에는 무녀의 추종자 녀석들이 비웃었다.

　하지만 도중에 그림에 하얀 원피스를 입은 무녀의 모습을 추가하자, 녀석들은 손바닥을 뒤집었다. 대찬사의 폭풍이다. 참 단순한 놈들이야.

　무녀도 그림이 완성되면 갖고 싶다고 했다.

　내 그림이라도 좋다면 얼마든지 주지.

　그러는 김에 슬쩍 인형도 만들어서 줄까 싶었다. 생각해 보면 딱히 마족 배척파의 전력을 깎아서 교황파의 발언력을 올리지 않아도, 무녀가 나서서 '인형의 판매를 허가하겠습니다!'라고 말하면 될 것 같다.

　처음부터 마족 인형을 파는 게 아니라 인형을 하나씩 팔다 보면 시리즈로 마족 인형도….

　아니, 역시 무리인가. 무녀에게 그런 권한은 없을 것 같고.

　"…어라?"

　문득 정원 입구에서 위화감을 느꼈다.

　인기척이 있었다.

　"…이미 와 있나?"

　평소라면 내가 정원에 들어가고 잠시 뒤에 호위 몇 명이 정원 안을 둘러본 다음에 무녀가 나온다.

이 시간대면 아무도 없을 텐데, 이미 호위들이 둘러보기 시작했나. 아니면 다른 누군가일까.

정원 안으로 들어갔다.

완전히 꽃이 진 사라쿠 나무. 그 근처에 설치한 나의 이젤과 캔버스.

사람의 모습은 없었다.

기척이 있나 싶었는데, 기분 탓이었을까.

잘 생각할 것도 없이, 나는 루이젤드와 같은 눈을 가진 게 아니니까.

"음?"

내가 모르는 것이 딱 하나 놓여 있었다.

이젤 위다. 이젤 위에 불이 붙은 양초가 놓여 있었다.

덩그러니 하나. 그것이 햇빛 속에서 일렁거렸다.

다가가 보니, 지면에 발자국이 남은 게 보였다.

발자국은 한 사람분. 사라쿠 나무 뒤로 이어졌다. 나무기둥 뒤에 누군가가 숨어 있나?

"…테레즈 씨?"

나는 그렇게 부르면서 예견안을 떴다.

대답은 없었다. 뭔가 이상하다.

"누구 있나?!"

다소 거칠게 말하면서 나는 마도갑옷에도 마력을 넣었다.

전투태세.

모든 방향에 주의를 기울이면서 사라쿠 나무로는 다가가지 않았다.

나오지 않는다면 그걸로 족하다. 거리를 유지한 채로 사각에 닿는 마술로 공격한다.

저 나무는 무녀가 좋아하는 것이니까 상하지 않게… 바람 마술로.

선수필승.

"어라?"

오른손에 넣은 마력이 흩어졌다.

뭔가 이상하다…라고 생각했을 때에는 이미 늦었다.

크게 백스텝을 밟으려다가 뒤에 있던 벽과 부딪쳤다.

돌아보니 아무것도 없었다. 아니, 보이지 않는 벽이 있었다.

"…큭!"

순간적으로 발밑을 보았다. 거기에는 아침 햇살 속에서 희미하게 푸르스름한 빛을 내는 마법진이 있었다.

"…결계 마술인가."

기억에 있는 결계 마법진.

마법진에서 밖으로 나가려고 하면 보이지 않는 벽에 가로막히고, 마법진 안에서 마술을 쓰려고 하면 마술이 흩어진다. 기억에 있다.

"왕급 결계다, 루데우스."

목소리는 나무 뒤에서 들렸다.

천천히 나온 사람은 파란색 갑옷을 입은 한 여성.

본래 제니스와 많이 닮은 얼굴은 무뚝뚝한 투구로 가려져 있었다.

그녀만이 아니었다. 다른 나무 그늘에서, 덤불에서 속속 갑옷 차림의 남자들이 나왔다.

오타쿠 서클의 공주를 따르는 오타쿠들.

별명, 신전기사단.

그렇게 생각했는데, 그 머리에는 이상한 형태의 투구를 쓰고 있었다.

"미안하지만… 네가 무녀님을 유괴하려 한다는 정보가 들어왔다."

얼떨떨해진 나. 기사들은 결계 주위를 주욱 둘러쌌다. 유일하게 위치를 드러내고 있던 테레즈가 내 정면에 서서 말했다.

"따라서 지금부터 이단심문을 시작하도록 한다."

투구를 쓴 남자들이 칼집에 담긴 검을 지면에 꽂았다.

철컥 하는 소리가 합쳐지면서 기묘한 소리가 울렸다.

제3화   뒤집어서 구슬을 줍다

안녕하세요. 루데우스 그레이랫입니다.

지금 멋진 녀석들에게 포위되어 있습니다. 잘 닦은 파란색 갑옷을 입은 여덟 명의 기사들이 나를 죽 둘러싸고 있습니다.

오늘은 그들을 한 명씩 소개할까 합니다.

일단 내 정면에 있는 인물이 테레즈.

테레즈 라트레이아.

예, 그렇습니다. 내 이모이고 라트레이아 가문 사람입니다. 마족 배척을 외치는 신전기사단에 속해 있지만 다른 이들과는 조금 다릅니다. 마족과 사이좋은 나를 이해해 준다…기보다는 마족이네 인간이네 하는 건 아무래도 좋다고 생각하는 느낌입니다.

평소에는 내게 편안한 표정을 짓지만, 지금은 어떤 얼굴을 하고 있을까요.

투구로 가려져서 알기 어렵습니다.

그녀의 오른쪽부터 시계방향으로 보도록 하죠.

테레즈의 옆.

해골 모양의 투구를 쓴 남자. 갑옷의 가슴 부근에 생채기가 있습니다. 이건 기억에 있습니다.

본명은 모르겠습니다만 '스컬 애쉬'라고 불리던 기사겠지요.

투구도 해골 모양이니까, 아마도 틀림없습니다.

그 옆.

미리스 신성국의 길거리에 설치된 쓰레기통 같은 투구를 쓴 남자.

그는 여덟 명 중에서 유일하게 붉은 망토를 둘렀습니다. 무녀는 이 붉은 망토를 아주 좋아해서, 곧잘 그의 망토에 더러워진 손을 닦았습니다.

그런 그가 '더스트 박스'라고 불리던 것을 기억합니다.

또 그 옆.

넓적한 표면의 투구에 '편안히 잠들라'라는 글자가 빽빽이 새겨진 남자.

키가 대략 2미터를 넘는 이 남자.

그 어깨 위에 무녀를 곧잘 태워서 나무 위에 열린 열매를 따게 해 주었습니다.

그때 불렸던 이름은 '그레이브 키퍼'.

네 명째. 대나무 빗자루를 머리 위에 올린 듯한 투구.

갑옷에 특징은 없다.

어어… 대나무… 청소….

아, 아마도 '트래시 스위퍼'라고 불렸던 녀석입니다.

나머지 세 명.

솔직히 말해서 구분이 가지 않고 떠오르지도 않습니다. 분명히 '죽음'이나 '묘'와 관련된 이름으로 불렸을 겁니다. 그들은 무녀에게 이름을 불릴 때마다 자랑스럽게 가슴을 폈지만….

분명히 손발이 오그라들 정도의 중2병틱한 코드 네임이었을 겁니다.

아, 그렇지.

블랙 코핀.

브리얼 가먼트.

콜테이지 헤드.

이런 느낌이었던가요.

팀 이름은… 뭐였더라… 어어.

"지금부터 이단심문을 개시한다! 심사장은 '성분묘의 수호자'대의 대장, 테레즈 라트레이아가 맡는다!"

"예!"

주위의 일곱 명이 또 검을 지면에 꽂았다.

그래, '성분묘의 수호자'다.

전에 한 번 테레즈가 가르쳐 주었다.

"그럼 피고인에게 첫 질문을 하겠다. 이의 있는 자는?!"

"이의 없음!"

"이의 있음! 즉시 처형해야 한다!"

"이의 없음!"

"이의 없음!"

"이의 없음!"

"이의 없음!"

"이의 없음!"

"이의를 기각한다!"

아, 더스트 씨가 풀 죽었다. 그래, 이제부터 조사하려고 할 때에 조사도 하지 않고 죽이자고 하면 기각당하지…. 하지만 너 두고 보자.

"피고인의 이름은 루데우스 그레이랫!"

어어… 잠깐 기다려 줘.

상황이 이해되지 않는다. 누가 지난 편까지의 줄거리를 좀 말해 줘.

오케이, 맡겨 줘.

지난 편까지의 줄거리!

어머니 제니스를 구해내기 위해 무녀와 그녀의 호위대장인 테레즈를 회유하려던 루데우스, 하지만 어느 날 테레즈를 만나러 미리스 교단 본부에 갔더니 왕급 결계에 붙들리게 되었다.

듣자 하니, 아무래도 무녀의 유괴를 꾀한 이교도로 의심받는 모양이다.

라고 스스로 독백하며 현황 확인.

오케이. 나는 분명히 한때 무녀의 유괴를 생각한 적이 있어.

하지만 그건 포기하고, 지금은 테레즈의 도움을 받아서 제니스를 돌려받으려고 교섭 중이다.

즉, 이 상황은 뭔가 잘못됐다. 혹은 누군가가 헛소문을 흘렸던가.

내가 유괴에 대해 말한 인물은 그리 많지 않다. 아이샤, 기스, 크리프… 교황한테도 했던가?

이 중에서 제일 가능성이 높은 것은 교황이겠지. 아니면 기스가 이미 붙잡혀서 고문당한 끝에 누설했을 가능성도 있다.

…아이샤는 무사할까.

"심문을 개시하겠습니다! 피고인 루데우스는 질문에 정직하게 대답하도록."

"…예."

상황은 모르겠다.

이럴 때에는 일단 차분하게 대하는 게 중요하다.

여기서 소동을 피우면 지금까지 쌓아올린 것이 날아갈지도 모른다.

"피고인 루데우스 그레이랫. 당신은 마족이 사악하지 않다는 도서를 배포하고 신도들의 마음을 현혹하고 있죠?"

그것도 조사했나. 뭐, 교황도 알 정도였으니 데이터베이스에 있겠지.

"아뇨."

"정직하게 대답해 주세요. 다 조사했습니다."

"배포가 아닙니다. 분명히 돈을 받았습니다."

"하지만 책이라고 생각할 수 없을 정도의 파격적인 가격으로."

그야 파격적이겠지. 많은 이에게 퍼뜨리는 게 목적이고.

"테레즈 씨도 알다시피 나는…."

"피고인은 질문에 대한 대답 외의 말을 하면 안 됩니다."

그런 말 말고 좀 들어줘. 내가 이유가 있어서 루이젤드를 밀고 있다는 사실을.

아니, 테레즈도 알고 있을 것이다.

이전에도 말했을 것이다.

"피고인 루데우스 그레이랫. 당신은 마족을 숭배하고 신으로 모시고 있죠?"

"……."

아, 이거는 YES라고 대답하면 안 되는 거다.

"아뇨, 나는 신을 믿지 않습니다."

"거짓말!"

"피고인은 거짓말을 하고 있다!"

"거짓이다!"

"거짓말입니다!"

"거짓말이다!"

"피고인의 말은 거짓으로 판단하겠습니다!"

"거짓말이야!"

"과반수로 거짓으로 단정하겠습니다."

단정되었다.

다수결이라니 꽤나 민주주의적이잖아. 하지만 그래. 이단심문이란 건 그렇게 돌아가나.

"마지막 질문입니다. 피고인 루데우스 그레이랫. 당신은 우리 미리스 교단의 상징인 무녀의 유괴를 획책했죠?"

"아뇨, 농담처럼 그런 소리를 한 적은 있습니다만, 획책에는 이르지 않았습니다."

분명히 열받았을 때는 농담이 아니었지만….

하지만 실제로 준비도 하지 않았다. 그냥 입에서 나온 소리… 농담으로 끝난 이야기다.

"거짓말!"

"피고인은 거짓말을 하고 있다!"

"거짓이다!"

"거짓말입니다!"

"거짓말이다!"

"거짓으로 판단하겠습니다!"

"거짓말이야!"

그렇겠지요. 왠지 재미있어졌다.

절대로 웃으면 안 되는 이단심문 같은 걸 하고 싶어졌다.

평범한 질문에 대해 말도 안 되는 거짓말을 하고, 웃은 녀석의 머리 위에 대야 같은 게 떨어지는 느낌으로.

하지만 이게 마지막 질문이란 말이지….

"과반수로 거짓으로 단정하겠습니다."

테레즈의 엄숙한 말과 동시에 다른 일곱 명이 또 검을 지면에 꽂았다.

위압감이 장난 아니다.

혹시 요 한 달 사이에 그들의 본모습을 보지 않았다면 몸을 떨었겠지.

"심문 결과, 피고인 루데우스 그레이랫을 이교도로 인정하겠습니다!"

"이의 없음!"

"이의 없음!"

"이의 없음!"

"이의 있음, 이런 재판에 어울려 줄 수 없다! 나는 돌아가서 추수를 해야 한다고!"

"…이의 없음!"

"이의 없음!"

"이의 없음!"

"이의 없음!"

도중에 끼어들었지만 눈총을 받았다. 미안해, 트래시 씨 차례였지.

"이상으로 이단심문을 마친다. 피고인에게는 '기술 압류'의 형벌을 집행한다!"

"그거, 사형의 일종입니까?"

대답해 주지 않을 거라고 생각하면서 일단 물어보았다.

"아니…. 목숨을 빼앗지 않습니다. 두 손을 자르고 두 번 다시 마술을 쓸 수 없도록 결계를 넣은 천으로 봉인하고, 그걸 흙 마술로 굳힙니다."

대답해 주었다.

뭐, 서로 나설 수 없는 이 상황에서 어떻게 할 생각인가 싶지만….

가둔 건 그쪽이다.

그 뒤의 공격 방법 정도는 얼마든지 준비했겠지.

하지만 기술 압류란 말이지. 두 손을 자르고 결계로 봉인. 그리고 팔을 꽁꽁 굳혀서 두 번 다시 손을 쓸 수 없게 한다.

마술도, 검술도 빼앗는다… 그러니까 '기술 압류'인가.

그랬다간 가슴을 못 만지게 된다.

또 의수 신세를 지게 된다. 자리프의 의수는 감촉이 나쁘지 않지만, 상대방은 별로 좋지 않은 모양이고. 역시 손은 부드럽고 온기가 있어야지.

"테레즈 씨는 남의 취미를 빼앗을 생각입니까?"

"…사람을 죽이는 게 취미입니까?"

어어… 그런 식으로 보였어…?

두 손이 자유로우면 사람을 죽인다…라니. 오히려 반대인데, 만드는 쪽을 좋아하는데.

"아뇨, 두 손이 없으면 아내를 안을 수도 없지 않습니까?"

"예? 뭐라고요…?"

"어, 저, 저기, 아내를 안는 걸… 좋아합니다."

"칫."

창피한 소리를 두 번이나 했더니 거세게 혀를 차는 소리가 돌아왔다. 대체 왜….

뭐, 됐어. 나도 붙잡혀서 에로 동인지 같은 짓을 당하는 건 사양이다.

"어찌 되었든 당신들은 나를 놔줄 생각이 없는 거군요?"

"그렇습니다."

"지금 이 농담 같은 재판은 장난이 아니라 진심이었군요?"

"그렇습니다."

"무녀님을 불러주신다면 결백을 증명할 수 있습니다만… 분명히 심문 때는 무녀님이 계시죠?"

"신전기사 일곱 명 이상이면 간이심문으로 이교도를 단죄할 권한이 있습니다."

"즉, 무녀님을 불러줄 생각은 없다?"

"그렇…습니다."

테레즈의 안색은 투구 때문에 모르지만, 목소리는 조금 떨렸다.

하고 싶어서 하는 게 아니다. 그녀도 어쩔 수 없다…란 소린가.

"지금까지 내게 잘 대해준 것은 모두 이 순간을 위한 연기였던 겁니까?"

"아뇨, 우리도 무녀님도 당신을 받아들였습니다. 배신한 건 루데우스, 네 쪽이다."

"나는 연기 같은 건 하지 않았습니다. 테레즈 씨를 신용하기에 의논했고, 당신이 소중히 여기는 무녀님과도 친하게 지냈다고 생각합니다."

"……."

대답이 없다. 내 말을 들을 생각이 없다는 소린가.

그렇긴 해도… 하아… 아쉽군, 정말 아쉬워.

이번에 나는 정말로 속내를 터놓고 지냈다. 마음이 다급해지는 것을 억누르며, 스스로를 죽이고, 수수하지만 확실한 수로 제니스를 되찾을 생각이었다.

그런데, 왜 이렇게 되었지….

"테레즈 씨, 어머니는 어떻게 됩니까?"

"…내가 책임을 지고 어머님을 설득하겠습니다. 이번 일과 그것은 관계없으니."

흠. 아까 그 떨리던 목소리로 이런 대답.

역시 테레즈의 독단전행은 아닌가.

교황이나 추기경 정도의 획책일까?

공무원의 괴로움이로군.

"나는 분명히 미리스 교도가 아니고, 교황과도 연줄이 있습니다만… 그런 건 당신들도 처음부터 알고 있었지요? 그런데 지금 와서…."

"질문은 끝입니까?"

이제 끝이라는 듯한 차가운 목소리.

대답해 줄 기색이 없다. 원래부터 문답 같은 건 할 생각이 없었겠지.

"마지막으로. 내 정보는 '꿈에 나온 신의 계시'에 따른 것입니까?"

"아닙니다. 어느 믿을 만한 선에서 나온 것입니다. 우리는 그런 정체 모를 자의 말을 신용하지 않습니다."

"그 꿈의 신이 미리스라고 해도?"

그렇게 말한 순간 주위에서 소리를 지르며 항의했다.

"미리스 님은 계시 같은 것을 하시지 않는다!"

"그렇기에 신이다."

"설령 계시가 내려온다고 해도 우리 같은 왜소한 자들이 받을 수 있겠나!"

"무녀님이 먼저다!"

"그래! 무녀님에게 말씀하시지 않는다면 그건 더 이상 미리스 님이 아니다!"

"미리스 님이야말로 신이다!"

"신을 사칭하는 자는 악마다!"

주위의 목소리에 테레즈는 자랑스럽게 말했다.

"그렇다. 다들 잘 말했다…. 루데우스, 우리의 신앙은 절대적이다."

"…그 말을 듣고 안심했습니다."

일단 이 마음 착한 맹신자들 중에 인신의 사도는 없다.

다들 경건한 미리스 교도다. 그걸 들은 것만으로 충분하다.

"……."

나는 로브 소매를 펄럭이며 두 손을 펼쳤다.

스스로도 멋지다고 생각할 만한 소리가 울렸다. 왼손 끝에
는 이럴 때를 대비한 장비가 있다.

"'팔이여, 빨아들여라.'"

내 마력이 전달된 흡마석이 작동하여, 발밑에 있던 결계가
소리도 없이 사라졌다.

신전기사들이 눈을 치켜뜨는 가운데 나는 말했다.

"그럼 붙어 볼까요."

"전원! 흩어져라!"

테레즈의 외침에 신전기사들이 흩어졌다.

거리를 벌린 신전기사들을 상대로 나는 사이드 스텝을 밟으
면서 두 손으로 스톤 캐논을 생성.

속도나 경도는 그럭저럭. 급소에 직격하면 죽을 정도.

사출.

첫 번째 표적은… 너다, 더스트 박스!

"서포트!"

"큭!"

더스트를 향해 날린 두 개의 스톤 캐논은 옆에서 뛰어든 다
른 신전기사들이 튕겨냈다.

그의 손에는 반투명한 막 같은 방패, 초급 결계 마술 '매직 실드'다.

…저거, 정말로 초급인가? 초급으로 튕겨낸 건가?

"더스트, 그레이브, 스컬은 우익! 트래시, 코핀, 브리얼은 좌익! 콜테이지는 나와 함께 유격!"

반대편의 세 명에게서 일제히 마술이 날아왔다.

불과 물과 흙, 세 가지 마술이 동시에… 하지만 상관없다.

"'팔이여, 빨아들여라.'"

흡마석으로 마술을 분해하면서 카운터로 스톤 캐논을 날렸다.

하지만 이것도 튕겨냈다. 공격에 가담하지 않고 미리 매직 실드를 만들었던 녀석이 튕겨냈다.

"작은 연기가 거대한 은혜를 태우도다! '프레임 스로워!'"

"용맹한 얼음의 검을 저자에게 내리소서! '아이시클 브레이크!'"

동시에 반대쪽에서 마술이 날아왔다.

불과 물, 아니! 한 명이 지면에 손을 대고 있다. 세 종류다. 어스 랜서인가!

"'팔이여, 빨아들여라!'"

불과 물을 흡마석으로 동시에 분해. 동시에 어스 랜서의 발생 지점에 진흙탕을 덧씌워서 무효화.

이런, 한 발 늦었다. 카운터를 쏠 수 없다.

하지만 다리는 움직인다. 나는 재빨리 뒤로 물러났다. 역방향에서 날아온 마술을 회피했다.

마술은 하나.

불 마술뿐. 규모를 생각하면 '파이어 볼'인가?

하나? 그쪽 방향에 적은 세 명 있었다. 왜 세 개가 아니지?

생각할 틈은 없다. 나는 좌익, 우익 양쪽을 향해 두 손을 뻗었다.

"'스톤 캐논!'"

백 스텝으로 거리를 벌린 덕분인지, 잘 보였다.

좌우에 전개한 신전기사는 각각 세 명씩.

그중 두 명씩이 반투명한 방패를 들고 내 스톤 캐논의 사선에 뛰어들었다.

튕겨났다. 방금 전보다 속도와 질량을 담은 것이지만, 간단히 튕겨나 버렸다.

저것도 본 적 있군. 수신류의 기술이다. 마술의 방패로도 응용할 수 있나. 대단하군.

"대지의 정령이여! 나의 부름에 응하여 대지에서 하늘을 꿰뚫어라! '어스 랜서!'"

"거대한 물의 정령이자 하늘로 올라가신 뇌제의 왕자여! 용맹한 얼음의 검을 저자에게 내리소서! '아이시클 브레이크!'"

시간차로 방패를 들지 않은 녀석이 마술을 날렸다. 물론 나는 그걸 상쇄할 수 있지만… 자, 어떻게 할까.

적은 좌익, 우익에 세 명씩 나뉘었다.

세 명 중 두 명이 각각 결계 마술을 써서 나의 마술을 피했다.

나는 마술을 동시에 두 개밖에 쓸 수 없으니까 방패는 두 개면 된다. 세 명째는 자기에게 마술이 날아왔을 때에 카운터로 마술을 썼다.

마술이 날아오지 않은 팀은 공격받지 않는다고 안 순간에 방패를 풀었다.

그리고 무방비한 틈을 보인 나에게 세 명이 일제히 마술을 날렸다.

세 가지 속성을 사용한 것은 내가 마술을 두 개밖에 못 쓴다는 것을 알기 때문이겠지.

흡마석으로 동시에 무효화할 수 있다는 사실을 몰랐던 것은 저쪽의 정보 부족일까.

처음에 한쪽에서밖에 마술이 날아오지 않았던 것은 아마도 거리 문제일 것이다.

거기서는 파고들어서 접근전으로 이행할 수 있다. 마술을 외우는 틈을 찔러서 때리는 것도 가능했을 것이다.

방패를 들지 않은 나머지 한 명은 접근전으로 들어가는 것도 노리고 있겠지.

하지만 내가 안전권에 있는 동안은 움직이지 않는다.

…잘도 생각했군. 그럼 이런 건 어떨까?

"'파이어 볼.'"

일부러 큰 소리로 외치면서 마력을 모았다. 직경 2미터 정도 크기의 파이어 볼을 두 개 생성.

크기, 열량은 상급 정도. 하지만 속도는 스톤 캐논과 비교하면 느리다.

슬로우 볼인가 싶을 만큼 느린 속도로.

양익을 향해 던졌다.

"서포트!"

방패를 든 두 기사가 앞으로 나왔다. 하지만 매직 실드에는 약점이 있다.

"'디스터브 매직!'"

"?!"

디스터브 매직으로 기사의 방패가 지워졌다.

좌익의 두 명이 동시에.

결계 마술은 대부분 발동 중에 마력을 계속 소비한다. 그것은 초급 마력 장벽이라도 변함없다.

즉, 주문을 외우는 도중이 아니더라도 디스터브 매직이 통한다.

우익은 막아내겠지만, 각개격파면 된다.

"……큭!"

그렇게 생각한 순간 뒤에서 뭔가가 날아왔다.

재빨리 돌아보면서 오른손을 휘둘러서 방어했다. 까앙 하는 큰 소리가 울리고 내 눈앞에서 뭔가가 산산조각 나며 깨졌다.

갈색 돌이 얼굴에 쏟아지고, 파편이 되어 뒤로 날아갔다.

팔꿈치 주변에 충격이 남았다.

이건 스톤 캐논이다. 이걸 쓰는 상대는 처음일지도 모른다.

"루데우스는 두 손으로 마술을 하나씩 쓴다! 두 명이 대처하고 한 명이 공격하면 여유롭게 상대할 수 있다. 빠릿빠릿하게 움직여라!"

테레즈와 또 한 명이 어느 틈에 내 뒤로 이동해 있었다.

지금 건 그쪽에서 날린 마술인가.

"……."

어느 틈에 포위가 완성되어 있었다.

처음에 뒤로 물러난 것은 잘못이었을까.

아니, 접근전에 대해서도 어떤 대항책이 있다고 봐야겠지.

방금 전에 파이어 볼을 맞은 기사들도 갑옷 사이에서 연기가 나오고 있지만 건재하다.

"루데우스. 우리는 신전기사단 중에서도 가장 강하다. 네게 승산은 없어."

"그렇습니까?"

"그래, 열흘 동안 네 전투법을 조사했다. 유명했던 덕분에 바로 대책을 세울 수 있었지."

흠. 그럼 왜 검을 뽑지 않는 걸까. 내가 약한 건 바로 접근전인데.

아니, 실제로 내 마술이 통하지 않는 것은 틀림없다.

물론 나에게는 아직 수단이 남아 있다. 그걸 경계해서 접근 전으로 들어오지 않을 가능성이 있다.

완전히 막아내고 있는 상황을 보면 효과적이라고 할 수 있다.

그대로 소모전으로 들어가자는 자세는 조사 부족이라고 할 수 있지만, 내 뒤를 잡았다.

무슨 생각이 있는 거겠지.

그럼 나도 다음 수단을 써야만 하겠군.

"루데우스, 투항해라! 아까도 말했지만, 네 특기인 마술에 대한 대항책은 있다! 왼손의 마도구는 예상 밖이었지만, 그것도 이제는 알고 있다!"

"호오."

"정원 입구는 결계 마술로 봉쇄했다! 한동안은 아무도 못 온다!"

그런가. 그렇게까지 말한다면 완벽하겠지.

나를 붙잡기 위해 착실히 작전을 세웠겠지.

어중간한 전법으로는 깨뜨릴 수 없도록.

면밀하게.

그것을 깨뜨리기 위해서는 여러모로 시험해 보는 것도 좋겠지. 하지만 그 결과로 패했다간 좋은 꼴 못 본다.

나는 적당히 싸울 수 있을 만큼 강하지 않아.

"……'매드풀.'"

그러니까 제대로 해 보자.

★ 테레즈 시점 ★

루데우스의 중얼거림과 동시에 다리가 늪에 빠졌다.

이 마술도 정보에 있었다. 루데우스 그레이랫의 대명사라고 하는 진흙탕 마술이다.

원래는 상대의 발밑에 쟁반 정도 크기의 늪을 만드는 마술.

하지만 역시나 대명사라고 할 정도로 범위는 넓었다. 이 넓은 정원에서 눈에 들어오는 모든 지면이 진흙탕으로 변했다. 무녀님이 좋아했던 사라쿠 나무나 바루타 나무, 비리스 나무가 소리를 내며 기울었다.

하지만 이런 걸로 우리를 막을 수는 없다.

이미 트래시가 상쇄를 위한 주문을 외우기 시작했다.

"……'딥 미스트.'"

루데우스의 중얼거림이 들린 순간, 주위가 순식간에 하얀 안개에 휩싸였다.

이런!

"전원 경계해라! 진흙으로 움직임을 막고, 안개를 틈타서 각개격파를 노리는 것이다!"

다음 순간 지면이 번쩍거렸다.

한 발 늦게 퍼엉 하고 뭔가가 파열하는 소리가 들리고, 키잉 하는 소리가 귀에 울렸다.

"허둥대지 마라! 갑옷에 건 마술 때문에 '일렉트릭'은 통하지 않는다! 녀석이 도망치는 것을 주의해라! 단숨에 돌파한다!"

안개 속에서 "알겠습니다!"라는 소리가 들렸다.

괜찮다. 정보에 따르면 루데우스의 근접전투 능력은 결코 높지 않다.

하지만 루데우스는 일렉트릭이나 스톤 캐논 등, 주의해야 할 마술을 많이 쓴다.

어느 마술도 일등급이다. 방심했다간 정통으로 맞게 된다.

하지만 '성분묘의 수호자'는 모두 상급 이상의 검사이며 결계 마술 상급, 네 종류의 마술 상급이라는 실력을 가진 일류 신전전사다.

혼자로도 강하지만, 여럿이서 하나를 상대하여 제압하는 훈련은 싫을 만큼 거듭했다.

나는 기껏해야 수신류 중급이지만, 옆에 있는 콜테이지 헤드는 수성이다. 루데우스가 아무리 제급의 힘을 가진 마술사라고 해도, 이 포위를 돌파하기는 쉽지 않다.

내 전술은 틀리지 않았다.

"'매드풀'을 상쇄하겠습니다!"

"'샌드 웨이브!'"

콜테이지의 목소리에 엇갈리듯이 트래시의 목소리가 들렸다.

발밑의 진흙이 모래로 변하는 가운데, 묻히지 않도록 발을 뺐다.

미안하군, 루데우스. '매드풀'은 '샌드 웨이브'로 덧씌울 수 있다.

이건 마법대학에서도 배우지 못했을 거다. 혼합 마술의 상쇄는 아직 연구되는 과정이니까… '매드풀'이 정면에서 상쇄된 건 처음이겠지?

네가 뭘 꾸미는지는 모르지만, 이걸로 체크메이트다.

물론 우리도 네가 진짜로 무녀님을 유괴하려 한다고는 생각하지 않아.

너는 정말로 무녀님을 즐겁게 해 주었다. 제니스를 진심으로 걱정하고 내게 의논했다.

정말로 그것뿐이었다는 건 안다.

하지만 어쩔 수 없잖나. 추기경이 직접 내린 명령이니까.

정보의 진위는 몰라도, 우리는 거기에 따를 수밖에 없다.

더스트만큼은, 역시 녀석은 무녀님을 좋아했다고 으르렁거렸지만….

하다못해 목숨을 빼앗지 말라고 진언했다.

그 진언도 통했다. 추기경은 두 손을 빼앗기만 하는 관대한 처분으로 된다고 말씀하셨다. 고로 검도 독도 쓰지 않는다.

괜찮아, 루데우스.

너는 아직 젊지만 좋은 아내를 얻었잖아?

그럼 에리스 님의 보살핌을 받으면 팔 없이도 살아갈 수 있어.

게다가 너는 용신의 부하라고 하잖아. 용족은 신비한 술법을 쓴다고 어렸을 때에 들은 적이 있다. 어쩌면 우리의 봉인을 풀고 두 팔을 치료할지도 모르지.

우리도 우리 눈이 닿지 않는 곳에서 네가 뭘 하든지 신경 쓰지 않아.

그리고 제니스 문제라면 어떻게든 하지.

아까도 말했지만, 그거와 이건 다른 문제니까.

"'딥 미스트'를 상쇄하겠습니다."

콜테이지의 목소리에 현실로 돌아왔다.

그와 동시에 위화감이 닥쳤다.

뭔가가 이상하다.

뭐가 이상하지?

…아무것도 하지 않는다.

그래. 루데우스는 안개를 만든 후로 한 발짝도 움직이지 않았다. 달리거나 마술을 쓰면 소리라도 나겠지. 하지만 1미터 앞도 보이지 않는 안개 속에서 아무런 소리도 들리지 않았다.

처음의 '일렉트릭' 이후로 아무런 소리도.

혹시 이미 도망쳤나?

그 매드풀과 딥미스트, 일렉트릭은 우리의 발을 묶기 위한 포석.

다른 마술을 써서 이미….

"'윈드 블래스트!'"

바람 마술이 발생하며 순식간에 안개가 걷혔다.

"……."

"……."

"……어?"

우리는 모두 눈을 동그랗게 뜨고 있었다.

짙은 안개가 사라진 가운데, 우리의 포위 중앙에 있던 것은 루데우스가 아니었다.

찢어진 스크롤 위에 있는 뭔가.

거대한… 바위.

인형?

갑옷?

"…소환 마술?"

문득 떠올린 말을 중얼거린 다음 순간.

거대한 갑옷이 움직였다.

그 거구로는 상상도 할 수 없을 정도의 엄청난 속도로.

★ 루데우스 시점 ★

처음에 쓰러뜨린 것은 더스트 쪽의 세 명이었다.

안개가 걷힌 순간을 누린 급접근. 녀석들은 순간 넋이 나가 있어서 대처하지 못했다.

또한 예견안으로 녀석들의 방패의 위치, 다리 움직임을 확인하면서 한 발, 두 발, 세 발.

방어는 했겠지만 간단히 관통했다.

갑옷이 뭉개지면서 날아갔다.

물론 적당히 힘 조절은 했다. 의식을 날려 버릴 뿐이다. 죽지는 않겠지.

세 사람을 쓰러뜨리는 동시에 개틀링을 작동.

오른쪽 후방으로 돌아보면서 팔을 휘둘렀다. 부웅 하고 벌이 나는 소리 같은 게 울리며 스톤 캐논의 선이 그어졌다.

세 사람의 다리가 갑옷과 함께, 나뭇가지처럼 부러졌다. 찢겨지지는 않았다.

급소에 맞은 것도 아니니 죽지는 않겠지.

하지만 움직이면 곤란하니까 머리에 스톤 캐논을 날려서 기절시켰다.

남은 건 둘.

나는 올스테드에게 배운 스텝을 밟으면서 돌아보았다. 배후에서 공격해 오는 적에게 육박하기 위한, 회피를 섞은 스텝. 공격당한다는 느낌은 없었지만 만일을 위해.

멈추었을 때, 테레즈는 눈앞에 있었다.

아연한 얼굴로 나를 보았다.

마지막 한 명이 그녀를 지키듯이 검을 뽑았다.

하지만 늦었다.

너무 늦어. 에리스라면 이 녀석이 발도하는 사이에 열 번은 베었겠지.

이 '1식'을 탔을 때, 나는 거기에 대응할 수 있다. 그런 훈련을 해 왔다.

검을 뽑기 전에 내 주먹이 날아가고 있었다.

마지막 한 명은 소리도 내지 못하고 날아가서 교단 본부의 벽면에 처박혀 기절했다.

테레즈는 그때도 아직 멍하니 있었다.

투구 때문에 표정은 알 수 없지만 그 모습은 기억에 있다.

무슨 일이 일어났는지 모를 때, 인간은 그런 식의 행동을 한다.

"무, 무…."

나는 그녀가 이제까지 보여준 노력에 대한 최소한의 경의로, 주먹이 아니라 스톤 캐논으로 기절시켰다.

끝났나.

역시 마도갑옷 '1식'은 압도적이었다.

상대의 공격은 전혀 통하지 않았고, 내 공격은 상대의 방어를 간단히 관통했다.

어른스럽지 못하다는 생각까지 들었다.

주위에는 테레즈 외의 신전기사들이 나뒹굴고 있다. 아무도 죽지 않았다.

인신의 사도가 아닌 인간은 되도록 죽이고 싶지 않다.

스스로 정한 룰이다. 이번에는 여유도 있었고.

"하아~ 후련해졌다."

최근 욕구불만이 쌓인 탓인지 꽤나 후련했다.

역시 정기적으로 날뛰지 않으면 안 되는군. 에리스를 참고로 해서… 아니, 그건 좀 심하지.

하지만 이다음에는 어떻게 하지.

이렇게 된 이상, 신전기사단은 완전히 적이 되겠지.

애초에 누가 배신한 거지?

유괴 이야기를 아는 사람은 나와 기스, 아이샤… 그리고 크리프와 교황인가?

크리프의 집에 있던 소녀도 그런가?

일단 아이샤는 절대로 아니지. 그녀가 배신했다면 이런 짓을 하지 않아도 된다.

오빠, 업어줘~ 라며 달라붙어서, 내가 등으로 가슴의 감촉을 즐기는 사이에 목이라도 베면 끝이다. 아니, 음식에 독이라도 넣으면 된다. 있잖아, 오빠를 위해 특제 드링크를 만들었어…라고 하면 나는 한방에 끝이다.

크리프와 기스도 아니겠지. 그 녀석들도 마찬가지다. 이렇게 뱅뱅 도는 방법을 쓸 것도 없이 내 등을 찌를 수 있다.

그럼 교황인가? 이 타이밍에 교황이 나를 없애?

무슨 득이 있지?

아니, 반대인가. 단순히 나라는 말을 신전기사단과 붙여 보고 싶었던 걸지도 모른다.

교황 쪽에서 보면 아군이 된다고 하면서도 결국 아군이 되지 않았다. 귀찮다고 여겨서 이런 짓을 획책한 걸지도 모른다.

이렇게 호위들이 나선 틈에 교황의 숨결이 닿는 이들이 무녀를 유괴한다든가.

잠깐만, 테레즈는 신용할 수 있는 선에서 들어온 정보라고 했지.

그녀에게 교황은 신용할 수 있는 자인가? 아니, 교황은 적이다. 신용할 수 없는 선이겠지.

애초에 유괴라는 것이 우연의 일치일 뿐인 가능성도 있다.

내가 무녀를 유괴한다는 거짓말을 누군가가 날조한 것이다.

잠깐만? 우연이라고 생각하기보다는 인신의 짓이라고 생각하는 게 낫겠지.

이번에도 인신의 사도가 내가 보이지 않는 곳에 숨어 있을 가능성이다.

응, 누가 배신했다고 생각하기보다는 그쪽이 알기 쉽고 확률도 높다.

인신의 의도? 어차피 미래를 보며 정하는 거겠고, 그건 알 수 없지.

안 좋은 일은 전부 그 녀석 탓이다.

"······."

이런 상황에서 범인은 알 수 없다. 생각해 봤자 헛수고다.

문제는 그게 아냐.

문제는 이대로 가다간 적이 생긴다는 점이다.

현재 무녀가 어쩌고 있는지는 모르지만, 호위인 신전기사단이 이 꼴이다.

이제부터 추기경파의 움직임은 추측할 수 있다. 일단 '무녀 유괴 미수'로 나를 체포한다. 그 다음에는 고구마 넝쿨 캐기로 나를 데려온 크리프와 크리프의 할아버지인 교황을 공격.

어라?

그렇게 생각하면 교황이 꾸몄을 리가 없나? 추기경인가?

아니, 그러니까 범인 색출은 됐어. 이제부터 어쩌지?

하지만 진짜 어떻게 하지….

아예 모두를 데리고 수도에서 도망칠까?

아니, 제니스는 어쩌지? 제니스를 놔두고 갈 수는 없다. 지금부터 라트레이아 저택으로 가서 제니스를 구출하고… 없으면? 이런 작전을 벌이는 사이에 제니스를 다른 장소로 옮겼으면?

그대로 미리스 신성국을 없애 버릴 때까지 기사단과 싸워?

그건 인신이 바라는 바다.

뭐, 됐어. 그렇더라도 해 볼까.

일단 지금부터 아이샤와 기스와 크리프를 피난시킨다.

라트레이아 저택에 가서 제니스를 데려온다. 없으면 적당히 성 근처로 가서 왕족이라도 붙잡고 인질 교환을 요구하자.

이제 됐어. 그거면 돼. 생각하기 지쳤어.

"…아."

그런 소리가 들렸다.

돌아보니, 진흙탕으로 망가진 모습이 된 정원의 구석.

중추부로 이어지는, 특수한 열쇠가 없으면 열리지 않는 문 앞에 한 소녀가 서 있었다.

열쇠를 들고 서 있었다. 덩그러니 혼자 서 있었다.

"……."

그녀는 내 눈을 보고 있었다.

순간 피하려고 했지만 이미 늦었다.

그녀는 모든 것을 꿰뚫어보는 얼굴로 미소 지으며, 그리고 뭔가를 요구하듯이 내게 두 팔을 펼쳤다.

나는 그걸 보고 깨달았다.

그건 단순한 감이었을지도 모른다.

하지만 결단은 빨랐고, 행동도 신속했다.

나는 무녀를 납치했다.

제4화　세계 나가다

독을 먹을 거면 접시까지 먹어라, 라는 말이 있다.

독을 먹어 버렸으면 그 접시까지 먹어 버리자는 말이다.

이 격언이 생겼을 당시에는 딱딱하게 구운 빵을 접시 대신 사용하는 일이 많았다. 딱딱하게 구운 빵은 그 위에 올라간 고기 같은 메인디시의 맛이 배었기에, 뜯어서 수프 등에 찍어 부드럽게 만든 뒤에 먹는다.

접시까지 먹는다는 말은 완식을 의미한다.

독이 나왔더라도 다 먹는다. 깨끗하게 먹어치우는 정신이다.

거짓말이다.

사실은 이왕 죽을 운명이니까, 평소에는 익숙하지 않은 음식도 먹고 죽자는 긍정적인 정신을 가리킨다. 접시는 평소에 먹지 않으니까. 그릇을 먹고 위장이 찢어져서 죽는 것도, 독이 퍼져서 죽는 것도 다를 바 없다는 의미다.

이것도 물론 거짓말이다.

자, 현재 나는 아이샤가 용병단의 사무소용으로 준비한 건물 중 하나에 있다.

상업 구역에 있는 폐업한 주점의 지하다.

주위에는 보존식이 든 통이나 가공 전의 검은 코트가 주르륵 놓여 있었다.

전이마법진의 스크롤을 이용하여 이동했다.

쌍방향 통신의 전이마법진. 이런 일도 있을까 싶어서 설치해둔 것이다.

그리고 눈앞에는 한 여자가 있다. 평소에는 어린애 같은 행동을 하는 아이.

실제 나이는 스물이 넘었을 여자.

"꽤 풍취 있는 곳이네요."

무녀가 얌전히 앉아 있다.

딱히 손발을 구속한 건 아니지만, 먼지 쌓인 바닥에 앉아 있다.

결국 나는 그대로 무녀를 데리고 여기까지 왔다.

"어쩔 생각입니까?"

"뭐가 말인가요?"

"그런 타이밍에 나와서 도망도 가지 않다니….."

생각해 보면 무녀는 타이밍 좋게 나왔다. 마치 기다리기라도 한 것 같은 타이밍이었다.

그리고 얌전히 붙잡혔다. 완전무저항이다.

"…나온 것은 우연입니다. 저는 그런 싸움이 있는 줄은 몰랐기에… 밖에 나왔더니 정원이 안개로 뒤덮여 있어서 놀랐습니다.”

그런 것치고 결단이 빨랐다.

“거짓말이죠?”

“예, 거짓말입니다. 사실은 시녀의 기억을 읽어서 테레즈와 기사들이 당신에게 무슨 짓을 하려는지 알았기에 나왔습니다.”

“호오…. 나를 구하러 와 주었다?”

“예. 그리고 밖에 나와서 당신의 눈을 보고 바로 무슨 일이 있었는지 알았습니다.”

눈과 눈이 마주친 순간, 기억을 읽을 수 있다.

마도갑옷 너머로도 용케 보았다고 생각했지만, 무녀의 신의 아이로서의 능력이라면 그럴 수도 있나.

자노바의 괴력의 비밀은 모르겠지만.

“저는 당신 편입니다. 힘이 되고 싶습니다.”

“……”

나는 말없이 무녀에게 손가락을 향했다.

독을 먹을 거면 접시까지. 저질렀으면 어쩔 수 없다. 이제 계획이고 뭐고 없다. 움직여야만 한다.

이쪽의 카드는 두 장. 나와 이 녀석뿐이다.

그렇게 인식하고서 최악의 상황을 상성해 보자.

교황은 적, 추기경도 적, 테레즈도 적, 클레어도 적. 모두 인신의 손발이고, 크리프, 아이샤, 기스는 이미 붙잡혔다. 무녀를 유괴한 지 한 시간 정도밖에 지나지 않았지만, 이미 신전기사도 움직였다. 전이 순간을 아무도 보지 않았을 거라고 생각했지만, 사실은 지켜보고 있었기에 신전기사단은 지금 이쪽으로 향하고 있다.

마도갑옷 '1식'은 송환용 마법진을 준비할 짬이 없었기에 진흙탕을 만들어서 땅속에 가라앉혔는데, 이미 적이 발굴해서 확보했다.

그 정도가 최악의 상황이겠지.

너무 최악이라서 그 정도가 되면 어떻게 할 수 없을 것 같지만….

나는 그 최악의 상황을 내 전투력과 무녀라는 두 장의 카드로 타개해야만 한다.

"무녀, 그 말을 신용하기 전에 내 질문에 대답해."

"물론입니다."

그걸 위해 먼저 해야 할 것은 무녀의 심문이다.

내 힘이 되고 싶다고 말하는 여자. 이 녀석을 믿든 안 믿든, 일단은 정보를 얻어야만 한다.

"신의 아이로서의 네 능력을 가르쳐 줘."

"이미 아시지 않습니까?"

"본인의 입으로 다시 듣고 싶어."

올스테드의 정보와 다를지도 모른다. 재확인이다.

"사람의 기억의 표층을 볼 수 있습니다."

"표층?"

"예, 그 사람이 떠올리는 것과 거기에 관련된 기억을 조금이나마."

"그건 마음을 읽을 수 있는 것과 같지 않나?"

"아뇨, 제게 보이는 것은 과거뿐입니다. 계속 눈을 보고 있으면 한없이 거슬러 올라갈 수 있습니다만…."

기억이 보인다…라기보다는 지금 생각하는 것과 관련 있는 과거가 보인다는 느낌이겠지.

"볼 뿐인가?"

"예, 볼 뿐입니다."

"심신상실인 사람을 원래대로 되돌리는 건?"

"불가능합니다. 치유 마술과 병용하면 어쩌면 무슨 방법이 떠오를 수도 있겠지만."

제니스의 기억을 되돌려놓을 수는 없나.

"…상대의 마음을 읽는 건 아니로군."

"하지만 추측할 수는 있습니다."

지금 마음속에 떠올리는 것은 보이지 않지만, 대화하면서 딴 생각을 하는 녀석은 그리 없다. '아침에 뭐 먹었어?'라는 질문에 푸른 하늘에 관한 과학적인 고찰이 의식 표층에 나오는 녀석은 그리 없겠고.

"뒤가 구린 녀석은 너와 눈을 마주치고 싶지 않겠군."

정말로 거짓말 탐지기다. 그녀는 마음에 안 드는 상대를 단죄할 수 있다. 눈이 마주쳤다는 이유만으로 단죄할 수 있다.

그녀 자신이 거짓말을 해도 아무도 모르겠지만, 그런 건 관계없겠지.

신의 아이란 그런 것이다. 자노바를 보면 알 수 있다.

권력이 있는 누군가가 그 효능을 보증하기만 하면 된다.

"루데우스 님은 눈을 돌리지 않는군요."

"구린 거라고는 없으니까요."

나는 방금 전부터 무녀에게서 눈을 돌리지 않았다. 될 대로 되라는 심정도 있지만, 과거가 보인다면 이렇게 눈을 맞추고만 있어도 설명하느라 수고를 들이지 않아도 된다.

"괜찮겠습니까? 뒤가 구리지 않다고 해도 제게 모든 게 알려지게 됩니다…."

"……."

"헤에, 올스테드 님에게 그런 저주가…. 그렇군요, 인신… 처음에 만났을 때의 말은 그런… 어머?"

갑자기 무녀의 얼굴이 붉어졌다.

왜 그러지? 야한 거라도 봤나? 하지만 이런 건 심문이라도 하면 얼마든지 보겠지.

미리스의 신부가 바람피우는 장면도 봤을 것이다.

"아니, 둘을 동시에… 두 사람인데 사랑이… 아아… 아, 이건 제단… 어? 어?"

그때 무녀는 눈을 돌렸다.

식은땀을 흘리고 있었다. 호흡도 가쁘다. 봐서는 안 될 것은 본 모양이로군요.

"뭐가 보였습니까?"

"사교… 어어, 으흠, 미리스교가 아닌 분은… 저기, 과격, 아뇨, 신비한 의식을 치르는군요…."

"그게 내 영혼입니다."

"으, 으음."

무녀는 스커트 자락을 누르면서 살짝 물러났다.

안심해, 록시교는 미리스교만큼 화이트하지 않지만, 그래도 깨끗한 청색이야. 에로 동인지 같은 짓은 안 해.

"어흠, 본론으로 돌아가죠."

"어흠, 그렇군요."

서로 헛기침.

보인다고 문제될 건 아니지만, 이렇게 알려지고 나니 창피하군.

두 명을 동시에 상대했을 때의 모습이 보인 것은 내가 말한 그 대사도 들었을지도 모른다.

아냐. 그건 그냥 흥이 좀 올라서 말한 것뿐이야. 평소에는 그런 말 안 해….

아무튼 이야기를 계속 하자.

"일단 이번 일이 왜 일어났는가. 무녀님은 이번 일의 주모자가 누구라고 생각하십니까?"

"교황 성하, 혹은 성하를 함정에 빠뜨리고 싶은 추기경의 짓이겠지요. 인신은 관여하지 않았다고 생각합니다."

즉, 미리스 마족 배척파의 우두머리인가. 라트레이아 가문의 인간은 관여하지 않았나…?

"라트레이아 가문은 관여하지 않았다?"

"이용당했을지도 모릅니다만, 주모자는 아니라고 생각합니다."

제니스의 유괴는 방금 전의 일과 관계없나.

아무튼 교황파와 추기경파. 각각의 우두머리가 수상하다.

"왜 인신이 관여하지 않았다고 봅니까?"

"혹시 정말로 성하가 인신의 말에 따른 거라면, 그건 미리스 교도라고 할 수 없는 행위이기 때문입니다. 성하는 정말로 못된 사람이지만, 그래도 경건한 미리스 신도니까요."

"하지만 그걸 어떻게 판단합니까?"

"그건 눈을 보면 알 수 있습니다."

어리석은 질문이었나. 음, 하지만 믿을 수 있을까.

"저를 신용할 수 없다면 저를 인질로 교섭하여 원하는 것으로 교환하시면 됩니다."

"그러기에는 카드가 부족하죠. 이미 신전기사단은 손을 썼을 겁니다. 당신을 인질로 삼아 뭔가를 요구해도 결국은…."

"저는 신전기사단의 전부입니다."

내 말을 가로막으며 무녀는 말했다. 푸근한 웃음을 지으면서 말을 이었다.

"신전기사단…이라기보다도 마족 배척파는 제가 죽으면 승리할 수 없다는 것을 잘 알고 있습니다."

"즉, 저쪽이 무슨 말을 해도 당신의 신병을 잡고 세게 나가면 이쪽의 요구가 무조건 받아들여진다?"

"그 정도의 가치가 있다고 자부하고 있습니다."

진짜냐…. 그 말을 믿었다가 아이샤가 눈앞에서 칼 맞는 걸보고 싶지는 않아.

"신전기사단도 바보에 무능하기만 한 것은 아니겠죠. 지금쯤 아이샤를 잡아다가 이 장소를 알아내고 있을지도 모릅니다. 아니, 그러지 않아도 되죠. 내 동향을 캐고 있었다면 여기가 수상하다는 정도는 금방 알아냈을 터. 내가 요구를 위해 교단 본부에 갔을 때, 신전기사단이 당신을 구출할 가능성도 있습니다."

"그럼 요구를 제시하기 위해 같이 가면 되지 않습니까?"

"대담한 생각이지만, 도중에 포위되어서 그대로 총력전이 될수도 있지요."

"루데우스 님이라면 그걸 모두 쫓아버릴 수도 있겠죠? 올스테드 님이나 오베르와 그 정도로 호각의 싸움을 벌이신 분이니까요."

그것도 봤나.

뭐, 가능하지요. 자랑은 아니지만, '피라미 사냥꾼 루데우스'라고 해도 좋을 정도로 어지간한 놈들을 쫓아버리는 일에는 익숙하다. 적당히 싸울 생각을 하지 않고, 죽일 생각으로 움직이면 아까 쓰러뜨린 녀석들 정도라면 어떻게든 된다.

"게다가 공격해 온다면 신전기사단이 아니라 교황의 부하라고 생각합니다."

"그건 왜?"

"신전기사단은 만에 하나라도 제가 죽기를 바라지 않습니다. 하지만 교황파는 **우연이라도** 제가 죽는 것을 바라고 있어서."

교황파도 표면적으로는 무녀를 지키는 쪽으로 움직이겠지만, 혼전 속에서 죽여 버렸다면 이익이 되면 됐지 손해는 없다.

"결계 마술 같은 걸로 신전기사단이 안전하게 당신을 빼앗을지도."

"신전기사단에서 가장 대인능력이 뛰어난 집단은 이미 당신에게 패배했습니다. 신전기사단의 성격을 생각하면 새로운 전력을 투입할 일은 없겠지요. 너무 위험하니까요."

…가장 뛰어난 집단이란 게 아까 그 놈들인가.

그러고 보면 최강이라고 그랬던가.

연대도 좋긴 했지만, 그게 최강인가….

아니, 그런 식으로 말하면 안 된다. 내 스톤 캐논을 흘리면서 마술을 연발하는 기량을 가진 녀석들이다. 마도갑옷과 싸울 때도 겁먹지 않고 검을 뽑으려고 했다.

한 명 한 명의 평균치를 '검신류 상급, 수신류 상급, 공격 마술 중급, 결계 마술 중급, 치유 마술 중급' 정도로 가정하면, 상당히 높은 수준으로 두루두루 기량을 갖춘 전력이라고 말할 수 있다.

개개인의 강함에 편차는 있겠지만, 아무튼 그런 녀석을 일곱 명이나 모아서 그렇게 멋진 연대를 주입한 것만 봐도 정예 부대라고 알 수 있다. 테레즈만큼은 좀 수준이 떨어지지만, 그녀의 지휘도 훌륭했다.

'1식'을 쓰지 않으면 못 이길 정도는 아니지만, 패할 가능성도 충분히 있었다.

아무튼 제일 강한 녀석을 쓰러뜨렸다면 분명히….

아니, 하지만 그건 어디까지나 신전기사단 안에서의 이야기겠지.

"교도기사단이나 성당기사단이란 것도 있다고 들었습니다만?"

"그것들은 어디까지나 미리스 신성국의 기사단입니다. 교단 내부의 일에 간섭하지 않습니다. 게다가 교도기사단은 지금 이 나라에 없고요."

그래, 없나.

하지만 그렇게 들으니 왠지 가능할 것 같군.

인질을 데려가서 정면에서 당당히 교섭. 올스테드의 부하인 내가 갑자기 습격을 당해서 기분이 상했다. 본래 무녀를 찢어 죽이고 미리스 교단의 위광을 땅에 떨어뜨려야겠지만, 우리는 관대하다. 제대로 사죄하고 이쪽의 요구를 받아들인다면 무녀의 목숨은 물론이고 잘못을 용서해 줄 수도 있다는 느낌으로.

그 과정에서 무녀에게 협력을 얻으면서 인신의 사도나 범인을 특정한다.

물론 어느 정도의 화근은 남겠지만….

그래도 교섭에 따라서는 무사히 이 나라를 나갈 수 있겠지.

하지만 아무래도 용병단은 포기하는 편이 좋을까.

몇 년 뒤에 크리프가 정말로 출세했을 때에 다시 한번 부탁하면 된다. 흐름에 따라서, 예를 들어 교황이 인신의 사도였다면 크리프에게도 이 나라에서 출세를 포기하게 할 필요가 있지만… 이렇게 된 이상 크리프에게는 미안하지만 어쩔 수 없다.

"다른 기사단이 걱정이라면 빨리 움직이는 편이 좋으리라 생각합니다. 혹시 진짜로 루데우스 님의 가족이 잡혀 있다면 시간이 지나면 무슨 일을 당할지 모르고요."

"그렇죠."

아직 유괴한 지 한 시간 정도밖에 지나지 않았다.

최악의 케이스에서는 이미 붙잡혔을 거라고 생각할 수 있지만, 아이샤나 기스를 찾아내어 붙잡아 고문한다…고 보기에는 너무 이르다.

하지만 숨어 있는 시간이 길면 길수록 저쪽도 마음이 급해지겠지.

마음이 급해지면 무슨 짓을 할지 모른다는 건 모두 똑같다.

좋아. 이제부터는 도박이다. 안 되면 최소한 무녀의 목숨과 맞바꾸어 누군가가 죽는다.

그 정도의 각오를 가지자.

그러고 싶었다. 하지만 그럴 수가 없었다…. 뭔가 결정타가 하나 필요했다.

"…저기, 무녀님."

"말씀하시죠."

"당신은 왜 내 편을 드는 겁니까? 그렇게 순순히 붙잡히고."

무녀는 놀란 얼굴을 하다가 곧 부드럽게 미소 지었다.

미리스 교단의 상징에 어울리는 미소로.

"제가 지금 이렇게 살아 있는 인과가 당신과 스펠드족 전사에게 있기 때문입니다."

그건 내 기억을 본 걸까. 아니면 이전에 에리스의 기억을 본 걸까.

모르겠지만, 분명히 이전에 에리스를 미리스로 데려온 것은 나와 루이젤드다.

하지만 너무나도 내가 원하는 대답에 딱 맞아떨어져서 조금 의심스럽군.

"그걸로 납득할 수 없다면, 모처럼 사귀게 된 제 친구와 낯이 친해진 제 부하가 서로의 목숨을 빼앗으려 드는 일에 분노를 느꼈기 때문이라고 생각해 주세요."

"……."

"몇 번이나 즐거운 이야기를 들려 주시고 그림까지 그려 주신 사례도. 미리스 님도 말씀하셨습니다. '그대, 예의를 잊지 말거라, 은혜를 잊지 말거라'라고."

"……."

"원래부터 저는 당신이 어머님 문제로 도움을 청한다면 슬며시 도와줄 생각이었죠…. 결국 부탁하지 않으셨지만."

가만히 있으니 무녀는 토라진 것처럼 입을 삐죽거렸다.

"애초에 루데우스 님은 한눈에 제가 적이 아니라고 확신했으니까 데려온 것이죠?"

"대충 그렇지요."

딱 보았을 때 적이 아니라고 생각했다.

그러니까 신속하게 납치해서 이렇게 이야기를 듣고 있다.

좋아. 어찌 되었든 일은 이렇게 되었다. 나는 상대에게 뒤통수를 얻어맞고 이런 상황에 빠졌다. 이 이상 많이 생각한다고 사태가 호전되지 않는다.

다음 장면에서는 보다 우위인 입장에 서서, 내 목적을 달성해야만 한다.

목적은 다음과 같다.

제1목적, 제니스의 탈환.

제2목적, 아이샤, 기스, 크리프의 안전을 확보.

제3목적, 크리프에게 앞으로 폐가 가지 않도록 한다.

제4목적, 용병단의 설치.

제5목적, 루이젤드 인형의 판매 허가.

제6목적, 미리스를 아군으로 끌어들인다.

일단 2까지의 달성을 목표로 한다.

다음에는 선수를 치자. 나는 지금 카드를 손에 넣었다. 무녀라는 아주 강력한 카드다.

물론 나 자신이라는 카드도 그럭저럭 강력하다.

그럼 다른 누군가가, 상황을 전혀 이해하지 못하는 누군가가 뭔가를 준비하기 전에.

얼른 턴을 진행시켜서 선제공격을 해 보도록 할까.

"이번 일, 혹시 잘 정리되어서 후환이 남지 않게 되면… 에리스를 데려오겠습니다."

"예, 부탁드립니다."

자, 갈까.

그리고 교단 본부로 돌아왔다.

테레즈 일행과 전투를 벌인 지 두세 시간 정도 지났을까. 시내에는 신기할 정도로 신진기사의 모습이 없었다.

그렇다면 기스나 크리프가 밀고했을 가능성은 무시해도 좋겠지.

우리는 전이마법진의 스크롤로 탈출했다.

전이마법진의 존재는 일반적으로 알려지지 않았다.

그 상황에서 신전기사단이 입구를 봉쇄했다면 '아직 안에 있을 터'라고 생각하는 게 보통이겠지.

이미 밖으로 도망쳤다고 현장 지휘관이 판단하기까지 한 시간.

밖을 수색하기 위해 신전기사단 본대에 응원을 요청하고, 수색부대가 편성되기까지가 한 시간.

누가 누구를 방해해서 지연되어 한 시간이 추가된다고 생각하면… 이미 도시 입구 정도는 폐쇄되었을지도 모르지만, 본격적으로 움직이려면 조금 더 걸리겠지.

너무 조직이 크면 고생이 많군.

크리프와 기스는 전이마법진에 대해 알고 있다.

기스는 긴급탈출용 마법진을 설치할 때에 옆에 있었다.

크리프는 샤리아의 사무소 지하에 전이마법진을 그릴 때 도와주었고.

물론 그들이 배신했다면 처음부터 전이 장소에 신전기사단의 손이 미쳤더라도 이상할 것 없다.

처음부터 말이 안 되는 이야기였군.

하지만 교황이나 추기경 정도라면 이미 내가 전이마법진으로 이동했다고 눈치챘더라도 이상하지 않다. 그만큼 정보를 모았으니까.

인신이 뒤에서 움직였더라도 그렇겠지.

…그렇게 생각하면 아무래도 느낌이 이상한데. 아직 몇 시간이지만, 상대가 한 발 늦게 움직인다는 이 느낌…. 설마 테레즈가 독단으로 움직인 건 아니겠지?

그렇게 생각하면서 교단 본부로 다가갔다.

그러자 안에서 파란 갑옷을 입은 놈들이 우르르 나왔다.

"무녀님이다…."

"루데우스가 무녀님을 데리고 나타났다."

"사람을 더 불러라!"

우르르, 정말로 우르르 안에서 나왔다.

주위에서도 나왔다. 순식간에 포위되었다. 정말로 괜찮은 걸까.

"루데우스 님, 결코 제게서 손을 놓지 마세요."

"……."

나는 목숨줄인 무녀의 팔을 붙잡았다.

딱히 무기를 들이댄 것도 아니지만, 신전기사들은 흥분한 기색이었다. 정말로 공격해 오는 일은 없었다. 무녀의 말이 옳았다.

"무녀님을 저렇게 난폭하게…!"

"이놈, 루데우스…. 나는 무녀님을 건드린 적도 없는데…."

"무녀님을 인질로 잡다니, 미리스 교도라고도 할 수 없는 놈이다! 용서 못 해!"

왠지 이상한 쪽으로 화내는군….

하지만 뭐라고 말하기 전부터 인질로 잡은 게 확정사항인 모양이다.

뭐, 당연한가. 호위기사를 전멸시키고 무녀를 데려갔으니까 그렇게 보이더라도 어쩔 수 없지.

이번 일의 주모자도 그런 식으로 보고 있겠지.

"대장, 해치우죠…! '성분묘의 수호자'와 싸운 뒤니까 아무리 녀석이라도 마력은 그리 안 남았을 겁니다."

"기다려라, 그래도 무녀님을 해할 힘은 남아 있을 거다."

"괜찮습니다, 타이밍을 맞춰서 한꺼번에 공격하면, 분명 녀석도 무녀님에게 손을 대기보다 자기 몸을 지킬 터…!"

부채질하는 녀석이 있네. 저게 이번 사건의 주모자의 끄나풀인가….

"무녀님, 저자는 누구의 부하입니까? 인신의 부하입니까?"

"아뇨, 저자는 교황 성하의 부하로군요. 인신과는 관계없습니다. 이번 일에 대해서도 자세히 모르는 모양입니다."

작은 목소리로 물어보니, 역시나 작은 목소리로 대답이 돌아왔다.

뭐, 그런 것까지 일일이 의심했다간 끝이 없지.

좋아. 일단 시작해 볼까.

"이번 일에 대해서 교황 성하와 이야기를 하고 싶다! 길을 열어라!"

최대한 크게 소리쳤다. 기고만장한 느낌의 내 태도에 신전 기사들은 술렁거렸다.

"뭐라고!"

"네놈 따위가 성하를 뵐 수 있을 것 같나!"

"지금 당장 무녀님을 해방하고 단죄를 받아라!"

벌써부터 검을 뽑으려들던 자도 몇 명 있었다.

하지만 내게 붙잡힌 무녀가 움찔 몸을 떨자, 그 기사는 주저하면서 검을 도로 넣었다.

오오, 대단한데. 이게 무녀의 힘인가. '성분묘의 수호자' 놈들을 보고 대충 알긴 했지만…. 상상 이상으로 높은 대접을 받는군, 이 무녀.

그러면… 어흠.

"내 이름은 루데우스 그레이랫! '용신' 올스테드의 대리다! 위대한 주군의 이름을 걸고, 미리스 교단의 상징인 무녀를 해할 생각은 없다!"

나는 왼손을 들었다. 거기서는 올스테드에게 받은 팔찌가 번쩍번쩍 빛났다.

신분증으로는 힘이 약할지도 모르지만, 허세 정도는 되겠지.

"하지만 대화의 요구조차 통하지 않을 경우, 그 보증은 없다! 나를 적으로 돌리면 미리스 교단은 '용신'과 그 부하들을 모두 적으로 돌린다고 알아라!"

교섭은 세게 나가기로 했다.

뭐라고 말할지도 다 생각해 두었다. 올스테드의 이름을 멋대로 쓰게 되지만, 문제없겠지.

부하도 그렇게 많지 않지만, 문제없겠지.

"……큭!"

신전기사들은 주저하면서 한 걸음 뒤로 물러났다.

지금 한마디로 내가 흔해빠진 도적 같은 게 아니라 조직의 높은 사람으로 인식된 모양이다.

일단 시작은 좋군.

"성하께 직접, 이번 일에 대한 미리스 교단의 변명을 듣고 싶다! 어째서 '용신'의 대리인 내 목숨을 노렸는가! 어째서 내 어머니의 신병을 구속하였는가! 대답에 따라서는 무녀의 목숨이 없을 줄 알아라!"

나는 어디까지나 손님입니다.

갑자기 유괴범이라는 오명을 쓰고 목숨을 위협받아서 열 받았습니다. 분노가 머리끝까지 달했습니다. 확실한 설명과 사과를 요구합니다. 더불어서 제니스 문제도 미리스 교단 전체의 문제로 삼자.

"……."

"어쩌지…?"

"어떻게 하려고 해도 무녀님이 인질로 잡혀 있어선…."

하지만 신전기사도 길을 열어 주지 않았다.

결정을 못 내리고 굼뜬 기색이다. 여기 있는 것은 말단뿐이라서 판단하기 어려운 느낌인가.

조금 기다리면 지휘관이 나오는 걸까.

"길을 열라!"

"비켜라!"

"무녀님을 죽게 놔둘 거냐!"

그렇게 생각하는데, 안쪽이 조금 시끄러워지고 네 명의 남녀가 모습을 보였다.

그중 세 명은 아는 얼굴이었다.

'성분묘의 수호자'의 멤버다.

푹 들어간 갑옷이 안쓰럽군.

테레즈의 모습도 있었다. 그녀는 내 모습을 보자 미안하다는 듯이 시선을 내렸다.

또 한 명은 하얀 수염을 풍성히 기른 50대 후반 정도의 남자였다. 얼굴에는 주름이 깊게 나 있지만, 눈빛은 예리해서 노쇠한 기색이 없었다.

기억에 없는 사람인데 누구지?

그도 마찬가지로 파란 갑옷을 입고 있기 때문에 신전기사라는 건 알겠는데, 갑옷이 다소 고급스러운 모습이었다. 테레즈의 갑옷을 더욱 업그레이드시킨 느낌이다.

지금 내 주위를 둘러싼 녀석들이 평범한 신전기사. '성분묘의 수호자'를 홉 신전기사, 테레즈를 엘리트 신전기사라고 본다면, 이 남자는 킹 신전기사 정도 될 것 같다.

"신전기사단, 검 그룹 '대대장' 칼라일 라트레이아다."

아, 이 사람이 칼라일. 내 외할아버지인가….

"이런 상황에서 실례하겠습니다. 처음 뵙겠습니다, 제니스 그레이랫의 아들 루데우스 그레이랫입니다."

곧바로 그렇게 답하자, 칼라일은 매처럼 날카로운 눈빛을 보냈다.

클레어보다 더욱 날카로운 시선. 비슷한 부부로군. 여기서 입씨름이나 벌이면 안 되는데.

"그걸로 되겠습니까?"

"…아뇨."

무슨 의미인지 순간 생각했지만, 클레어와의 대화를 떠올리고 고개를 내저었다.

지금의 나는 올스테드의 부하다. 제니스의 아들이란 건 틀림없지만, 그 입장이 아니다.

대등한 입장을 주장하지 않으면 대등한 입장에서 교섭할 수 없다.

"'용신' 올스테드의 대리인 루데우스 그레이랫이다. 성하와의 알현을 청하고 싶다."

가슴을 펴고, 고개를 빳빳이 들고, 에리스의 포즈를 의식하면서 그렇게 대답했다.

그러자 칼라일은 아주 잠깐 부드러운 표정을 지었다.

"음."

하지만 곧 표정을 다잡았다.

"안내하지. 따라오시오."

칼라일이 엄한 표정인 채로 몸을 돌렸다. 테레즈 일행도 복잡한 표정인 채로 칼라일의 뒤를 따랐다.

"어떤가요, 무녀님?"

"…테레즈는 추기경의 명령에 따른 모양입니다. 칼라일 님은 눈을 맞추지 않았기에 모르겠습니다."

일단 작은 소리로 물어보았다. 편리하군.

칼라일은 그레이다. 적대하는 느낌은 아니지만, 조금 낌새가 이상하니까 경계하자.

나는 멀찍이서 지켜보는 신전기사들을 무시하고 그들의 뒤를 따랐다.

그대로 중추부로 안내받았다.

도중에 전후좌우를 '성분묘의 수호자' 중 다른 멤버들이 에워쌌다.

이미 투구는 쓰고 있지 않았다.

전원이 두 다리로 멀쩡하게 걷는 것을 보면 치유 마술로 치료했나.

경계는 하면서도, 그들이 공격해 올 생각이 없는 것은 알고 있었다.

나는 그들이 자랑하는 왕급 결계를 깨뜨렸고, 정면에서 그들과 싸워서 이겼다. 저쪽도 죽일 생각이 없었다고 생각하지만, 이쪽이 살살 싸워 줬다는 것을 알겠지.

피아의 실력차이는 확연했다. 게다가 내 손에는 무녀가 있다.

무녀를 위험에 빠뜨리면서까지 몇 시간 전에 완패한 상대에게 다시 덤빌 만큼 어리석지 않다.

아니, 놈들의 얼굴은 꽤나 머쓱한 표정이었다.

특히나 더스트. 아까부터 나와 눈도 마주치지 않았다.

하지만 악의는 없고, 적의도 없다. 별로 경계도 하지 않는 모습이었다. 오히려 나를 지키는 듯한 위치였다.

"……."

중추부를 걷기 시작한 지 고작 몇 분.

나는 어느 틈에 방향을 잃어버렸다. 곡선을 그리는 통로와 70도 정도의 골목을 몇 번 꺾었을 뿐이라고 생각하지만….

전에 왔을 때도 생각했지만 통로가 묘하게 구불거린다. 완전히 미로 같다.

"미로 같군요."

"예. 문제가 생겼을 때에 저나 교황님이 쉽게 도망칠 수 있도록, 이런 구조로 만든 것이지요."

무녀가 가르쳐 주었다. 딱히 결계 같은 게 있는 건 아니라는 소린가.

일단 갑자기 잠에 빠지게 되든가 하는 일은 없는 모양이다.

"그래!"

"무녀님은 이 통로를 모두 망라하고 계신다!"

"우리도 처음에는 술래잡기에서 곧잘 놓쳤지!"

갑자기 추종자들이 자랑스럽게 말했다. 요인을 도망보내기 위해서인가. 흔히 있는 이야기로군.

하지만 길을 기억하지 못하겠다. 안쪽까지 들어가면 도망도 못 가겠어….

아니, 천장을 파괴하고 도망치는 것도 괜찮겠지.

벽은… 결계를 쳐놨겠지만, 흡마석을 쓰면 가능하다.

응. 어슬렁어슬렁 찾아왔지만, 괜찮을까.

"아직입니까? 너무 안쪽까지 들어가는 건 싫습니다만."

"거의 다 왔습니다."

칼라일은 뒤를 돌아보지 않고 말했다. 정말일까. 사실은 덫에 빠뜨리려는 게 아닐까.

경계하면서 뒤쪽의 녀석들에게 시선을 보냈다.

그러자 녀석들은 놀란 얼굴로 떠들기 시작했다.

"칼라일 님! 실례 아닙니까! 그래도 뒤는 돌아보고 말씀하시면 안 될까요?"

"루데우스는 무녀님의 팔을 붙잡고 있습니다!"

"녀석의 기분이 상하면 무녀님의 몸에 무슨 일이 생길지 모릅니다!"

"보십시오, 이 갑옷의 꼴을! 우리 신전기사단의 푸른 갑옷이 이렇게까지 우그러지는 괴력을 가졌습니다!"

"기분 좀 상했다고 무녀님의 손에 멍이 남을 가능성도…."

"다들 조용히 해라!"

테레즈의 일갈에 추종자들의 아우성이 멈췄다.

그와 동시에 칼라일이 발을 멈추고 천천히 돌아보았다.

"거의 다 왔습니다."

"…예."

나도 끄덕이며 대답하고 그를 따라갔다.

그리고 고작 열 걸음 정도 걸었을까. 칼라일은 어느 문 앞에서 발을 멈추고 노크했다.

"루데우스 그레이랫을 데려왔습니다."

정말로 거의 다 왔던 것이다.

재촉한 것 같아서 미안하네. 생각해 보면 방향감각을 잃었다고 해도 모퉁이를 두 번밖에 돌지 않았다.

돌아가려고 하면 돌아갈 수 있다.

"들어오십시오."

안에서 들린 것은 교황의 목소리였다. 칼라일은 문을 향해 가볍게 기도를 올린 뒤에 문을 열었다.

몸을 돌려 문을 열면서 나를 안쪽으로 안내했다.

"들어가시지요."

"실례하겠습니다."

나는 무녀의 팔을 잡은 채 방 안으로 들어갔다.

이제 슬슬 놓아도 될 것 같지만… 아니, 방심하면 안 돼.

"……."

안은 회의실 같은 모습이었다.

긴 테이블에 십여 명이 앉아서 얼굴을 맞대고 있었다.

그 안에는 교황도 있었다. 크리프도 있었다. 교황과 비슷하
게 비싸 보이는 법의를 입은 노인도 있었다. 저게 추기경일까.
칼라일보다 더 값나가 보이는 파란 갑옷을 입은 남자도 있었
다. 하얀 갑옷을 입은 인물도 있었다.

더 안쪽에는 일곱 명의 기사가 손을 뒤로 모으고 서 있었다.

그중 두 명의 얼굴은 기억 속에 있었다. 교황의 호위다.

모두 내 쪽을 바라보고 있었다.

지금까지 뜨거운 의논을 벌이고 있었는데, 내가 출현하면서
끊긴 것처럼.

숨을 삼키고, 말없이 내 쪽을 보고 있었다.

그리고 테이블 더 안쪽에는 두 명의 인물이 앉아 있었다.

한 명은 입술을 꾹 다문 노파. 그녀는 나를 노려보듯이 바라
보았다.

클레어 라트레이아.

그리고 그 옆.

있었다. 간신히 찾았다.

멍한 얼굴로 천장을 올려다보는 여성.

이제 곧 마흔이 다 되는데도 아직 젊게 보이는 여성. 내 아

버지가 누구보다도 사랑한 여성.

내 어머니. 제니스가 앉아 있었다.

어라? 잠깐… 왜 두 사람이 있지?

어떻게 된 거야. 나는 아직 어떤 요구도 하지 않았다. 제니스를 데려오라고 하지 않았다.

콰앙.

정적을 깨는 소리가 울렸다. 뒤에서 문이 닫혔다.

신전기사들이 문을 지키듯이 배치되었다. 방 안쪽에 있는 기사들에게 대항하듯이 일렬로.

테레즈만 착석했다.

"그럼 다들 모였으니 이야기를 시작하죠."

제일 안쪽에 앉은 교황이 말했다.

아무래도 몇 시간 동안 뭔가가 움직였던 모양이다. 선수를 치려고 했는데, 또 기선을 빼앗겼나. 끄으으.

"루데우스 님, 무녀님, 자리에 앉아 주시지 않겠습니까?"

내게는 한 발 늦는 재능이라도 있는 걸까.

하지만 상황은 아직 나쁘지 않다.

이대로 간다.

제5화 망설일 이유가 어디 있을까

제니스와 클레어의 모습이 보여도 나는 동요를 겉으로 드러내지 않았다고 생각한다.

이길 수 있다는 확신이 있었던 건 아니다. 모든 게 잘 풀린다는 확신이 있었던 것도 아니다.

다만 이 순간 최소한의 일은 할 수 있다는 확신이 있었다.

제니스를 데리고 이 자리에서 탈출하는 시뮬레이션은 순식간에 끝났다.

이렇게 사람이 많으면 전이마법진을 쓸 수 없지만, 이미 이 자리에 있는 신전기사의 역량을 파악했다.

교황의 뒤에 있는 신전기사가 어느 정도인지는 모르지만, 무녀의 말을 신용한다면 '싱분묘의 수호자'보다 뛰어나지는 않다.

제니스는 확실히 확보할 수 있다.

이 상황이 되었으면 목적 하나는 달성한 거나 마찬가지다.

제니스를 확보. 크리프도 확보. 아이샤와 기스도 확보. 그대로 탈출하자.

아이샤와 기스의 신병만큼은 마음에 걸리지만, 그건 지금부터 나눌 대화에서 캐낼 수도 있다.

아무튼 그런 식으로 생각했기에 나는 당당히 자리에 앉았다. 무녀를 옆자리로 인도하고 그 팔을 잡은 채로 그 옆자리에.

앉기 전에 입에서 나온 것은 아주 차분한 목소리였다.

"다들 모여 주신 듯하니 수고를 덜었습니다."

혀가 매끄럽게 움직였다. 오랜만에 느끼는 감각이다.

"처음 뵙는 분도 많으리라 생각하니 일단 자기소개를. 내 이름은 루데우스 그레이랫. '용신' 올스테드 님의 대리로 미리스 교단 분들과 우호를 다지러 온 자입니다."

용신이라는 말에 주위의 분위기가 순간 당혹스러움을 띠었다.

이 중에 올스테드와 직접 만난 자는 없다. 물론 올스테드가 무슨 목적으로 무엇과 싸우는지 아는 자도 없다. 어쩌면 칠대 열강이라는 말을 모르는 자도 있을지 모른다.

하지만 '용신'이란 단어를 모르는 자는 없다.

그것은 '마신'과 동급으로 유명한 단어니까.

"지금은 연유가 있어서 무녀님을 인질로 잡고 있습니다."

오른손 검지로 무녀를 가리켰다. 마력을 담아서 라이터처럼 작은 불을 만들어냈다.

자리에 긴장이 감돌았다.

"이번에 일이 이렇게 된 것을 심히 유감스럽게 생각합니다. 인질 따위를 잡는, 압도적 존재인 올스테드 님의 얼굴에 먹칠을 하는 짓을 저질러야만 할 줄은 몰랐습니다. 하지만 이건 나 자신의 몸과 부하의 안전, 그리고 앞으로의 교섭을 위한 수단이라고 이해해 주십시오."

"압도적 존재…?"

"어흠."

혀가 너무 매끄러웠군. 헛소리를 할 생각은 없다.

"자, 왜 내 목숨을 노렸는가, 왜 내가 주군의 얼굴에 먹칠을 하는 짓을 해야만 했는가…."

나는 주위를 둘러보고….

클레어에게서 시선을 멈추었다. 그녀가 미간에 주름을 만들고 있었으니까.

"어느 분이 변명을 좀 해 주시면 좋겠군요. 안 그러면 나를 포함한 '용신' 올스테드와 그 부하는 미리스 교단과 본격적으로 적대해야만 합니다."

위협이 아니다.

혹시 미리스 교단의 우두머리들이 인신의 손에 놀아나고 있다면, 그런 것도 충분히 생각해야만 한다.

"……."

내 말에 회의장이 고요해졌다.

아무도 내 시비에 답하지 않았다. 그럼 싸우자, 덤벼봐, 라고 말하는 녀석은 없었다.

방금 전의 전투가 유효했나. 아니면 내가 무슨 이상한 소리라도 했나.

내가 화내고 있다는 것만큼은 전해졌다고 믿고 싶다.

"루데우스 님의 분노는 잘 알았습니다."

대답한 사람은 내 정면. 제일 안쪽에 앉은 남자. 옆에 크리프를 데리고 있는, 이 자리에서 가장 높은 남자.

교황 해리 그리몰.

"하지만 방금 전에 루데우스 님이 말씀하신 것처럼, 이 자리에는 루데우스 님이 모르는 자도 많습니다. 한 명씩 소개를 하고 싶습니다만, 괜찮겠습니까?"

"……."

"그리 시간을 빼앗지는 않을 겁니다."

그 의도를 생각했다. 소개하는 의도… 시간을 벌려고? 지금 아이샤를 확보하러 뛰어다니는 중일까?

아니, 하지만 사람이 그렇게 많은 것도 아니다.

나도 이 자리에 있는 상대에 대해 알아두는 건 나쁘지 않겠지.

뭔가를 요구한다고 해도 순서가 필요하다. 남의 말을 들으려면 그 준비가 필요하다.

그냥 자기가 하고 싶은 말만 주장해도, 상대에게 들을 준비가 되어 있지 않다면 의미가 없다.

"좋습니다. 나야말로 너무 성급했습니다."

"고맙군요…. 크리프, 부탁합니다."

"예. 여러분, 저는 교황 해리 그리몰의 손자, 신부 크리프 그리몰입니다."

크리프가 일어서서 그렇게 말하고 한 걸음 뒤로 물러났다.

아무래도 그가 사회를 맡는 모양이다.

"그럼 일단 루블랑 추기경부터 부탁드리겠습니다."

크리프가 말하자 한 명이 일어섰다. 교황과 비슷하게 비싸 보이는 법의를 입은 남성이었다.

얼굴은 한마디로 말해서 뚱뚱했다. 둥글둥글한 얼굴이라 호빵 얼굴을 한 정의의 용사 같다.

하지만 이 사람은 마족 배척파의 우두머리지….

"루블랑 맥파렌 추기경입니다. 신전기사단의 총괄과 교황 성하의 보좌를 맡고 있습니다."

이 사람이 미리스 교단의 실질적인 넘버 투란 소린가.

추기경의 일이란 분명히 교황의 보좌였으니까…. 국왕과 재상 같은 것이겠지.

물론 미리스 교단의 교황이네 추기경이네 하는 것은 내가 아는 종교의 그것과는 조금 다른 모양이고, 그 관계도 다를지도 모르지만. 하지만 이 교황과 추기경이 다투는 것은 틀림없겠지.

다음 교황 자리를 노린다고 했다. 몇 년에 한 번 선거를 하는지는 모르지만….

그렇게 생각하는데 추기경은 바로 앉았다.

정말로 이름과 직책만을 말하는 자기소개인가.

"벨몬드 경."

크리프의 말에 루블랑 옆에 있던 하얀 갑옷을 입은 남자가 일어섰다.

얼굴에 흉터가 있는 외눈박이 남자였다. 나이는 마흔 정도일까. 하얀 갑옷이라면 성당기사단일까.

하지만 그 표정은 아주 험악했다. 성당기사단은 분명히 미리스의 정기사 같은 위치에 있을 터이다.

내가 시내에서 소동을 일으켜서 화난 걸까.

"성당기사단 '활 그룹' 부단장, 벨몬드 나슈 베니크다."

남자는 그렇게 딱 한마디만 하고 앉았다. 왠지 어디선가 들어본 적 있는 것 같다.

저쪽은 나를 뚫어져라, 노려보듯이 보았지만, 딱히 뭐라고 더 말하지 않았다.

원래 그런 눈인 거겠지. 올스테드나 루이젤드처럼….

아, 떠올랐다.

분명히 루이젤드의 지인 기사 중에 그런 느낌의 이름이 있었다.

그래, 갈가드다. 갈가드 나슈 베니크.

줄여서 가슈.

"혹시 갈가드 씨의?"

"아들이다."

"지난번에는 아버님께 신세를 졌습니다."

그래. 아버지가 교도기사단이라고 아들이 같은 기사단에 들어간다고만 할 수는 없다.

그렇다고는 해도 못난 아들이 아니라는 사실은 부단장이라는 지위가 증명하고 있다.

"레일버드 경."

그 뒤에 하얀 갑옷을 입은 기사가 두 명, 둘 다 모르는 이름이었지만, '활 그룹'의 대대장이라고 하였다. 무슨무슨 그룹이란 건 군대에서의 연대 같은 것이군.

대대장이란 단장, 부단장, 연대장 다음으로 높은 인물이다.

"칼라일 경."

"나는 방금 전에 먼저 했습니다. 건너뛰어도 되겠지요."

칼라일 라트레이아는 소개를 넘겼다. 그런 것도 괜찮겠거니 싶지만, 생각해 보면 자기소개를 하지 않았다. 그렇다면 클레어도 소개가 없는 걸까.

그렇게 생각하면서도 소개는 계속되었다. 대주교와 신전기사단의 '방패 그룹' 연대장.

일단 이름은 기억해 두자.

기억할 필요가 있는지는 모르겠지만, 이름을 알아둬서 손해는 없다.

가능하면 명함 교환도 하고 싶군….

"클레어 님."

클레어의 이름이 불렸다. 이렇게 쟁쟁한 이들 사이에 그녀가 왜 있는 걸까.

무슨 참고인으로 불려왔을까. 아니면 무녀 유괴에 대한 헛소문을 퍼뜨린 것이 그녀일까. 왜 제니스를 데리고 있는가.

지금 당장 물어보고 싶지만, 나중에 설명이 있을 것 같았다.

일단은 참자.

"라트레이아 백작부인 클레어 라트레이아입니다. 이쪽은 제 딸 제니스. 병을 앓고 있기 때문에 이런 모습이니 용서 바랍니다."

클레어는 태연한 얼굴로 이렇게 말하고 착석했다.

일단 이걸로 전원인가. 호위기사들은 소개를 안 했는데, 대화에 참가할 자격이 없다는 소리일까.

"자, 그럼 루데우스 님과 함께 이야기를 시작할까요. 어디서 무슨 일이 일어났는지를."

교황의 말로 이야기가 시작되었다.

"자, 루데우스 님. 일단은 전후관계를 확실히 맞춰 보고 싶습니다만, 괜찮겠습니까?"

"좋습니다. 나도 무슨 일이 일어났는지 알고 싶으니까요."

교황이 이렇게 말하는 걸 보면 그들도 방금 전에 상황을 파악했다는 소리일까.

소란이 일어나고 몇 시간. 추기경이나 각 기사단의 우두머리들이 모인 것은 너무 타이밍이 좋다 싶지만, 우두머리라고 해도 기사단의 단장급은 나타나지 않았다. 무녀 유괴의 소식에 서둘러 올 수 있는 이들만 왔다는 거겠지.

그렇다고 하기에 당사자인 신전기사단 녀석들이 있는 것도 이상하지만.

"그럼 일단 무엇부터 이야기할까요…. 사실 나도 방금 전에 이야기를 들었을 뿐이니까요. 아직 정리가 되지 않았어요."

교황이 눈썹 근처를 긁적이면서 그렇게 말하자 한 남자가 거수하였다.

벨몬드 경. 베슈 씨다.

"아마도 우리가 가진 정보가 제일 부족하겠지. 우리는 추기경의 요청으로 왔다. 무녀를 살해하고 나라에 해를 끼치려는 자의 유해를 거두라고."

나라에 해를 끼친다는 것은 자노바의 존재를 보면 알 수 있듯이 '신의 아이'는 나라에게 중요한 재산이기 때문이다. 미리스 교단이 관리하고 소유하고 있다고 해도, 나라로서도 그 존재가 없어지면 타격이겠지. 적어도 요청을 무시할 수는 없을 정도로.

"하지만 막상 와 보니 호위는 기절한 모습이고, 무녀는 납치. 게다가 유괴한 범인은 이렇게 분노한 채 현장으로 돌아와서 자기 정당성을 주장하고 있다."

베슈는 그렇게 말하고 추기경을 지그시 노려보았다.

"우리가 받은 요청과 현황이 맞질 않는다. 그렇기에 지금은 중립의 입장을 취하도록 하지."

베슈는 그렇게 말하고 착석했다.

교황은 부드럽게 미소 짓고 추기경에게 시선을 옮겼다.

"추기경, 그 요청에 이른 경위를 말씀해 보시죠. 내가 아니라 루데우스 님 쪽을 보고 말해 주세요."

추기경은 유화한 미소를 띤 채로 일어섰다.

지금 이야기를 들으면 추기경의 짓인 걸까.

"라트레이아 가문 사람에게서 통고가 있었습니다. 길가에서 무녀님을 유괴하겠다는 끔찍한 이야기를 한 자가 있다고….."

라트레이아 가문 사람에게서, 길가에서….

아, 혹시 라트레이아 저택에 두 번째로 갔다가 돌아올 때, 누가 뒤를 밟은 걸지도 모른다.

전혀 몰랐지만, 그만큼 소동을 부리고 헤어졌으니 무슨 짓을 할지도 모른다며 한 명쯤은 미행했을지도 모른다.

그게 아니더라도 그 이야기는 길가에서 했다. 누가 들어도 이상하지 않다. 그게 우연히 라트레이아 가문의 귀에 들어갔을 가능성은 충분히 있다.

벽에도 귀가 있고, 메리는 정직하다. 밀고자 메리는 어디에나 있다.

"그자가 누구인지 조사해 보았더니 루데우스 그레이랫 님이었습니다. 부하에게 조사를 시켜 보니 루데우스 님은 테레즈와의 관계를 이용하여 교묘히 무녀님에게 접근했습니다."

추기경 왈. 본래 그런 밀고는 무시해도 문제없는 것이었다고 한다.

그런 헛소리는 일상다반사고, 길가에서 오가는 악담 한마디에 움직일 만큼 신전기사단도 한가하지 않다.

하지만 나는 마족과도 교우가 깊고, 마족과의 영합을 주장하는 교황 성하의 손자와 친구 관계다.

게다가 라트레이아 가문과도 결별하였으며 무슨 문제를 품고 있다.

또한 실제로 루데우스는 라트레이아 가문과 문제를 일으킨 직후부터 무녀에게 접근하였다.

결정타로 루데우스에게는 호위들의 눈을 피해 무녀를 유괴하거나 살해할 만한 능력이 있다.

동기도 능력도 충분.

"그래서 나는 선수를 친 것입니다."

"과연…. 하지만 성당기사단의 증언과 맞지 않는군요. 유괴와 살해는 의미가 크게 다르죠."

"아마도 연락 담당자가 다소 과장하여 표현한 것이겠지요."

추기경은 태연한 얼굴로 말했지만, 상황을 보면 그의 생각은 훤히 들여다보인다.

나를 무녀의 살해미수범으로 몰아세우고, 그 뒤에서 교황이 조종했다는 형태로 만들고 싶었겠지.

하지만 아쉽게도 믿었던 신전기사들은 패배했다.

나는 무녀만이 아니라 신전기사를 살해할 생각도 없었다는 게 드러났다.

"그럼 라트레이아 가문… 칼라일 경에게 이야기를 듣기 전에… 루데우스 님에게 이야기를 들어볼까요. 어떻습니까?"

"……."

내게 차례가 넘어와서 순간 망설였지만, 잘 생각해 보면 내가 거짓말을 할 필요는 없다.

켕기는 짓은 하나도 하지 않았다.

"분명히 유괴하자는 말을 내뱉었던 것은 사실입니다만, 그건 어디까지나 화가 나 흥분해서 나온 말. 주위의 제지도 있어서 실행에 옮기는 일은 없었습니다."

"그럼 왜 무녀님에게 접근하였습니까?"

"라트레이아 가문과의 문제 해결을 이모인 테레즈에게 의논하였습니다. 그게 무녀님에게 접근한 것으로 보였겠지요."

"호오. 하지만 그렇다면 왜 진짜로 무녀님을 유괴했습니까?"

내용은 심문 같지만, 교황의 목소리는 항상 부드러웠다.

그대로 솔직히 다 말해도 괜찮다고 하듯이.

"방금 전에도 말했습니다만, 내 신변 안전을 확보하기 위해 요인을 방패로 삼았을 뿐. 물론 무녀님에게도 허가를 받았습니다."

"사실입니까?"

"예. 루데우스 님에게 켕기는 점이 없다는 것은 눈을 보면 알기에."

무녀가 그렇게 말하고 주위를 둘러보자, 교황과 추기경은 슬며시 눈을 돌렸다.

켕기는 게 많은 사람들은 고생이군.

"하지만 그렇다면 왜 그들을 전멸시켰습니까? 말로 설득할 수도 있을 텐데?"

"갑자기 결계에 갇혔고, 말도 안 되는 재판을 하더니 다짜고짜 두 팔을 자르겠다고 하는 겁니다. 저항하지 않을 이유가 없지요."

하지만 생각해 보면 분명히 전멸시킬 필요는 없었군.

테레즈 정도는 남기고 잘 설득하는 게 스마트했겠지.

마침 무녀가 밖으로 나왔기에 무녀를 앞에 두고도 움직이지 않는 나를 보면 테레즈도….

아니, 무리인가. 무녀가 나올 거라고는 생각하지 않았고, 그 자리의 분위기를 생각했을 때 대화로 설득할 수 있는 느낌은 아니었다.

결론이 정해진 재판이었다. 지난 생에서도 그런 식으로 괴롭힘당한 적은 있다.

"그렇군… 그럼…."

그리고 교황은 천천히 핵심을 건드리듯이 말했다.

"라트레이아 가문과의 문제란 어떤 것입니까?"

클레어의 몸이 움찔 떨렸다.

그걸 보고 내 안에 어두운 감정이 솟아났다. 그때의 클레어가 멋대로 떠들던 말과 행동이 뇌리에 되살아났다.

나한테 하는 짓이라면 얼마든지 참을 수 있다. 하지만 아이샤에게 한 그 말. 제니스에게 한 그 말. 기스에게도 심하게 굴었다.

　"그쪽에 있는 백작부인이 내 어머니… 그쪽에 계신 여성 말입니다만, 그녀를 납치하고 내 눈이 닿지 않는 곳에 감금하였습니다."

　그렇게 말하는 사이에 서서히 짜증이 솟구쳤다.

　"그녀는 말도 제대로 할 수 없어진 어머니를, 어머니의 의사와 상관없이 다른 남자와 결혼시켜서 자식까지 낳게 하려고 합니다."

　목소리가 거칠어졌다.

　"거기에 반대했더니 비겁한 방법으로 유괴하고, 저택에 찾아갔더니 모르는 일이라고 잡아떼고!"

　주위가 전율한 얼굴을 하였다.

　테레즈와 신전기사단이 험악한 얼굴로 허리춤의 검에 손을 댔고, 무녀가 살짝 얼굴을 찌푸렸다.

　손에 너무 힘이 들어간 모양이다.

　"…뭐, 그런 느낌입니다."

　말을 흐리고 어중간하게 끝내 버렸다.

　하지만 내 분노는 주위에 전해졌겠지. 시선이 라트레이아 가문 사람들에게 향했다.

　칼라일과 클레어에게. 그 옆에서 멍하니 천장을 바라보는 제니스를 향하는 연민의 시선도 있었다.

"자, 칼라일 경, 클레어 부인. 지금 이야기를 들으면 이번 일은 당신들의 잘못이라고 여겨집니다만. 그럼 두 분의 의견을 듣겠습니다."

칼라일과 클레어는 순간 시선을 주고받았다.

뭔가 꾸미고 있을까. 적어도 추기경은 두 사람을 도우려는 기색이 없었다.

"아내가 멋대로 한 짓입니다. 나는 모릅니다."

칼라일은 태연한 얼굴로 말했다.

내쳤다.

버린 것이다. 이 남자는, 자기 아내를.

아니, 하지만 클레어의 그 태도가 일상적인 것이라면, 칼라일이 평소에 짜증을 품고 있었다면, 이런 자리에서 칼라일이 저버리는 것도 이상하지 않나?

나라면 에리스가 아무리 난폭한 문제를 일으키더라도 내치거나 버리지 않는다. 오랜 부부생활로 상대의 단점에 염증을 내는 일이 절대로 없으리라고는 할 수 없지만, 내치거나 버리지 않는다.

그럴 거면 처음부터 결혼하지 않는다.

역시 뭔가가 걸렸다.

예전에 크리프는 말했다. 미리스에서는 혼인을 할 때 신부 쪽에서 결혼 선물을 가져가지만, 대신 신랑 쪽은 처가에 무슨 문제가 생겼을 때 반드시 돕는다고. 집안이란 무엇인가 생각하게 되는 바도 있지만, 칼라일은 아내인 클레어를 저버리나….

"물론 당주로서 책임을 질 생각입니다만, 이번 일이 라트레이아 가문의 총의가 아님을 이해 바랍니다."

덧붙이듯이 그렇게 말한 것은 그 나름대로의 책임감일까.

"흠. 그럼 클레어 부인, 하실 말씀 있습니까?"

"……."

클레어는 대답하지 않았다. 토라진 아이처럼 입을 꾹 다물고 있을 뿐이었다.

"침묵은 긍정으로 받아들이겠습니다."

교황은 그렇게 말하고 주위를 둘러보았다.

그리고 누가 뭐라고 하기 전에 목청을 높였다.

"그럼 이번 일의 원인은 클레어 부인. 연대책임으로 칼라일 경. 클레어 부인에게는 벌을, 칼라일 경에게는 책임을 지게 하는 것으로 끝내겠습니다만, 어떠신지?"

뭔가가 꼬여 있는 듯한 감각. 논점이 어긋난 듯한 감각. 처음부터 정해진 것을 담담하게 집행하는 듯한 감각.

"이의 없음!"

거기에 누구보다 먼저 반응한 것은 추기경이었다.

"…이의 없음!"

"이의 없음!"

추기경의 말을 따르듯이 전원이 수긍하는 가운데, 클레어는 창백한 얼굴을 하면서도 태연한 표정을 무너뜨리지 않았다. 무슨 변명도 안 하는 건가?

뭐, 괜히 변명하더라도 기분만 안 좋아질 테니, 괜찮을까.

나도 제니스만 돌아와 준다면 족하다. 나는 두 번 다시 라트레이아 가문에 접근하지 않는다. 제니스도 노른도 아이샤도 보내지 않는다.

그걸로 끝이다.

"루데우스 님도 그걸로 괜찮겠습니까? 이번 일은 우리에게도 본의가 아닙니다. 루데우스 님을 해할 생각은 없고, 올스테드 님을 적으로 돌릴 생각도 없고, 계속 우호적인 입장을 지키고 싶습니다만…."

나는 교황을 보았다. 교황은 부드러운 표정을 무너뜨리지 않았다.

추기경을 보았다. 그 또한 부드러운 미소를 띠고 있었지만, 나와 시선이 마주친 순간 꿀꺽 하고 침을 삼키며 식은땀을 흘렸다.

"무, 물론, 우리도 올스테드 님과의 다툼을 바라는 게 아니다. 올스테드 님이 어떻게 라플라스의 부활을 예지했는지는 모르지만, 타도 라플라스를 위해 움직인다면 협력을 아낄 생각은 없다. 마족의 인형이란 것의 판매는 앞으로 깊은 협의 끝에 검토하고 싶지만…."

그런 대화를 통해 대충 흐름을 파악했다.

무녀의 유괴 이야기의 흑막은 교황이다.

아마도 유괴의 정보를 넘긴 것도 교황의 *끄나풀*이겠지. 라트레이아 가문의 이름을 사칭하여 추기경파의 손으로 나를 죽이려고 움직인 것이다. 아니면 라트레이아 가문에 교황의 첩자가 있는가. 실제로 라트레이아 가문 사람이 들은 것을 이용했을지도 모르지만, 아무래도 좋다.

추기경이 움직였는지는 알 수 없다.

하지만 추기경의 눈에 나란 존재는 거슬렸을 것이다.

교황의 손자인 크리프의 친구로 나타난 용신의 부하. 추기경파인 라트레이아 가문과 문제를 일으키고, 그걸 이유로 무녀에게 접근하는 모습은 교황이 보낸 자객으로도 보였겠지.

손을 써야 한다고 생각했더라도 이상하지 않다.

신전기사단을 전부 동원하지 않고 그런 형태를 취한 것은 나를 얕보았든가, 이렇게 될 것을 넘겨본 포석이었겠지.

교황으로서는 내가 무녀를 죽이지 않을 것을 알고 있었든가, 혹시나 죽이더라도 아무런 문제는 없었겠지.

물론 내가 신전기사단에게 못 이기고 죽더라도 교황에게 디메리트는 없다.

나는 크리프의 친구지만 교황파인 것도 아니다. 교황은 직접 손을 더럽힌 게 아니고, 유괴하라고 말하지도 않았다. 무녀에게 심문을 받더라도 도망칠 자신이 있었고, 최악의 경우 크리프를 제물로 삼을 수 있었다.

또한 나중에 올스테드가 오더라도 마족 배척파의 덫에 걸렸다고 소리 높여 주장할 수 있다.

그때 다시 올스테드와 우호를 맺어도 좋다는 정도로 생각했을지도 모른다.

그리고 이 상황.

라트레이아 가문에게 벌을 내린다는 결과.

분명 교황과 추기경은 누가 제물이 되어도 좋겠지. 그리고 클레어라는 존재를 대상으로 삼은 것은 내가 클레어에 대해 분노를 품었기 때문이 틀림없다.

나는 클레어에게 앙갚음을 해서 만족.

교황은 추기경파에게 타격을 줄 수 있어서 만세.

추기경파만 이를 간다.

손바닥 위에서 춤추었다는 감각은 있지만… 괜찮겠지.

제니스는 돌아온다. 클레어에게도 앙갚음을 할 수 있다. 그리고 이 흐름이라면 예정대로 용병단 쪽도 설치할 수 있겠지.

반대할 이유는 없었다.

"괜찮습니다."

"그럼 관례에 따라 클레어 라트레이아에게 국가소란죄로 10년간의 투옥을 구형한다."

"뭐?"

이상한 소리가 내 입에서 튀어나왔다.

"이의라도 있습니까, 루데우스 님?"

"…10년입니까?"

"예. 용신님의 측근인 루데우스 님의 가족을 납치하고 무녀님을 습격하도록 꾸몄으니까요."

"하지만, 저기….'

"힘 있는 자에게 상응하는 응대를 하지 않고 이런 소란을 불렀다. 루데우스 님이 양식 있는 분이 아니었다면 이미 무녀님의 목숨은 없었겠지요. 그걸 생각하면 10년도 짧습니다."

그런… 걸까. 하지만, 그래. 이 정도의 사람들이 모일 정도의 사건이 되었다.

그 외에도 벌을 받을 사람은 있겠지만, 클레어에게 투옥 10년.

10년… 짧지는 않다. 지금부터 10년 전이라면 내가 에리스와 갓 헤어졌을 무렵이다.

그러니까 짧지는 않다.

그렇긴 해도 어쩔 수 없는 걸까. 따지고 보면 클레어의 방식이 더러웠다. 그런 방법으로 제니스를 유괴하지 않았으면 이렇게 되지 않았다.

"……."

"이의는 없는 모양이로군요. 그럼 세 명 이상의 주교 및 세 명 이상의 대대장으로 이루어진 간이재판이 가결되었으므로, 클레어 라트레이아 백작부인은 국가소란죄로 10년간의 투옥을 구형, 또한 칼라일 경에게는 나중에 정식 재판의 집행을."

"이의 없음."

"이의 없음."

추기경과 대주교, 기사들이 엄숙히 말했다.

"그럼 벨몬드 님, 중립인 성당기사단의 손으로 라트레이아 부부의 구속을. 그 외의 사람에게는 나중에 정식으로 결정한 뒤에 지시를 내리죠."

교황이 성당기사단에게 눈짓을 하고 손을 들었다.

베슈와 그 외 두 명이 곧바로 일어서서 빠릿빠릿한 동작으로 테이블을 돌아, 나란히 앉아 있는 칼라일과 클레어에게 향했다.

테레즈의 앞을 지날 때, 테레즈가 순간 눈썹을 찌푸렸다.

성당기사단 한 명은 품에서 수갑 같은 것을 꺼내어, 일단 칼라일에게 그것을 채웠다.

칼라일은 말없이 그것을 받았고, 성당기사 한 명과 함께 자기 발로 출구로 향했다.

클레어는 움직이지 않았다. 일어서려고 했지만 몸이 떨리고 있었다.

표정은 평소와 같은데, 그 몸이, 다리가 떨리고 있었다.

"자, 클레어 부인."

"나, 나는…."

성당기사단이 천천히 클레어에게 다가갔다. 이대로 클레어는 체포되고 감옥에 갇히게 되겠지. 조금 뒷맛이 쓰지만 일단

일은 정리되었다.

"……."

문득 크리프와 시선이 마주쳤다. 그는 초조한, 혹은 곤혹스러운 표정으로 나를 보고 있었다.

왜 그런 얼굴을 하지? 분명히 나도 마음에 안 드는 부분은 있다.

이렇게 개인적인 처벌 형태로 10년간의 투옥이라니. 너무 억지스러운 소리가 아닌가 싶다.

하지만 이게 너희의 룰이 아닌가? 신전기사단도 나에게 비슷한 짓을 했다. 그럼 이 방식은 너희의 룰에 따른 올바른 결말이 아닐까.

"자, 클레어 부인."

베슈는 클레어를 자극하지 않도록 천천히 손을 내밀었다.

클레어는 그 손을 겁먹은 눈으로 바라보면서도 도망치려고는….

"음!"

다음 순간 베슈는 떠밀렸다.

무거운 갑옷을 철그럭거리면서 한 발 뒤로 물러나게 되었다.

베슈는 즉시 중심을 낮추고 검을 뽑으려다가 멈추었다.

저항한 것은 클레어가 아니었다. 클레어의 옆, 칼라일과 클레어 사이에 끼듯이 앉아 있던 한 여성이었다.

제니스가 클레어의 앞에 서 있었다.

두 팔을 펼치고 지나가면 안 된다는 듯이.

공허한 얼굴로 베슈를 보면서, 하지만 분명히 적의가 느껴지는 동작으로.

클레어를 지키고 있었다.

"······!"

나는 더욱 혼란스러워졌다.

왜 제니스가 클레어를 지키지? 순간적으로 나온 행동일까?

하지만 그녀는 지금까지 상황에 응해 움직인 적도 있었다. 그녀가 이렇게 움직일 때는 가족을 위해서 나온 행동이다. 자기가 무슨 짓을 당했는지 모르니까 반사적으로 어머니를 지키려고 했다?

"······."

뭔가를 놓치고 있다는 느낌이 있었다.

이럴 때에 나는 항상 잘못을 저질러 왔다. 생각해 보면 팩스 때도 그랬다.

진정해, 진정하고 생각하면 뭘 놓쳤는지 알 수 있을지도 몰라.

하지만 시간은 없다. 베슈는 당장이라도 제니스를 밀어내고 클레어를 데려가겠지.

제지해야 할까? 결과를 생각하지 않고 막아도 될까? 더 여러모로 물어보는 편이 좋지 않을까?

하지만 클레어는 제니스를···.

"기다려 주세요!"

망설이는 나를 무시하고 베슈를 제지하는 목소리가 울렸다.

제니스의 앞에 끼어들 듯이 한 인물이 나섰다. 방금 전까지 나를 비난하는 눈으로 바라보던 인물. 크리프다.

"이렇게 억지스런 방식은 이상합니다."

그는 제니스를 감싸듯이 베슈의 앞에 섰다.

"이렇게 나이든 여성 한 명을 몰아붙이고 제물로 삼는 방식은, 미리스 님이 용서하지 않으실 겁니다!"

"일개 신부 주제에 교단의 정식 결정에 이의를 제기하고 미리스 님의 대변자 행세를 하나!"

추기경이 크게 소리쳤다.

"그럼 추기경님은 미리스 님이 용서하시리라 생각하십니까?! 남편은 아내를 저버리고 자식만이 어머니를 지키려는 가운데, 우르르 몰려가서 어머니를 연행하는 것을!"

"자식이라고 해도 마음이 병든 어른일 뿐이다!"

"나이는 상관없겠죠! 부모는 부모, 자식은 자식입니다!"

크리프의 단언에 추기경은 울컥했다.

그리고 바로 자기 부하인 신전기사단을 바라보았다. 이 녀석의 입을 막으라고 말하는 듯한 얼굴.

하지만 하필이면 테레즈를 바라보았다. 크리프 또한 테레즈를 보았다.

"신전기사단 '방패 그룹' 중대장, 테레즈 라트레이아 님! 당신에게도 어머니입니다! 괜찮습니까? 미리스 님은 말씀하셨습니다. '기사는 어떠한 때라도 충의를 잊어서는 안 된다. 하지만 때로는 사랑하는 이의 수호를 우선해야 한다.'라고. 당신에게 어머니는 사랑할 가치가 없는 자입니까? 지금까지 키워준 그녀의 밑에서 사랑을 느끼지 않았습니까? 설령 느끼지 않았다고 해도 그 나이가 된 지금, 과거를 돌아보고 갚아야할 은혜가 있다고 생각하지 않습니까?"

테레즈는 괴로운 얼굴을 하며 시선을 돌렸다.

크리프는 분노한 표정을 한 채로 시선을 다른 곳으로 돌렸다. 그 시선은 내게서 멈추었다.

"너도 그렇다, 루데우스!"

그는 평소처럼 전혀 망설임 없는 눈으로 나를 바라보았다.

"이런 식으로 해서 너는 만족하나? 무녀를 인질로 잡는다는 너답지 않은 방법으로 외할머니를 덫에 빠뜨리고 감옥에 넣어서 만족하나?"

"……"

그 말에 나는 침묵했다. 크리프의 말은 어딘가 이상했다. 나는 좋아서 무녀를 인질로 잡은 게 아니다. 감옥에 넣자는 것도 내 생각이 아니다.

애초에 클레어가 잘못을 저지른 것은 사실이다. 벌을 받는 것은 당연하지 않을까?

그것을 그렇게 감정적인 말로 뒤집어선 안 되겠지.

"분명히 너는 그녀와 다투었을지도 몰라. 하지만 너는 항상 가족과의 다툼은 상대의 마음을 생각해서 해결해 왔잖아? 노른에게도 들었다. 너는 그렇게 푸대접받던 노른이 우울해졌을 때도 앞뒤 가리지 않고 도우러 갔다. 이번에도 너는 노력했다. 내 할아버지나 테레즈 경과 의논하여 평화적으로 화해하려고 하였다. 그런데 이래도 되나?"

그는 다소 착각하고 있다.

내가 평화적으로 해결하려고 한 것은 어디까지나 용병단과 크리프를 위해서다. 딱히 가족을 생각해서 그런 게 아니다. 하지만 크리프는 그런 소리를 듣고 싶은 게 아니겠지.

"……."

"대답해! 루데우스 그레이랫! 괜찮은가, 아닌가! 대답에 따라서 너를 경멸하겠다!"

어째서인지 가슴에 울리는 게 있었다. 가슴에 꽂히는 게 있었다.

왜일까.

그야 나도 가족을 감옥에 넣는 게 좋지는 않다. 하지만 클레어는 다르겠지. 그녀는 나를 가족으로 보려고 하지 않았다.

그녀는 다르다. 가족이 아니다.

"……."

하지만 아직 잔뼈 같은 게 걸리는 느낌이었다.

그게 뭔지는 모르겠다.

하지만 그걸 뽑지 않으면 대답할 수 없다.

"크리프 선배…. 그 질문에 대답하기 전에 클레어 씨에게 질문을 하나 해도 되겠습니까?"

"……?"

나는 크리프의 대답을 기다리지 않고 클레어를 보았다. 그녀는 두려움이 섞인, 하지만 의연한 태도로 내 시선을 받았다.

"당신은 왜 어머니를 유괴했던 겁니까…?"

클레어는 표정을 바꾸지 않고 당연하다는 듯이 답했다.

"딸과 집안을 위해서입니다."

"당신은 이렇게 된 딸을 억지로 결혼시키는 것이 정말로 딸을 위한 일이라고 생각합니까?"

"때와 상황에 따라서는."

무심코 주먹을 움켜쥐었다. 손에 힘이 들어가고 어금니를 악물었다. 이 사람은 왜 이러는 걸까. 이 자리에서 아니라고 대답하면, 자기가 잘못했다고 말하면, 이 자리를 모면할 수 있을지도 모르는데.

"……."

침묵하는 나를 주위에서 조심스럽게 바라보았다. 마치 이 자리의 결정권을 내가 쥐고 있는 듯한 모습이다.

아니, 내가 쥐고 있나? 나는 아직 무녀의 필을 붙잡고 있나.

처음부터 대등한 대화의 자리가 아니다.

"딸과 집안, 어느 쪽이 중요합니까?"

"양쪽 다 마찬가지로 중요합니다."

뱅뱅 도는 대답에 짜증을 느꼈다.

왜 나를 설득하려고 하지 않지? 그녀도 이 자리에서 내가 유리하다는 건 알고 있을 것이다. 내가 그녀를 용서해 달라고 말하면 이 자리는 수습된다. 아니, 완전히 수습되지는 않을지도 모르지만, 클레어가 10년 동안 감옥에 들어가는 일은 없을 거다. 사망자도 나오지 않았으니 다른 벌로 끝나겠지.

그러니까.

됐으니까.

그만 좀.

사과를 해….

망설이는 내게 클레어는 코웃음을 쳤다.

"무리하지 않아도 돼요. 당신에게 도움을 받을 생각은 안 합니다. 딸을 위해서 한 짓 때문에 벌을 받는다면 받아들이죠."

"……!"

당신 말이지… 으으… 제길, 말이 안 통해.

제니스가 감싸 주고, 크리프가 감싸 주고, 그런데 나오는 말이 그건가….

더는 못 참겠다.

"그렇게 말한다면 내가 할 말은 더 이상… 응?"

그렇게 말하는데 뭔가가 내 어깨를 쿡쿡 찌르는 감촉.

돌아보니 무녀가 내게 잡히지 않은 손으로 내 어깨를 찌르

고 있었다.

"루데우스 님."

"왜 그러나요?"

무녀는 평소처럼 천진난만한 얼굴이 아니라 무표정이었다.

무표정이지만 어째서인지 빛이 나는 것처럼 보였다. 성녀 같은 분위기를 느꼈다.

"그녀를 도와주세요."

"어째서인가요?"

분위기에는 안 속는다. 나는 이미 클레어를 용서할 생각이 없다. 적어도 그녀는 나와 화해할 생각이 처음부터 없었다. 그녀는 딸을 자기 밑에 두고 싶을 뿐인, 어리석은 어머니다. 그걸 방해하는 손자도 마음에 안 들겠지.

자기 뜻대로 되지 않으면 신경질을 부리며 날뛰는 아이 같은 생각을 가지고 있겠지.

"클레어 님은 정말로 딸과 집안만을 생각하고 있습니다."

"생각은 누구든 할 수 있지요."

상대의 입장이 되어서 생각하지 않으면 의미가 없잖아.

좋다고 생각하더라도 상대가 원치 않는 것을 강요하는 짓은… 바로 오지랖이라는 것이다.

게다가 이번에는 상대에게 나쁜 쪽으로 굴었다. 아무도 바라지 않는다.

"클레어 님이 생각하는 '집안'에는 루데우스 님, 당신도 들어 있습니다."

"무슨 말입니까?"

"이번 일은 당신을 생각해서 저지른 짓이기도 합니다."

나를… 생각했는데, 왜 이렇게 되지?

왜 이렇게 되었지? 의미를 모르겠다. 대화의 캐치볼이 좀 이루어졌으면 좋겠다.

"저를 믿어 주세요. 눈을 보면 알 수 있습니다."

음. 신의 아이로서의 능력인가. 눈을 보면 과거의 기억을 볼 수 있다. 즉, 무슨 이유가 있었던 거겠지. 어떤 이유인지는 모르겠지만.

"클레어 씨, 무녀님의 말씀에 대해 설명해 주시겠습니까? 아무래도 잘 모르겠군요."

"저도 무슨 말인지 모르겠군요. 무녀님이라도 거짓말을 하실 수는 있겠죠. 저는 당신을 생각한 적이 없습니다."

쌀쌀맞은 대답.

바로 이거다. 크리프, 무녀님. 아무리 당신들이 그녀를 감싸도, 이래선 나도 굽힐 수가 없다. 분명히 다소 마음에 걸리는 부분은 있지만….

하지만 이제 끝내자.

"처음부터 나를 받아들이려고 하지 않는 사람과 화해할 생각은 없습니다…."

내가 한숨 섞어서 말하자, 클레어 또한 태연한 얼굴로 끄덕였다.

크리프가 침통한 얼굴로 나를 노려보고, 무녀가 슬픈 표정을 지었다. 테레즈가 클레어에게 시선을 보내고, 벨몬드 경이 움직이고, 제니스가….

제니스가 어느 틈에 내 앞에 있었다.

"……."

찰싹 하고 내 뺨을 때렸다.

힘은 거의 없었다. 자국도 남지 않을 정도로 힘없는 일격이었다.

"어라?"

하지만 어째서인지 아팠다. 얻어맞은 곳이 이상하게 열기를 띤 것 같았다.

"으…."

갑자기 터져 나오는 눈물.

그 정체를 알아차리기 전에 제니스는 내 옆을 지나갔다.

돌아보니 거기에는 수갑을 차고 퇴실하기 전에 일의 추이를 지켜보던 칼라일이 있었다.

내 뒤에 있었기 때문에 지금까지 그의 표정은 보이지 않았다.

하지만 그 얼굴은 걱정과 초조함과 후회가 뒤섞인 듯한 복잡한 표정이었다.

그도 뺨을 맞았다. 역시나 찰싹 하고 힘없이.

제니스는 비틀비틀, 미덥지 않은 걸음으로 걸었다.

아무도 그녀를 막지 않았다. 성당기사도, 신전기사도, 아무도 막지 않았다. 시간이 멈춘 공간 안을 제니스는 걸었다.

그리고 클레어의 앞에 섰다.

그 손을 천천히 들어서 그녀에게도 따귀를….

아니, 그게 아니었다. 두 손으로 클레어의 뺨을 만졌다. 들여다보듯이 가까이서 그녀의 얼굴을 보았다.

내 위치에서는 제니스의 표정이 보이지 않았다.

하지만 제니스의 얼굴을 본 클레어에게는 극적인 변화가 있었다.

일단 눈을 크게 떴다.

그 뒤에 입술이 떨렸다.

뺨이, 어깨가, 몸이 떨렸다.

떨림은 손끝까지 전해지고, 그 떨림에 조금씩 이끌리듯이 클레어는 두 손을 들어서 제니스의 두 손을 감싸듯이 잡았다.

"아… 아… 아아… 아아아…."

클레어의 입에서 울음소리도, 신음소리도 아닌 통곡이 새어 나왔다.

그녀는 제니스의 손에 키스라도 하듯이 자기 얼굴로 가져갔다.

클레어의 눈에서 눈물이 흐르기 시작했다. 그와 동시에 떨림을 견딜 수 없어졌는지 다리에서 힘이 빠졌다.

"아."

뒤에서 목소리가 들리는 동시에 누군가가 내 옆을 지나갔다.

칼라일이었다. 그는 두 손이 구속된 채로 클레어에게 달려
갔다.

그리고 그 옆에 앉으면서 말했다.

"클레어, 이제 고집은 그만 피우자."

"아… 아아, 당신… 제니스가… 제니스가….”

클레어는 엉망인 얼굴로 울면서 칼라일에게 매달렸다.

칼라일은 그 어깨를 껴안으려다가 수갑을 보고 무리라고 판
단했는지, 제니스의 손을 감싼 클레어의 손에 자기 손을 겹쳤
다.

"괜찮아. 당신이 그렇게 애쓰지 않아도 괜찮았던 거야.”

칼라일은 그렇게 말하고 일어섰다.

클레어의 울음소리가 울리는 공간 안에서, 그는 주위를 둘
러보고 말했다.

"죄송합니다. 지금부터 다 말씀드리겠습니다. 결정은 그 뒤
로 부탁드려도 되겠습니까?”

칼라일의 말에 공간의 시간이 움직였다.

그는 이 자리에 있는 전원을 향해 말한 것이다.

하지만 교황이, 추기경이, 크리프가, 벨몬드 경이, 테레즈
가, 성분묘의 수호자들이 모두 나를 보았다.

무녀가 내 소매를 잡아당겼다. 두 손으로 잡아당겼다.

어느 틈에 나는 무녀의 팔을 놓고 있었다.

"…알겠습니다."

나는 쓰러지듯이 자리에 다시 앉았다.

제니스에게 맞은 뺨이 아직 뜨거웠다.

제6화 집안을 위해, 딸을 위해

클레어 라트레이아는 처음부터 고집스럽고 체면을 따지는 성격이었다.

자기 잘못을 인정하지 않고, 솔직하게 사과하지 않는 아이였다.

그런 그녀에게 그녀의 어머니, 루데우스의 증조모인 메르디 라트레이아는 말했다.

"올바른 사람이 되세요."

그것은 잘못된 교육이었다고 할 수 있겠지. 고집스럽고 자기 잘못을 인정할 수 없는 클레어. 그녀가 잘못을 저지르지 않으면 고집스러워도 아무런 문제도 없다. 그렇게 생각해서 한 말이지만, 평생 잘못을 저지르지 않는 인간은 있을 수 없다.

하지만 교육은 성공했다. 클레어는 엄격한 인간이 되었다.

올바른 인간이 아니라 엄격한 인간이 되었다. 스스로에게도, 그리고 남에게도 엄격한 인간이다.

클레어는 교육 과정에서 자신이 잘못을 저지르지 않고 살아갈 수 없다는 사실을 깨달았다.

따라서 잘못을 저지르지 않도록 스스로를 엄하게 다스리는 인간을 목표로 하였다.

다만 그 부작용인지, 그녀는 남도 엄하게 다루는 인간이 되었다.

스스로에게도, 남에게도 엄하다.

그것이 클레어 라트레이아라는 인간이다.

하지만 교육이 성공했어도 고집스럽고 체면을 따지는 성격은 고쳐지지 않았다.

엄한 그녀는 고생하고 노력했다.

겉치레를 신경 쓰는 그녀는 그게 힘들고 괴로워도, 결코 그것을 남에게 들키지 않았다.

엄한 그녀는 그것과 같은 것을 남에게 요구했다.

고집스러운 그녀는 자기가 지적받아도 결코 잘못을 인정하지 않았다.

기분 나쁜 인간이다.

남들이 보기에는 고생하지 않고 성공했으면서 자기와 같은 성과를 남에게도 요구하고, 군소리라도 할라치면 질책하는 인간. 실패를 지적해도 결코 사과하지 않는 인간. 그렇게 차갑고 고생을 모르고, 남의 마음을 이해하지 못하는 인간이다.

물론 그런 그녀의 성격을 꿰뚫어본 이는 있었다.

남몰래 한 노력을 인정해 주는 사람은 있었다.

하지만 그것뿐이다. '인정'했을 뿐이다.

나는 인정하더라도 다른 이들은 너를 인정해 주지 않을 거야, 라고 마음씨 착한 이는 말했다.

하지만 그녀는 변하지 않았다. 어머니의 가르침도, 자기 방식도, 결코 잘못되지 않았고 바꿀 필요는 없다고 믿었다.

결과적으로 미리스 신성국의 귀족 학교를 졸업할 무렵에는 명물 학생이 되었고, 동년배들의 입에 오르내리는 존재가 되었다.

성인이 되어도 아내로 데려가겠다는 곳이 없었다.

라트레이아 가문의 장녀니까 혼담이 몇 건 들어오긴 했지만, 실제로 그녀를 만나본 귀족 남자들은 그녀의 엄한 부분이나 고집스러운 부분을 보고는 도망치듯이 떠났다.

"결혼할 수 없으면 수녀가 되면 문제없겠죠."

18세 때의 클레어는 그렇게 말했다.

라트레이아 가문의 숙녀로서 혼기를 놓쳤다는 딱지가 붙어서 집안의 수치가 되느니, 차라리 그게 낫다.

당시의 미리스 신성국 여성들의 일반적 생각이었다.

칼라일 규란츠라는 소년이 있었다.

칼라일은 신참 신전기사로, 신전기사단 '검 그룹'의 중대장인 클레어의 아버지 랄칸 라트레이아의 직속 부하였다.

어느 날의 일이었다. 클레어의 아버지는 술에 만취해서 돌아왔다.

랄칸은 엄격한 인간이었다. 스스로에게는 물론이고, 클레어에 대해서도, 클레어의 어머니에 대해서도 항상 엄격하게 행동하였다.

따라서 그런 모습으로 귀가하는 것은 드문 일이었다.

물론 처음은 아니었다. 아버지가 이렇게 한심한 모습으로 돌아오면 항상 어머니가 돌보았다.

갑옷을 벗기고 물을 먹이고, 완전히 만취한 모습을 들키지 않도록, 그냥 지친 것으로 보이도록 부축하면서 침대까지 데려갔다.

그럴 때 클레어의 어머니가 아버지를 질책한 적은 없었다.

클레어의 어머니는 신전기사가 스트레스를 많이 받는 직업이란 것을 알고 있었기 때문이다.

하지만 애석하게도 그날 클레어의 어머니는 친정의 일 때문에 나가 있었다.

클레어는 처음으로 아버지의 약한 모습을 보게 되었다.

클레어는 아버지를 질책했다. 라트레이아 가문의 당주나 되는 사람이 그 추태는 뭐냐, 평소에 내게 했던 말은 다 무엇이었냐, 라고.

아버지는 만취한 상태였음에도 딸에게 약한 모습을 보인 것을 부끄러워하며 입을 다물었다.

그때 끼어든 사람이 클레어의 아버지를 집까지 모시고 돌아온 칼라일이었다.

"오늘 대장이 술을 드신 것에는 이유가 있다. 작전행동 중에 기사 한 명이 죽었다. 누가 잘못한 것도 아니었지만 그 추모의 뜻으로 술을 마셨다. 대장은 그만 술이 과하고 말았지만, 그건 죽은 이에 대한 회한 때문이다. 아무리 대장의 딸이라고 해도 그 마음을 모욕하는 것은 용서할 수 없다."

그 말에 클레어는 입을 다물었다.

침묵했다. 하지만 분노한 것은 아니었다.

그녀는 말없이 아버지를 보살폈다. 물을 먹이고, 사과하는 아버지를 부축했지만 혼자서는 할 수 없어서 칼라일의 도움을 받아 방까지 모셔가고, 옷을 갈아입히고 침대에 눕혔다.

클레어는 그 동안 한마디도 입을 열지 않았다.

자기가 잘못했다는 것을 알았지만, 아버지에게도, 칼라일에게도 사죄할 수 없었다.

고집스러운 성격이 사죄를 허락하지 않은 것이다.

하지만 칼라일은 그것을 꿰뚫어보았다. 울컥하는 표정을 하고 있지만 자기 잘못을 인정했다고.

"당신은 마음씨 착한 사람이군."

떠날 때 칼라일은 그렇게 말했다.

클레어는 그때 무슨 소리를 들은 건지 알 수 없었다.

하지만 눈앞의 소년이, 아마 자기보다 한두 살 연하일 소년이 자신의 뭔가를 알아주었다는 사실은 이해하였다.

그 이후로 칼라일은 일이 있을 때마다 라트레이아 가문에 초대받게 되었고, 최종적으로 클레어의 남편으로 라트레이아 가문에 들어갔다.

두 사람 사이에서 다섯 명의 아이가 태어났다.

아들이 하나, 딸이 넷.

클레어는 자식들을 엄격하게 키웠다. 자기가 그렇게 자랐듯이, 엄하게 가르쳤다.

장남은 신전기사가 되었다.

장녀는 후작가로 시집을 갔다.

두 사람은 클레어의 생각대로 미리스라는 나라 어디에 내놓더라도 부끄럽지 않은 신사숙녀로 자랐다.

클레어는 조금 늦게 태어난 차녀에게 가장 큰 기대를 품었다.

그녀는 형제자매들보다 우수했다.

누가 봐도 아름답고 청렴하고, 자랑할 수 있는, 완벽한 작품이었다.

제니스 라트레이아.

그녀는 집을 뛰쳐나갔다. 클레어의 기대를 배신하고, 집을 나가서 모험가가 되고 소식을 끊었다.

클레어는 격노했다. 바보 같은 딸이다, 가장 어리석은 선택을 했다, 너희는 그렇게 되지 마라, 그렇게 다른 아이들 앞에서 침을 튀기며 욕했다.

그녀가 이 정도로 감정을 드러낸 것은 인생에서 처음 있는 일이었다.

제일 기대했던 딸이 제일 바람직하지 않은 선택을 했다.

그것이 무엇보다도, 누구보다도 쇼크였다.

삼녀 사울라도 원치 않은 형태가 되었다.

그녀는 어느 남작과 결혼했다. 하지만 그 남작은 권력 다툼에 패했고, 사울라 또한 그 다툼에 휘말려서 죽었다. 치유 마술에 뛰어난 미리스에서는 드문 일이지만, 이런 일도 일어날 수 있다.

라트레이아 가문의 체면을 걸고, 사울라를 죽인 상대에게는 상응한 말로를 선물해 주었다.

하지만 사울라는 돌아오지 않는다.

클레어는 슬퍼했다. 남들과 똑같이 슬퍼했다.

클레어의 슬픔을 무시하고 사녀 테레즈도 클레어가 바라지 않는 길로 나갔다.

신전기사단에 들어갔다.

클레어는 이때도 욕을 퍼부었다. 너 같은 계집이 신전기사단에서 버텨낼 리가 없다.

내 말을 듣고 숙녀답게 자라면 제대로 된 결혼 상대를 만나 행복해질 수 있었을 거라고.

테레즈는 '권력 다툼에 휘말려 죽는 게 행복입니까?'라고 코웃음을 쳤고 큰 싸움으로 발전했다.

클레어는 테레즈에게 '두 번 다시 이 집에 들어올 생각을 하지 마라'고 말하며 그녀를 쫓아냈다.

이때 클레어는 자기가 잘못된 말을 했다고는 추호도 생각하지 않았다.

제니스도, 테레즈도, 언젠가 갈 곳이 없어진다.

울면서 돌아와 안길 거라고 생각하였다.

그로부터 10년의 세월이 지났다.

제니스에게서는 여전히 연락이 없었지만, 테레즈는 어느 틈에 무녀의 호위대장이라는 이례적인 출세를 이루었다.

단순히 무녀가 여성이기 때문에 여기사 중에 우수한 인재가 필요했을 뿐.

클레어는 그렇게 생각했고, 실제로도 그랬다.

테레즈 자신은 사무적인 능력이나 지휘 능력이 뛰어났지만, 기사로서의 실력은 평범했으니까.

물론 클레어가 남편을 따라 파티에 출석하면 '역시 라트레이아 가문은 어느 분이고 활약하신다'라는 말을 자주 들었다.

아무리 클레어가 고집쟁이라도, 그녀는 스스로에게도 엄격한 인간이다.

자기가 잘못했다고 깨달으면 사죄까지는 하지 않더라도 생각을 바로잡을 수는 있다.

잘못된 길을 갔다고 생각했던 딸이 좋은 결과를 거두었다면 더욱 그렇다.

클레어는 테레즈를 용서하고 화해했다.

물론 테레즈와 대면한 클레어에게서 나온 말은 사죄가 아니라 '용서하겠습니다'라는 거만한 것이었다.

테레즈가 신전기사단의 중대장으로서 평소부터 인간적으로 문제 있는 이들에게 익숙하지 않았다면, 혹은 어머니의 성격을 아는 오빠가 중간에 있지 않았다면 또 싸움이 일어났겠지.

이때 클레어는 아직 제니스를 용서하지 않았다.

하지만 혹시 얼굴을 보인다면 이야기 정도는 들어줄 수도 있다고 생각했다.

파울로가 라트레이아 가문에 도움을 청해온 것은 그로부터 또 몇 년 뒤였다.

아슬라 왕국에서 일어난 마력재해. 피트이령 진이사건. 파울로는 그 행방불명자 수색부대의 대장으로 나타나서, 라트레이아 가문에게 수색의 원조를 요청했다.

행방불명자 중에 제니스도 있다는 말에 클레어는 당연하게도 거기에 찬성했다.

칼라일을 설득해서 돈과 사람을 보냈다.

얼른 제니스를 찾아내어 '그거 봐라. 내 말을 따르지 않으니까 그렇게 되는 거다'라고 말해 주고 싶었다.

하지만 제니스를 찾을 수 없었다.

1년이 지나도, 2년이 지나도 찾을 수 없었다. 그동안에 제니스의 남편 파울로가 계속 초췌해졌다. 힘든 모습을 숨기려고 하지 않고, 딸도 있는데 술에 빠져 지냈다.

클레어는 제니스보다 먼저 손녀인 노른을 어떻게든 해야겠다고 생각했다.

나이 어린 그녀를 자기 집에서 보호하고 아버지와 떼어놔야겠다고 생각했다.

그리고 숙녀로서의 교육을 시키려고 마음먹었다. 그게 최선이라고 생각했다.

물론 칼라일의 반대도 있어서 억지로 노른을 떼어놓을 수는 없었다.

클레어는 노른을 보면서 답답한 나날을 보냈다.

그러는 사이에 파울로가 마음을 바로잡았다. 테레즈에게 듣기로는, 파울로의 장남인 루데우스가 파울로를 때려서 정신을 차리게 했다고 한다. 클레어는 그때 루데우스라는 인물에게 조금 흥미를 가졌다.

물론 자기에게 인사도 하러 오지 않은 것을 보면 역시나 파울로의 자식은 파울로의 자식이라고 생각하며 점수를 깎았지만.

그 뒤에 파울로가 중혼했다는 사실이 판명되었다.

둘째 아내인 리랴와 딸인 아이샤가 미리스에 온 것이다.

클레어는 미리스 교도다. 아내를 두 명 두는 불성실한 짓은 허락되지 않는다고 믿는다.

하지만 파울로는 미리스 교도가 아니고, 클레어도 교단의 가르침을 남에게 강요하는 것이 어리석은 짓이라고 알고 있었다.

한 달에 몇 번씩 두 손녀를 불러서 라트레이아 가문의 방식으로 가르쳤다.

예의범절이나 세세한 의식에 대해서.

클레어로서는 당연히 배워야 할 것을 배우게 한 것에 불과했다.

노른은 아이샤에게 이기지 못해서 항상 뚱한 모습이었다.

클레어는 그런 그녀의 태도가 마음에 들지 않았다. 노력하면 할 수 있는데, 노른은 일찌감치 포기하고 노력하지 않았다.

아이샤에게 지는 것을 두려워한 나머지 대충대충 했다. 그렇게 판단한 클레어는 노른에게 이길 필요 없다고 말했다. 그저 라트레이아 가문의 숙녀로서 그만한 능력을 가지라고 클레어는 노른에게 말했다.

클레어 나름대로 격려라고 한 말이었다.

하지만 노른은 뜻대로 자라지 않았다. 온갖 말로 격려하고 다독였지만, 틀렸다.

첩의 딸인 아이샤는 그런 노른을 비웃어서 클레어의 성을 돋우었다.

화가 난 클레어는 감정적이 되어서 아이샤에게도 리랴에게도 매몰차게 대했다.

결국 노른도 아이샤도 클레어의 뜻대로 되지 않은 채 헤어지게 되었다.

그 뒤로 또 몇 년의 세월이 지났다.

제니스를 발견했다는 보고는 들어오지 않았고, 클레어는 손녀와의 나날을 추억하고 있었다.

장남, 장녀의 자식들은 차례로 성인이 되었다. 다들 미리스 귀족으로 어디에 내놔도 부끄럽지 않을 만큼 훌륭히 자랐다.

더 이상 주위에 아이들의 모습은 없고, 손주들의 모습도 없어졌다.

노른과 아이샤. 두 사람도 슬슬 성인이 될 나이다. 어떻게 지내고 있을까.

생각해 보면 그 두 사람만큼은 마음대로 되지 않았다.

역시 제니스의 딸이기 때문일까. 제니스는 어떤 식으로 가르쳤던 걸까….

그렇게 생각한 클레어는 문득 깨달았다. 애초에 제니스는 딸에게 교육을 할 수도 없었다고.

태어나고 얼마 안 되어서, 아직 한 살이나 두 살일 때에 전이사건이 일어났다. 제니스는 철이 든 딸을 교육할 기회도 얻지 못했다.

노른은 아버지 혼자서 키운 딸이다.

아이샤도 전이사건의 영향인지 정처의 자식을 존중한다는 교육을 받지 않았다.

제니스는 그래도 공부를 잘했다. 한때는 미리스 여성의 귀감이라는 말을 들을 정도로 훌륭한 숙녀였다. 아무리 모험가가 되었다고 해도 그녀가 제대로 가르쳤으면….

클레어는 갑작스럽게 제니스가 그리워졌다.

만나고 싶어졌다. 만나도 분명 질책의 말밖에 나오지 않겠고, 제니스는 그것을 싫어하겠지만, 그래도 만나고 싶었다.

그럴 때였다.

루데우스에게서 제니스를 발견했다는 소식이 도착한 것은.

기억을 잃고 심신상실 비슷한 상태에 빠졌지만, 그래도 제니스는 살아 있다는 보고를 받았다.

편지의 내용은 간결해서, 어디서 발견하고 어떻게 되었는지가 담백한 문체로 적혀 있었다.

너무나도 담백하게, 피올로가 죽있다는 사실도 석혀 있었다.

앞으로 치료할 예정이라는 말은 있었지만, 데리고 돌아온다는 말은 한마디도 없었다.

클레어는 당장 답장을 보냈다.

어떻게든 제니스와 만나고 싶었다.

또 몇 년이 지났다.

그 동안에 클레어는 제니스를 치료할 방법을 조사했다.

미리스에 있는 의사나 치유술사에게 이야기를 들어보고, 미리스 교단이 소유한 도서관에 몇 번이나 발을 옮겼다.

그러는 도중에 마족이 남긴 문헌도 훑어보았다. 원래 허락되지 않는 짓이지만, 기나긴 역사를 살펴보면 비슷한 사례가 있다고 믿고.

그리고 발견했다.

의심스러워서 사실인지도 알 수 없다. 도저히 믿을 수 없고 구역질마저 나오는 방법.

하지만 분명히 전례로서 한 가지 치료법이 있었다.

마족의 치료법이 아니었다. 엘프 중에 비슷한 예가 있었던 모양이다. 그 여성은 심신을 상실한 상태로 발견되었고, 다수의 남성과 접하면서 그 마음을 되찾았다고 한다.

믿기지 않는 일이다. 거짓말이다. 그런 방법은 시험할 것도 없다.

하지만 확실히 하기 위해 더 조사해 보았더니…. 아무래도 그 인물이 실존하는 모양이었다.

그리고 지금도 남자와 계속 함께 지낸다고 했다.

클레어는 고민했다. 그런 치료법을 시험해도 될까. 제니스도 싫어하지 않을까.

하지만 그래도. 그래도 달리 방법이 없다면….

그렇게 생각했을 때의 일이었다.

루데우스가 제니스를 데리고 온 것은.

제니스는 아들인 루데우스와 첩의 딸인 아이샤와 함께 나타났다.

고작 셋이서. 편지를 보낸 지 3년 정도. 너무 먼 곳으로 편지를 보낸 적이 거의 없는 클레어지만, 루데우스가 다급히 달려왔다는 것을 알 수 있었다.

일단은 치하의 말과 인사를. 그리고 치료의 진행 상태와 앞으로의 치료 방침의 확인을.

여유가 있으면 노른과 아이샤의 근황을.

제니스를 본 순간 그런 예정은 다 머릿속에서 사라졌다.

클레어는 방에 들어가자마자 제니스의 얼굴을 보고 다가갔다. 하지만 가까이 가기도 전에 그 공허한 시선을 보고 가슴이 뒤틀리는 듯한 느낌에, 한숨에 초조한 마음을 담아서 주치의인 안델에게 딸을 맡겼다.

안델은 최근 건강이 안 좋아진 클레어의 몸을 관리해 주는 의사로, 제니스의 치료법에 대해서도 상담해 주던 사람이다.

오랜만에 제니스를 본 클레어는 루데우스를 무시했던 것을 미안하게 생각하면서 돌아보았다.

그때 문득 소파 가장자리에 조심스럽게 앉아 있는 메이드복을 입은 소녀를 보았다.

어두운 갈색 머리의 그 아이. 잊을 리가 없다.

하지만 제일 먼저 클레어의 눈이 간 곳은 그 옷이었다.

메이드복.

"아이샤, 오랜만이군요. 오늘은… 어떤 입장으로 왔습니까?"

"예? 어어… 저기, 제니스 님을 돌보기 위해 따라왔습니다."

그 대답에 클레어는 무심코 목소리가 거칠어졌다.

돌본다. 즉, 메이드로 왔다. 그렇다면 주인인 제니스와 루데우스가 서 있는데, 아이샤가 앉아야 할 이유가 없다. 클레어로서는 당연한 질책이었다.

하지만 루데우스가 끼어들었다.

당연하겠지. 클레어가 해야 할 행동의 순서를 틀렸으니까.

처음 만난 루데우스는 파울로와 비슷하게 생긴 청년이었다. 루데우스의 얼굴을 보면 싫어도 클레어의 뇌리에 파울로의 얼굴이 떠올랐다. 술에 절어 지내고 품위라고는 찾아볼 수도 없던 파울로가 말이다.

그 파울로. 그가 없었으면 제니스가 이렇게 되지 않았을지도 모른다.

클레어의 뇌리에 그런 감정마저 솟아났다.

그 탓인지 그 이후로 루데우스와 나눈 대화에서 클레어의 단점이 그대로 나왔다.

고집스럽고 체면을 따지는 성격이 자기 잘못을 숨기고 거만한 태도를 취하게 만들었다.

물론 루데우스는 진지했다.

야유를 날리는 클레어에게 정면에서 정론을 말했다. 그 정정당당한 태도에 클레어는 루데우스를 꽤 높게 평가했다.

그 뒤의 대화는 클레어가 생각했던 대로 흘러갔다.

치료의 진행 상태 확인과 노른의 근황. 아이샤에 대해서는 아까 질책했던 게 미안하기도 했기에 넘어갔다.

루데우스는 미리스의 상식을 잘 모르는 모양이지만, 당주로서의 자각이 있는 모양인지 노른을 잘 돌보겠다고 단언했다.

클레어는 인식을 수정했다. 아직 젊은 나이지만, 당주로서의 자각을 가진 훌륭한 청년.

클레어의 눈에는 그렇게 비쳤다.

용신 올스테드의 부하라는 것이 얼마나 대단한 지위인지 클레어는 몰랐다.

클레어는 무예 쪽으로 지식이 거의 없지만, 아슬라 왕국의 국왕과도 친밀한 관계라면 신흥 가문이라도 상당한 지위를 가졌다고 할 수 있겠지.

높은 가문에는 그만큼 높은 책임과 실적이 따른다.

클레어는 눈앞의 청년이 자기가 생각했던 것 이상으로 뛰어난 인물이라고 생각했다.

다름 아닌 제니스의 아들이.

그렇게 생각하니 왠지 답답한 기분이면서도 자랑스러운, 복잡한 기분이 들었다.

하지만 그렇기에 문제가 생겼다.

앞으로 할 치료법은 손가락질을 받을 만한 것이다. 다수의 남자에게 안기게 하다니, 허락받을 수 없는 짓이다.

과연 그 치료법을 루데우스가 받아들일까. 슬쩍 운을 띄워 보니, 그는 열화와 같이 화를 냈다. 이런 상태가 되었더라도 그는 제니스를 사랑한다. 당연하겠지. 그렇지 않으면 몇 년이나 들여가면서 미리스까지 데려오지도 않는다.

그리고 그 치료법도 모르고, 시험해 보지 않은 게 틀림없다고 클레어는 생각했다.

그에게 치료법에 대해 말해야 할까. 다소 신빙성이 낮지만, 그래도 해 볼 가치가 있다는 사실을.

혹시 치료법에 대해 자세히 말하면 찬동을 얻을 수 있을지도 모른다.

하지만… 클레어는 생각했다.

눈앞의 청년은 장래가 있는 몸이다.

풍문으로 듣기로는 그는 교황파의 신부와 가까운 사이라고 한다. 동시에 교황의 손자가 미리시온에 돌아왔다는 소문도 있다. 긴 여행일 테니까 같이 왔다고 해도 이상하지 않다.

솔직히 클레어에게 그런 권력다툼은 아무래도 좋은 일이다.

하지만 혹시 루데우스가 교황파로 움직인다면 라트레이아 가문이 아니라 그레이랫 가문으로, 올스테드의 부하로, 교황파에 붙어서 미리시온에서 활동할 생각이라면.

이 치료법은 그의 걸림돌이 되겠지.

자기 어머니에게 그런 치료법을 시험했다면 추문이 된다. 이 나라의 모든 이가 손가락질을 하겠지. 이 나라에서 살아갈 수 없게 되겠지.

그런 그에게 이 치료법에 대해 말해야 할까, 가담시켜야 할까.

아니다. 클레어는 그렇게 결론을 내렸다.

그는 아무것도 모르는 게 낫다고.

어머니가 여러 남자에게 안기는 것을 모르는 편이 낫다. 무관계한 것이 낫다.

클레어가 멋대로 저지른 짓. 라트레이아 가문과 관계없는 루데우스에게는 무관계한 일.

그러는 편이 낫겠지.

치료법을 시험해 보지 않는다는 선택지는 없었다. 클레어는 이미 20년 가까이 기다렸다.

제니스와 만나고 그녀와 말을 나누는 것을.

그리고 클레어는 행동을 개시했다.

오명은 자기가 다 덮어쓸 생각으로.

일부러 루데우스의 성미를 건드려서 라트레이아 가문과 결별시켰다.

　집안사람을 시켜서 제니스를 유괴했다.

　하지만 거기서 움직임이 멎어 버렸다.

　집으로 데려온 제니스. 성장하고 나이 들기 시작한 제니스. 아직 아름답고 여자로서 통할 딸.

　그녀를 정말로 불특정 다수의 남자에게 안기게 해도 될까.

　좋지 않다. 좋을 리가 없다.

　하지만 제니스도 이런 상황에서 자식에게 계속 신세나 지는 것을 좋게 생각할 리가 없다.

　혹시 그녀가 말을 할 수 있다면 분명 낫게 해 달라고 할 것이다.

　그런 변명마저 떠올랐다. 클레어 자신도 그런 변명에 구역질을 느꼈다.

　누가 좀 막아 줬으면 했다. 지금 나는 해선 안 되는 짓을 하려고 한다. 이미 스스로는 멈출 수 없다.

　고민했다. 고뇌했다. 갈등했다.

　하루 종일 제니스와 같은 방에 있으면서 생각했다.

　아무것도 하지 않고 멍하니 있는 제니스는 가끔씩 인간다운 반응을 보였기에, 클레어는 더욱 고민했다.

　그것을 막아준 것이 칼라일이었다.

칼라일은 테레즈에게서 자초지종을 듣고, 그리고 주치의 안델에게 일의 전말을 들었다.

치료법에 대해서도, 그것을 시험해야 할지 아내가 고뇌한다는 사실도.

도저히 용서받을 수 없는 짓을 저지르려는 아내.

그런 아내에게 그는 다정하게 이렇게 말했다.

"…그 치료법을 시험하기 전에 무녀님께 봐달라고 하지."

제니스의 기억을 알면 뭔가 알 수 있을지도 모른다.

어쩌면 결심이 서게 될지도 모른다. 반대로 치료법을 포기할 수 있을지도 모른다.

칼라일은 무녀에게 기억을 봐달라는 신청을 넣었다.

신전기사단의 대대장으로서의 권한을 최대한 동원해서, 제니스의 이름을 숨긴 채로, 자기 행동을 루데우스에게 들키지 않도록 무녀와의 만남을 실현시켰다.

보통은 개인의 기억을 보는 일 없는 무녀와의 만남.

그것이 오늘이었다.

오늘, 칼라일과 클레어가 제니스를 데리고 교단 본부에 찾아온 날.

유괴 사건이 일어났다.

★ 루데우스 시점 ★

"그렇게 해서, 우리는 지금 여기에 있습니다."

그걸로 이야기는 끝났다.

클레어는 새빨간 눈이었고, 칼라일은 침통한 얼굴이었다.

주위의 반응은 제각각이었다. 얼굴을 찌푸리는 자도 있고, 복잡한 심정으로 팔짱을 낀 자도 있었다.

테레즈는 충격을 받은 얼굴로 입가를 가리고 있었다.

무녀는 알고 있었다는 듯이 미소 짓고 있었다.

크리프는 무표정했다. 어쩌면 그는 지금 이야기를 어딘가에서 들은 것이 아닐까.

하지만 이렇게 듣고 보니 이해할 수 있는 이야기였다. 클레어가 하려는 행동은 용서받을 수 없는 짓이다. 미수라고 해도 자기 딸에게 그런 짓을 '하려고 했다'는 것만으로도 용서받을 수 없다.

나라면 그렇겠고, 세상도 그렇다. 미리스교의 교의를 봐도 용서받을 수 없다.

이 나라의 법률에 비추어볼 때 죄가 되는지는 모르겠지만, 적어도 주위의 반응을 보기로는 가문의 이름에 먹칠을 하는 짓임은 틀림없겠지.

또 내가 거기에 가담했다면 당연하게도 이 도시에서 활동하기란 절망적이다.

그러니까 나와 결별했다. 자기 혼자서 저지르기로 했다. 혼자서 고민하고, 혼자서 벌을 받으려고 했다.

다만 아쉽게도 클레어는 잘못 안 것이 있다.

"저기… 그 치료법은 200년 정도 전의 것이죠?"

그렇게 묻자 클레어는 놀란 듯이 고개를 들었다.

"그, 그렇습니다! 200년 정도 전에 비슷한 증상이던 여성이 있었다고…."

"그리고 그 여성은 그 행위 때문에 마을에서 쫓겨났다?"

"…알고 있다는 얘기는, 혹시 시험해 본 겁니까?"

"설마요."

그 예. 엘리나리제 이야기겠지.

물론 진실과는 다르다. 그녀는 지금의 제니스의 상태에서 수십 년 걸려서 회복되었다.

남자를 밝히게 된 것은 그 뒤다.

하지만 전승이란 잘못 전해지는 법이다. 이상한 형태로 전해도 이상하지 않다.

"시험하진 않았습니다만, 그 여성과 직접 만나서 이야기를 들었습니다."

엘리나리제에 대해서는 편지에 쓰지 않았을지 모르겠다.

당시에는 비밀로 해야 할 것이 이것저것 많았다.

"그렇…습니까."

클레어는 힘이 빠진 듯이 어깨를 늘어뜨렸다. 하지만 그 표정은 어딘가 안도한 것으로도 보였다.

"그럼 내가 한 짓은 전부 무의미했군요….."

"그런 이야기가 됩니다."

"…그렇, 습니까."

첫날 치료법에 대해 들었으면 나도 그렇게 화내지 않았겠지. 아니, 할머니, 난 그 여성을 만나서 이야기를 들어봤는데, 전혀 그게 아니에요. 그런 걸로는 안 나아요.

그렇게 웃어넘겼겠지.

응, 아마도.

"말씀해 주셨으면 좋았을 텐데."

"…혹시 당신이 달리 치료법을 몰랐다면 시험하지 않을 수 있었을까요?"

"……."

대답할 수 없다. 아니라고 장담할 수 없다. 혹시 엘리나리제에게서 '나는 야한 짓을 해서 나았다'라는 말을 들었으면 시험했을까. 처음에는 아니었겠지. 다른 방법을 찾았겠지.

하지만 그로부터 몇 년이 지났다. 달리 방법이 없다면 나는 어쨌을까.

고민 끝에 어떤 결론을 내렸을까.

"하지만 알고 있었다면…… 나는 정말로 바보 같은 짓을….."

클레어는 그렇게 말하며 또 눈물을 흘렸다.

자기 딸에게 무의미하게 못된 짓을 하려고 해서, 얼굴도 볼 수 없다는 마음일까.

아직 응어리가 남아 있을까. 가슴에 답답한 심정을 품고 있을까.

나는 후련해졌다. 지금이라면 이제까지의 그녀의 언동을 이해할 수 있다.

딸을 위해, 집안을 위해. 클레어의 행동에 일체 거짓은 없다.

또한 지금 이 상황. 이번 일이 권력투쟁에 이용된 이 상황.

그녀는 하다못해 자기가 하려는 짓이 드러나지 않도록, 혼자서 죄를 덮어쓰려고 했다.

그것은 최소한 라트레이아 가문만이라도 지키려는 행동이겠지.

테레즈나 내가 모르는 외삼촌 일행을 지키려고.

물론 그 방식은 잘못되었다.

그래, 틀림없다. 더 좋은 방법이 있었을 거다. 이것저것 더 많이 있었을 거다.

하지만 그것도 제니스를 위해서, 나를 위해서.

딸을 위해서. 집안을 위해서. 나와 칼라일이 제니스에게 맞은 것은 그런 거겠지.

"하아…."

한숨이 나왔다. 그리고 크리프. 갑자기 클레어를 감싼 크리프.

"크리프 선배는 지금 이야기를 언제 들은 겁니까?"

"오늘 아침이다. 교단 본부에 온 이들과 우연히 마주쳤지."

"…왜 그때 막지 않았습니까? 크리프 선배도 엘리나리제 씨에 대해서는 알았잖아요?"

"치료법에 대해서는 인간으로서 용서받을 수 없는 짓이라는 이야기밖에 듣지 못했어."

뭐, 그렇지. 그야 그렇겠지.

이제까지 아무에게도 말하지 않은 것을 크리프에게 말할 리도 없다.

"오늘 중에 네게도 전하려고 했는데… 미안하다."

이렇게 되어서 무리였군.

다름 아닌 크리프라면 분명 그때 클레어와 칼라일을 규탄했겠지. 당신들이 하는 짓은 잘못되었다. 얼른 제니스를 돌려주고 루데우스에게 사죄하라는 식으로.

그리고 그 기세에 눌린 칼라일은 사정을 말했다.

인간으로서 용서받을 수 없는 일이라는 말에 그도 나름 갈등했겠지. 입막음도 당했겠지.

그러니까 공개된 장소에서 답을 말하는 게 아니라 나를 타이르려고 했던 것이다.

여기서 멈추기만 하면, 클레어는 제니스를 생각하여 행동할 거라고 내게 전하면, 다시 해결의 실마리가 보일 거라고 생각했으니까.

그의 말재주가 좋았다고 할 수는 없지만….

클레어와 칼라일의 마음을 이해하고 한 행동이다. 크리프답다고 할 수 있겠지.

어찌 되었든 알았다. 후련해졌다.

"자, 그럼 다시 한번 묻겠습니다."

내 마음이 정해졌을 때, 크리프가 전체를 둘러보며 말을 꺼냈다.

"이번 일은 한 여성이 딸을 구하기 위해 한 짓. 그것을 권모술수에 이용하고 이렇게 여럿이서 입을 모아 규탄하는 것은 성 미리스 님의 가르침을 따르는 행동이라 할 수 있을까요?"

교황은 여전히 부드러운 표정. 추기경은 울컥하는 얼굴로, 성당기사단이나 신전기사단은 어딘가 마음을 놓은 얼굴로⋯ 다들 크리프를 보았다.

"이번 일은 사고. 그것도 다행스럽게 사망자가 한 명도 나오지 않은 사고. 한 명의 어머니가 일으킨 따뜻한 사고. 시간 낭비나 소란으로 인한 손실은 있었습니다. 일시적으로 불쾌한 기분이 들거나 다친 이도 있었지요. 하지만 어떻습니까. 지금은 모든 것을 물에 흘려보내고, 그녀를 용서하고, 이 자리의 결정을 관대한 것으로 바꾸어야 하지 않겠습니까?"

크리프는 그렇게 말하고 나를 보았다.

"루데우스, 결정권은 네게 있다. 제일 큰 피해자이며 싸움의 승자인 네게."

나는 이미 무녀의 손을 놓고 있었다.

하지만 무녀는 계속 내 옆에 앉아서 미소 짓고 있었다. 이렇게 될 것을 알고 있었습니다, 라고 말하듯이.

다 꿰뚫어본 듯한 태도다. 욘석이.

"좋습니다."

나는 평온한 마음으로 그렇게 말했다. 아직 약간의 응어리가 남아 있었다.

하지만 클레어와는 나중에 또 차근차근 이야기하면 된다. 그런 사람이라면 다시 느긋하게 이야기하면 응어리도 사라지겠지. 뭐, 이야기하는 도중에 또 울컥할지도 모르지만, 그거야 사람을 대하다 보면 어쩔 수 없는 일이다.

"하지만 세 가지 조건을 제시하도록 하겠습니다."

나는 여기서 조건을 제시했다.

무녀를 해방하는 조건. 뻔뻔스럽게도 세 개.

"하나. 무녀님이 내 어머니의 기억을 봐주고, 치료할 수 있을지 확인하는 것."

"물론 괜찮습니다. 애초부터 그런 예정이 있었던 모양이고요."

추기경을 향해 말한 것이었는데 대답한 것은 무녀였다.

다 알고 있다고 말하는 듯한 태도.

혹시 오늘 제니스를 진찰할 것도 알고 있었던 걸까. 알면서 일부러 내게 납치당해서 여기로 유도한 걸까.

그럴싸한 이야기다.

"다만 저는 기억을 되돌릴 수는 없으니, 아마도 그녀를 치료할 수는 없겠지만….'

"그렇더라도 부탁드립니다. 추기경 예하도 괜찮겠지요?"

"음."

추기경은 기분이 좋은 눈치였다.

자기 파벌인 라트레이아 가문이 그리 큰 대미지를 받지 않을 것 같다고 읽었기 때문이겠지.

"둘. 이번 일을 그냥 넘어가는 대신 '용신' 올스테드에게 전면적인 협력을."

"물론 문제없습니다."

"…좋다."

교황은 물론이고 추기경도 수긍했다.

이 정도면 루이젤드 인형의 판매도 가능할 것 같다.

이 기회에 추기경 쪽을 좀 두들겨놓는 게 좋을지도 모르지만, 일단 플러스 방향으로 수습될 것 같으니 이번에는 이 정도로 하자. 너무 욕심을 부리다가는 손해를 본다.

"그리고 마지막으로."

나는 클레어와 칼라일을 보았다. 두 사람은 긴장한 모습으로 나를 보았다.

"내가 라트레이아 가문과 다시 연을 맺을 수 있도록 부탁드립니다."

그 말에 우선 테레즈가 가슴을 쓸어내렸다.

칼라일은 미안하다는 듯이 고개를 숙였다. 클레어는 울음을 터뜨렸다.

흐느껴 울듯이 소리 내며 울었다. 고맙다는 건지 미안하다는 건지 모를 말을 하면서 울었다.

그런 클레어의 머리를 제니스가 천천히 쓰다듬었다.

이렇게 미리스에서의 사건은 막을 내렸다.

제7화   은혜를 위해

그 뒤에 증서가 작성되었다.

증서 내용을 요약하자면, 이번 일의 전모. 루데우스의 온정으로 무녀가 무사했다는 것. 사고의 책임이 미리스 교단에 있다는 것. 미리스 교단은 책임을 지고 앞으로 '용신' 올스테드 및 루데우스 그레이랫의 행동을 전면적으로 지지하고 또 지원할 것. 이 '행동'에는 마족과 관련된 것도 포함되지만, 법률상 문제 있는 행동은 포함되지 않는 것으로 한다… 같은 느낌이다.

이번 일의 주범 두 사람, 교황과 추기경은 당연하게도 사인했다.

추기경의 이마에 흐르는 식은땀이 실로 큐트하다.

증서와 교환하는 식으로 무녀가 반환되었고 해산되었다.

관계자들은 방금 전의 간이재판의 결정대로, 이 뒤에 따로 따로 열리는 회의에서 이번 추태의 책임을 물린다는 모양이다.

어떤 벌을 받을지는 모르지만, 추기경은 교묘히 도망치겠지.

뭐, 그걸 추궁하는 건 내 일이 아냐. 인신의 끄나풀이 아니라면 훼방꾼이긴 해도 적이 아니고, 추기경 하나를 어떻게 한다고 마족 배척파가 소멸하는 것도 아니니까.

일단 얻어야 할 것은 얻었다. 습격 사건도 그걸로 끝이다.

그 후에 제니스와 크리프를 데리고 집으로 돌아갔다.

돌아가는 도중에 크리프가 말했다.

"미안했다."

"갑자기 무슨 소린가요?"

놀라는 내게 크리프는 말했다.

"생각해 보면 이번 유괴는 내 부주의한 발언에서 빚어진 것이었지. 최종적으로는 좋은 형태로 정리되었지만, 잘난 척 떠들기나 하고 일을 꼬이게만 만든 것 같군."

"그랬습니까?"

항상 그런 거 아니었나?

자기 생각으로 행동하고, 당당히 정론을 말하고, 하지만 마지막은 사람들을 행복으로 이끈다.

평소와 다름없는 크리프 선배다.

"나는 신경 안 쓰니까, 이번 일은 반성하고 다음에 살리죠."

"그래, 그러도록 하지."

크리프는 어깨를 늘어뜨렸지만… 그런 것보다 이번 일로 크리프의 입장이 걱정이다.

집에서는 웬디가 기다리고 있었다. 웬디뿐이었다.

"아, 어서 오세요."

아이샤와 기스는 무사할까.

증서를 쓸 때에 넌지시 캐 보았는데, 추기경이나 신전기사단은 '모른다'고밖에 말하지 않았다. 나중에 써먹으려고 준비하는 걸까, 아니면….

"아이샤 씨, 기스 씨, 괜찮습니다!"

그런 걱정은 기우로 끝났다. 두 사람은 마루 밑에서 나왔다.

"휴우. 어서 와, 오빠…. 그리고 제니스 엄마."

안도하는 두 사람.

사정을 물어보니, 그들은 아침 일찍 클레어와 칼라일이 집을 나가 교단 본부로 이동했다는 정보를 얻고 내게 알려주려고 교단 본부로 가려고 했다는 모양이다.

하지만 때는 이미 늦었다.

그들이 교단 본부에 도착했을 무렵에는 신전기사단이 부산스럽게 움직이고 있었다. 교단 본부로 이동한 클레어, 테레즈와 접촉을 시도한 나. 두 사람이 접촉하여 무슨 일이 일어난 게 틀림없다. 그렇게 생각한 두 사람은 내가 내린 명령을 떠올리고 크리프의 집으로 귀환.

짐을 꾸린 뒤에 안에 숨어 있다가 밤이 되면 도시 밖으로 탈출하려고 했던 것이다.

"도중에 신전기사단 사람이 몇 번 왔지만, 이번에는 잘 돌려보냈습니다!"

웬디는 이번에는 일을 제대로 한 모양이다.

하지만 역시 추기경은 아이샤나 기스에게도 손을 쓰려고 했나. 위험했군.

"그렇긴 해도 오빠, 엄마가 돌아온 걸 보면…?"

"그래, 다 끝났어."

아이샤와 기스에게 자세히 설명해 주었다.

아이샤는 이야기를 다 들은 뒤에 감탄하고 눈을 빛내며 말했다.

"왠지 오빠는 영웅 같아. 주위가 실패해서 궁지에 빠져도, 어느 날 갑자기 모든 것을 해결하고 돌아오잖아."

바보 같은 소리.

나처럼 꼴사나운 영웅이 있겠냐.

다음 날. 무녀에게 제니스를 진찰받기 위해 교단 본부로 향했다.

칼라일과 클레어가 크리프의 집까지 찾아와서, 크리프도 포함하여 다섯 명이서 마차로 이동했다.

마차 안에서는 칼라일과 이야기를 나눴다. 그는 이번 일을 깊이 후회하는 모양인지, 몇 번이나 내게 사죄했다. 나는 실패를 나무랄 생각이 없었다. 그도 다소 방법이 잘못되었지만….

인간은 실수를 할 수 있다.

중요한 것은 그걸 반성하고 다음에 살릴 수 있는가 하는 것이다.

그런 점에서 나도 잘 해내고 있다고 할 수 없으니, 남의 실패에 뭐라고 토를 달 수는 없다.

실패한 것 자체에 뭐라고 한들 나아지는 것도 아니고.

물론 내가 그들을 더 나은 길로 인도해야 할 책임도 없다.

칼라일은 말이 많았지만, 클레어는 말수가 없었다. 다섯 명이나 탄 마차 안에서 침묵을 지키고 있었다. 그녀는 무슨 생각을 하는 걸까. 물어봐야 할까.

망설이는 사이에 교단 본부에 도착했다.

정식 수속을 밟아서 교단 본부 중추부에서의 만남이 허락되었다.

안내받은 곳은 아마도 항상 무녀가 쓰는 방이겠지.

교황과 만났을 때처럼 중앙에 투명한 장벽이 쳐진 장소에 의자가 두 개, 창문은 하나.

다소 어둑어둑한 실내에 호위가 여섯 명.

테레즈의 모습은 없었다. 경질되었을까.

그렇긴 해도 호위인 추종자들에게 둘러싸인 상태에서의 진찰이다.

물론 이번에는 그리 경계하는 모습이 아니었다. 호위들은 다들 겸연쩍은 얼굴로 내게서 얼굴을 돌렸다.

사죄는 필요 없다. 일이었으니까.

나도 신나게 때리고 기절시켰으니까, 피차 마찬가지야.

일에 관련된 벌은 나중에 또 받는다니까, 그걸로 그냥 넘어가자고.

어찌 되었든 또 친하게 지내고 싶다.

그런 녀석에게 원한을 샀다간 나중 일이 두려우니까. 최대한 친하게 지내고 싶다.

"그럼 시작하겠습니다."

무녀와 제니스는 마주 보는 의자에 앉았다.

더스트가 제니스의 머리를 가볍게 잡아서 고정시키고 눈을 뜨게 했다. 거기에 무녀가 얼굴을 가져가서 들여다보았다.

무슨 안과 검진 같군.

"…오."

무녀와 제니스의 시선이 빛났다.

시선이 빛난다…고밖에 말할 수 없었다. 서로 바라보는 눈과 눈 사이에 희미한 빛의 선이 그어졌다.

"역시나 무녀님…."

"항상 그렇지만 신성해…."

추종자들이 탄식을 내뱉었다.

지금까지 이런 빛은 나오지 않았다. 연출일까. 아니, 제대로 힘을 써야만 나오는 걸지도 모른다.

불 마술이 마력을 올리면 열과 광량이 늘어나듯이, 무녀의 능력도 제대로 쓰면 이런 현상을 볼 수 있는 거겠지. 광랜이다.

"……."

클레어가 가슴 앞에서 손을 모으는 게 보였다.

기도하는 듯한 포즈에 나도 마음을 다잡았다.

지금 제니스의 과거의 기억이 적나라하게 폭로되고 있다.

그 미궁 속. 마력결정 안으로 날아갔을 때의 기억도 보일지 모른다. 제니스의 기억에서 원인이 무엇인지 알면 해결방법도 찾을 수 있을지 모른다.

힌트가 필요하다. 힌트가 있으면 박식한 지인이 뭔가 알아차릴지도 모른다.

올스테드라든가, 키시리카라든가.

"…아."

무녀가 자그마한 소리를 내며 몸을 떨었다.

즉시 더스트가 제니스의 머리를 놓고 가만히 무녀의 어깨를 만졌다.

다운로드가 끝났나?

"……."

무녀는 눈을 크게 뜬 채로 서서히 일어났다. 나를 똑바로 바라보았다.

"루데우스 그레이랫."

"예."

풀네임으로 불러서 자세를 바로 했다.

"제니스 그레이랫의 기억을 보았습니다."

"어땠습니까?"

"전이사건까지 그녀는 피트아령의 부에나 마을에서, 노른과 아이샤를 키우면서 마을의 치료원을 돕는 나날을 보냈습니다."

거기부터인가.

아니, 응. 본 것을 순서대로 말하지 않으면 대충 말하는 걸로 보일 테니까.

"당신과 헤어진 뒤로 제니스는 매일 당신을 걱정했습니다. 밥은 잘 먹고 있을까, 옷은 잘 입고 있을까, 여러 여자를 건드리지 않을까…."

아, 죄송합니다. 아니, 하지만 그때는 바람 같은 건 안 피웠으니까.

하반신에게 지배당하기 전의 루데우스 대륙은 평화로웠다. 무방비한 실피국을 침공하지도 않고 몇 년을 보냈을 정도니까. 최근 몇 년 동안 실피국을 침공하는 모습에서는 상상도 할 수 없다.

"그녀의 기억은 당신을 걱정할 때 하얗게 물들었다가 한 차례 끊어집니다."

전이사건이다. 나는 그 순간을 목격했다.

하지만 대부분의 인간은 무슨 일이 일어났는지 모르는 채로, 정신을 차리고 보니 전이했다고 한다.

파울로도 그랬고, 리랴도 그랬던 모양이다.

"그 뒤에 한동안 그녀의 기억은 시커먼 시야에 갇힙니다."

"…한동안, 입니까?"

"그렇군요. 긴 시간 동안 꿈을 꾸지 않고 잠들었을 때 같은, 그런 시간이 흐릅니다."

기억이 없는 것은 역시 전이사건으로 그대로 미궁 안으로 이동한 형태일까. 그럴 확률은 낮을 테지만….

하지만 낮긴 해도 불가능은 아니다. 텔레포트 후에 벽 안에 있을 가능성은 언제든 있을 수 있다.

전이마법진의 입구와 출구를 제대로 설정해 두면, 랜덤 전이는 그리 일어나지 않지만….

그 전이사건은 정말로 갑작스러운 일이었으니까.

분명히 나나호시가 이 세계에 왔을 때의 여파네 뭐네 그랬는데….

뭐, 지나간 일은 어떻게 할 수 없지.

인간도 전이마법진을 금기로 정하지 말고 잘 관리하면 좋았을 것을.

그러면 혼란도 없고 대처도 빨랐을 것이다.

응. 그런 쪽을 아리엘에게도 진언해 두자. 전이에 관한 연구 논문을 제출하면 아리엘이 어떻게 해 주겠지.

…어라?

하지만 그러면 어떻게 기스는 제니스를 발견한 거지? 분명히 녀석은 정보를 모아서 전이미궁 안이라고 그랬던 것 같은데… 어라?

"그 뒤로 그녀는 꿈을 꿉니다."

무녀의 말에 현실로 돌아왔다.

일단 나중에 기스에게 질문하기로 하자. 지금 여기에 없기도 하고.

"꿈이요?"

"예. 꿈입니다. 그녀는 인형이 된 것 같은 감각으로 지내기 시작합니다."

"…인형."

"하지만 행복한 꿈입니다."

거기서 무녀는 눈을 감았다. 눈꺼풀 뒤에 떠오르는 그림을 보는 것처럼 유창하게 말했다.

"모르는 집에서 느긋하게 지내는 꿈. 리랴와 함께 볕을 쬐고, 정원을 손질하고."

그리고 무녀의 말투에 변화가 생겼다.

그녀는 제니스 같은 어조로 말했다.

"파울로는 죽었지만, 루디는 실피와 결혼하여 아이를 낳았어.

하지만 역시 그 사람의 아들이네. 루디는 록시와 에리스에게 계속 손을 대고, 하지만 실피도 그렇고, 다들 행복해 보여.

노른도 뭐라고 하면서도 학교에 잘 다니고, 얼굴을 마주치면 '엄마, 다녀오겠습니다'라고 깍듯하게 말을 해 주고.

아이샤랑은 마음이 맞아. 그녀는 꽃을 좋아해. 나는 사과나무와 수선화가 좋다고 했더니, 제니스 님도? 라면서.

엄마라고 불러주는 게 좋다고 했더니, 리랴가 난처한 얼굴을 했어. 역시 그녀도 아이샤에게는 엄마로 있고 싶은 거겠지.

록시는 집 근처 학교에서 교사로 일해.

아주 인기 많은 교사라고 노른이 가르쳐 주었어.

그 아이도 마족이니까 나이가 있을 텐데… 하지만 루디는 록시를 좋아했으니까 나이는 관계없을까.

에리스랑은 처음 만났지만, 루디를 좋아하는 게 전해져 와.

아무도 안 볼 때 내 앞에 와서 새빨간 얼굴로 '부족한 몸이지만, 잘 부탁드립니다'라고 그랬지.

난 무심코 웃었어. 그건 루디 앞에서 해야 하는 말이라고. 내 앞에서 그렇게 예의 차리지 않아도 된다고.

그랬더니 에리스는 새빨간 얼굴로 고개만 숙이고.

평소에는 그렇게 씩씩한데, 정말 귀여워."

그건 요 몇 년 동안의 기억이다.

내 기억과는 조금 다르다. 노른이 제니스에게 말을 거는 일은 거의 없었다. 아이샤가 정원을 가꾸면서 제니스에게 말을 걸어도, 그녀가 대답하는 일은 없었다.

하지만 어쩌면 제니스의 눈에는….

모두가 대답을 하고, 자기도 대화하는 것으로 보였을까.

"그리고 루디의 아이들.

루시는 조숙하네. 아직 어린 나이인데도 언니다워야 한다고 생각해.

실피의 말을 열심히 듣고, 루디에게 보여주기 위해 매일 마술을 연습하고 있어.

하지만 내 앞에서는 약한 말도 해. 엄마처럼 잘할 수 없다고. 실망도 해.

나는 괜찮다고, 언젠가 할 수 있게 된다고, 할 수 없으면 다른 일을 하면 된다고 말해 주지.

그러면 더 열심히 하겠다고 그래. 아주 귀여워.

라라는 나를 잘 따라. 그녀는 태어나서 얼마 안 되었을 때부터 말을 했거든. 틈만 나면 나를 불러.

할머니, 할머니, 라고… 그럼 레오가 나를 부르러 와. 마님, 큰일입니다. 큰일입니다. 라라 님이 오줌을 쌌어요, 라고.

최근에는 곧잘 내 무릎 위에 올라와서 레오랑 같이 햇볕을 쬐며 이야기를 해. 집 밖에 뭐가 있다든가. 아빠 고향은 어디였어요, 라든가.

아르스는 가슴을 좋아하지. 옛날의 루디 같아.

내가 안아 주면 기분 좋게 가슴에 안겨들어.

나 같은 할머니의 가슴이라도 좋은 거네.

파울로와 루디의 안 좋은 점이 유전된 것 같아.

루디처럼 여자를 잔뜩 울려도 상관없지만, 마지막에는 행복하게 해 줘야 한다?"

어느 틈에 눈시울이 뜨거워졌다.

눈에서 눈물이 흘러내렸다. 루시는 제니스에게 별로 다가가지 않고, 라라는 말하지 않는다. 절반 이상은 제니스의 망상이다. 그 공허한 눈으로 본 망상이다.

제니스가 바라보는 세계는 마음 따뜻했다.

"그래, 루디 말이 나와서 말인데 그 아이는 대단한 사람의 부하가 되었어.

용신 올스테드.

저 '마신을 죽인 세 영웅' 중 한 명, 용신 울펜의 먼 제자라나.

아주 강하고 아주 무서운 얼굴이라서 다들 두려워하지만, 나한테는 안 무섭게 보여.

그는 사실 모두와 친하게 지내고 싶은 거야.

특히나 루디를 마음에 들어 하지. 곧잘 우리 집을 살펴보러 와.

나도 가끔 이야기를 하지만, 평소에 남하고 이야기하는 것에 익숙지 않은 거야. 말이 좀 횡설수설하곤 해.

하지만 마음씨 착한 사람이야. 루시가 마술을 터득하지 못하고 있으면 요령을 가르쳐 주고… 어려운 요령이라서 루시는 잘 이해할 수 없지만.

내가 라라를 안아보라고 하면 겁먹은 눈치로 안아 주지만, 그 손길이 아주 자상해.

하지만 레오와 아르스는 거북한 모양이야.

저번에도 아르스가 크게 우는 바람에 에리스가 달려오는 것을 보고 도망치듯이 돌아갔어.

그렇게 강하고 마음씨 따뜻한 사람. 그런 사람의 부하가 되어서 루디가 뭘 하는지는 모르지만, 나는 자랑스럽게 생각해.

파울로도 분명 그렇게 생각할 거야."

이게 어디까지 사실일까. 올스테드가 우리 집에 오는 일은 거의 없을 텐데….

내가 안 볼 때 찾아오는 걸까.

"루디는 아주 훌륭해졌어.

노른도 아이샤도 성인이 되었고, 실피랑 둘째도 만들었어.

리랴는 나를 돌봐야 한다고 허둥댔지만, 무슨 소리.

나와 아이들 중 어느 쪽을 돌봐야 하냐면 당연히 아이 쪽을 우선해야 하잖아?

　실피는 리랴에게 맡기고, 나는 어머님에게 다녀올게.

　괜찮아, 그렇게 걱정 안 해도. 나도 예전에는 모험가였으니까.

　루디랑 아이샤랑 루디의 친구인 크리프랑….

　우후후, 루디랑 같이 모험을 하다니 두근거리네."

　제니스의 기억은 최근의 것까지 왔다.

"어머님은 완전히 할머니가 되었어.

　예전과 전혀 달라. 나를 꾸짖기커녕 울 것 같은 얼굴로 내 이름만 부르고.

　어디 다치지 않았니, 아픈 건 아니니, 그렇게 걱정하며 의사에게 보여주는 거야.

　보다시피 쌩쌩한데.

　하지만 걱정도 많은지 매일 의사에게 보여줘.

　그렇게 엄격하던 엄마가 울 것 같은 얼굴로, 전혀 화도 안 내고.

　그저 매일 같이 걱정하며 얼굴을 보러 오는 거야.

　그래, 아빠도 왔어.

　아빠가 수염도 실렀네.

　예전에는 수염이 없지 않았냐고 물었더니, 출세해서 기른 거래.

안 어울린다고 했더니 쓴웃음이 돌아왔어."

슬쩍 보니 클레어가 칼라일의 가슴에 얼굴을 묻고 있었다. 칼라일도 자기 수염을 쓸면서 눈물을 글썽이고 있었다.

"다만 어머님과 루디 사이가 안 좋아.
루디는 윗사람이 마구 명령해대는 걸 싫어하니까, 어머님하고 싸움을 벌이고.
어떻게 화해를 시키고 싶은데… 그렇게 생각했더니 역시나 예상대로 루디는 어머님을 몰아붙였어.
부에나 마을에서 파울로랑 싸울 때도 그랬지만, 루디는 정말로 이럴 때면 봐주는 게 없어….
내가 잘 중재해야지!"

그리고 무녀는 눈을 떴다.
이걸로 끝인가.
"휴우."
무녀는 눈시울을 누르면서 한숨을 내쉬었다.
그리고 방금 전에 앉아 있던 의자에 무너지듯이 앉았다.
곧바로 추종자들이 다가갔다. 어느 틈에 준비한 건지 따뜻한 타월 같은 것이나 물이 든 컵 등을 내밀고 어깨나 팔을 주물러 주었다.

진짜 높으신 분이란 느낌이다.

"죄송합니다만 여기까지입니다. 어떠셨습니까."

무녀는 완전히 지친 모습이었다.

그 능력은 그렇게 지치는 걸까. 피곤도 하겠지. 제니스의 기억을 더듬고 그 기억을 자기 뇌로 다운로드. 순식간에 정보가 머릿속에서 회전하고 즉흥으로 제니스 연기를 한다.

그런 대량의 정보가 순식간에 흘러들어온다면 지칠 만도 하겠지.

나도 어깨 좀 주물러 주고 싶다.

"아뇨, 감사합니다."

제니스의 치료방법은 알 수 없었다.

하지만 제니스가 지금 상태가 된 후의 마음은 알았다.

그걸 들은 것만으로도 이번에 미리스에 온 보람이 있었다고 해야지.

"적어도 그녀는 지금 행복을 느끼고 있습니다. 파울로 씨가 죽은 것도 잘 알고 있습니다. 지금 상황을 이해하고 있어요."

분명히 제니스는 상황을 이해하고 있었다. 생각 이상으로 제대로 알고 있었다.

꿈 같은 느낌이 남아 있고, 무녀의 어조 때문에 메르헨 느낌이 되었지만 아이의 숫자에 모순은 없었다.

아이의 성격은… 라라만 다소 다른가.

하지만 분명히 라라는 제니스를 잘 따랐다. 제니스의 눈으로 보면, 라라는 뭔가를 열심히 전하려 한다…는 걸지도 모른다.

"그리고 또 한 가지 안 것이 있습니다."

"……?"

"그녀는… 어디까지인지 모르지만, 사람의 생각을 읽을 수 있는 것 같습니다."

생각을 읽어?

"이런 상태라서 모든 생각을 제대로 읽는 건 아니고, 읽지 못한 부분은 멋대로 보완하는 듯합니다만….."

거기까지 말한 무녀는 목소리를 낮추었다.

내게 가만히 손짓을 하며 귀를 빌려달라는 제스처를 했다. 추종자들이 즉시 귀를 막고 고개를 돌렸다.

나는 무녀에게 귀를 가져갔다.

그러자 그녀는 작은 목소리로 말했다.

"그녀는 '신의 아이'입니다."

나는 그 말에 천천히 고개를 끄덕였다.

처음부터 알았던 일이다. 저주가 걸렸을 가능성이 높다고.

그리고 저주의 아이와 신의 아이는 본질적으로 같은 것이란 사실도 잘 알고 있었다.

"알려지면 또 소동이 일어날 테니, 덮어두는 것을 권하겠습니다."

"물론입니다. 다만 나도 올스테드의 부하로 일해 온 몸입니다. 지켜내겠습니다."

"그렇게 장담하다니, 대단하군요."

뭐, 이번에는 유괴당했으니까 공허한 말로 들릴지도 모르지만. 그런 마음으로 지키려고 한다.

하지만 이번 일로 두 가지 사실을 알았다.

하나는 제니스의 능력. 생각을 읽을 수 있다는 능력.

얼마나 읽을 수 있는지는 판명되지 않았지만, 적어도 죽음과 직결될 만한 것은 아니다. 읽어도 전할 수단이 없는 모양이고, 위험성은 적다. 앞으로 안심할 수 있다는 소리다.

또 하나는 기스다.

녀석의 말은 다소 앞뒤가 안 맞는다.

생각해 보면 이번 일, 녀석의 움직임은 아무래도 이상했다.

라트레이아 가문이 마족 배척파라는 것을 알면서도 접근하고, 시키는 대로 제니스를 데리고 나갔다.

오늘이라도 물어야만 하겠지.

"무녀님, 당신과 만나길 잘했습니다. 무슨 사례를 해야만 하겠군요."

기억을 되돌리거나 제정신을 되찾게 할 방법은 알 수 없었지만, 생각 이상으로 상태는 나쁘지 않은 것으로 보였다.

의식이 있다면, 꿈을 꾸는 듯한 감각이라면.

어쩌면 앞으로 갑작스럽게 눈을 뜨는 일도 있을지 모른다.

눈을 뜨지 않더라도 지금 이대로가 행복하다면 그것도 좋을지 모른다.

"감사합니다. 그럼 두 가지 정도 괜찮을까요?"

"말씀하시죠."

"그 팔찌를 주실 수 없겠습니까?"

"팔찌?"

나는 내 팔을 보았다. 올스테드의 팔찌가 빛나고 있었다.

"예."

"…하지만 이 팔찌는 벗으면 안 돼서 다른 건 안 되겠습니까?"

"괜찮습니다. 올스테드 님의 부하라고 한눈에 알 수 있을 만한 것이라면 뭐든지."

올스테드의 부하라고 알 수 있을 만한 것. 그렇다면.

"무녀님도 올스테드 님의 산하에 들어가고 싶으시다고?"

"예. 저도 서른 살이 되기 전에 죽는 건 싫으니까요."

"그렇군요."

그러고 보면 그녀의 운명은 약하다고 그랬지. 이대로 가면 그녀는 죽을 운명이다.

몸이 건강하지 않은 듯해도 병치레까진 아닌 것을 보면, 암살당하는 거겠지.

그녀의 능력과 미리스 교단의 권모술수를 생각하면 있을 법한 이야기일까.

하지만 올스테드의 비호 밑에 있다고 하면, 이번 일에서 뒤가 구린 짓을 꾸민 추기경도, 내가 자기편이라고 생각하는 교황도, 함부로 나설 수 없게 되겠지.

절대로 손을 내밀지 않는다는 건 아니지만.

흠…. 그럼 절대로 손을 내밀 수 없게 만들까.

"그럼 조만간 증표를 준비하지요."

"감사합니다! 이걸로 쉰 살까지는 살 수 있겠네요!"

이번에는 그녀에게도 신세를 졌다.

나중에 용신의 마크가 들어간 증표만이 아니라 수호마족이라도 소환해 주도록 하자.

"또 하나는?"

"테레즈의 감형을 부탁드립니다. 이대로 가면 그녀는 멀리 좌천당하겠지요."

"그건 어쩔 수 없지 않나요?"

명령에는 따랐지만, 완전히 수행하지 못했고.

"예, 그건 그렇습니다. 하지만 이번에 그녀가 루데우스 님에게 패배하면서 추기경 예하도 타격을 입었습니다. 멀리 쫓겨나면 살해될 겁니다. 제 호위로는 그 사람이 좋습니다."

도움이 되지 않는 놈은 쓸모없다면서 추기경파가 화풀이로 테레즈를 죽여도 이상하지 않나.

결국 그녀는 그런 식의 결말을 맞게 되나….

그래도 지금까지 신세진 것도 틀림없다. 그녀도 이용당했을 뿐, 명령에 따랐을 뿐이라면 살해되는 결말은 좋지 않겠지.

"알겠습니다."

"감사합니다. 그럼 탄원서에 사인을."

곧바로 추종자 한 명이 서류를 가지고 다가왔다. 준비성 좋군.

"그럼 루데우스 님, 앞으로도 잘 부탁드립니다."

이렇게 무녀는 올스테드의 부하가 되었다.

"루데우스 님."

그 뒤에 대기실에서 마차를 기다리는데 클레어가 말을 걸어왔다.

그녀는 역시나 냉철한 얼굴을 하고 있었다. 이게 그녀의 평소 얼굴, 혹은 긴장했을 때의 얼굴이겠지.

"이런 장소에서 말할 것이 아니라 좀 진정되었을 때에 할까했습니다만, 앞으로 예정도 있는 모양이니 지금 이야기하지요. 괜찮겠습니까?"

나는 말없이 끄덕였다. 혹시 아내를 세 명 둔 것에 대해 뭐라고 하려는 걸까.

두 명이라면 몰라도 세 명. 미리스교의 교리로 볼 때 허락할 수 없는 짓이겠지.

"내가 한 짓에 대해서입니다."

"예."

아니었다. 일단 자기 이야기였던 모양이다.

그렇지. 그런 짓을 해 놓고서 아무리 그래도 나를 규탄할 수는 없겠지..

그녀는 표정을 전혀 바꾸지 않으며 말했다.

"이번에 내가 하려고 했던 짓은 인간으로서 용서받을 수 없는 짓입니다."

"그렇지요."

아무리 제니스를 위한 일이라고 해도 그 치료법은 심했다.

혹시 진짜로 했다면 나도 이렇게 느긋하게 이야기나 듣고 있지 않겠지.

"그러니 벌을 내려주세요."

"벌이요…?"

"예, 벌입니다. 당신에게서 제니스를 빼앗고 무도한 짓을 하려고 했던 자에게 상응하는 벌을."

"사죄만으로는 안 됩니까?"

"그래서는 본보기가 안 섭니다. 죄를 지었으면 벌을."

무슨 말인지는 알겠다. 말하자면 사과로 끝나면 경찰은 필요 없다는 식의 의미다.

이번 사건에서 관계자는 대부분 벌을 받게 되었다.

하지만 클레어는 저빌 없음. 그래서는 클레어 자신의 마음이 편하지 않은 거겠지

"…어떤 벌이 좋겠습니까?"

"채찍이나 곤봉으로 때리는 것도 좋고, 두 팔을 잘라도 좋고…. 아예 죽어달라고 해도 상관없습니다."

아니… 그건 너무 심한 거 아냐?

나한테 외할머니를 죽였다는 오명을 씌우려는 건가. 제니스가 엄청 화낼 거라고.

"아까 제니스의 이야기를 듣고, 내가 얼마나 독선적으로 마구 행동했는지 잘 알았겠죠? 아기처럼 따르는 딸을 지옥에 떨어뜨리려고 했습니다. 한심할 따름입니다. 어리석은 자에게는 제재의 철퇴가 필요합니다."

그녀는 주먹을 부르르 떨고 있었다.

방금 전의 이야기를 그녀는 그렇게 받아들였나. 하지만 내 귀에는 그렇게 들리지 않았다.

또 다른 형태로 들렸다.

제니스는 용서했다. 자기가 무슨 짓을 당할 건지 이해하지 못했을 것이다. 하지만 그녀는 클레어의 고뇌를 느꼈다. 자기를 위한 일이라고 이해했다. 그러니까 클레어가 그 재판 자리에서, 주위에 편들어 주는 이가 아무도 없이 혼자 다 뒤집어쓰려고 할 때에 용서했다.

그러니까 제니스는 그 자리에서 나와 칼라일을 때리고 클레어를 때리지 않았다.

그렇게 해석하는 건 조금 억지스러울까.

아니, 아니.

뭐, 클레어에게 벌을 주는 건 말이 되겠지.

클레어 자신도 용서가 아니라 벌을 바라는 모양이고. 벌을 받을 때까지는 꿈쩍도 않겠지.

으음. 하지만 이런 완고한 태도가 이번 일을 낳은 게 아닐까.

좋아.

"알겠습니다…. 그럼…."

"……."

클레어는 긴장한 얼굴로 이쪽을 보았다. 미안하지만, 이기적인 방향으로 써먹도록 하지.

"개종해 주세요."

"그건 당신과 같은 종교가 되라는 말입니까? 마족을 숭배하라고?"

잘못 말했다. 개종이 아니다. 록시교가 되어도 곤란하지.

이 경우는 뭐라고 말하면 좋을까. 뭐, 아무래도 좋아.

"아뇨, 이거 실례. 말을 잘못하였습니다. 미리스 교도를 그만둘 필요는 없습니다. 다만 마족을 배척하려는 생각을 버려 주시면 고맙겠습니다."

"그건 라트레이아 가문 전체의 이야기입니까?"

"클레어 씨 혼자만이면 됩니다. 내 아내 중에는 마족도 있어서, 그녀를 '더럽다'고 말하는 건 보기 싫습니다. 그리고 내 종교도 인정해 주고, 우리 집의 교육방침에 간섭하지 않으면 좋겠습니다."

“…….”

“또 앞으로 그런 일로 고민이 있으면 이야기해 주세요. 대부분은 해결할 만한 힘을 가지고 있다…고 생각하니까.”

클레어는 얼떨떨한 얼굴로 나를 보았다.

하지만 곧 고개를 끄덕였다.

“알겠습니다.”

클레어는 납득이 가지 않는다는 얼굴이었다.

이게 벌이 되는지 모르겠다는 느낌일까. 나도 잘 모르겠다. 아니, 단순히 내 요구를 말했을 뿐이니까. 내가 하는 말이 벌이야.

하지만 그녀는 그게 벌이라면 받아들이겠다는 생각인지 다시금 수긍했다.

“앞으로 클레어 라트레이아는 마족 영합파가 되어서 분골쇄신 활동하도록 하겠습니다. 당신을 신뢰하고 당신의 종교나 교육 방침에도 간섭하지 않겠고, 그러는 이들을 막겠습니다.”

“잘 부탁드립니다…. 하지만 너무 심하게는 마세요. 생각을 강요하는 것은 좋지 않으니까요.”

“…물론입니다.”

일단 이 할머니의 생각이 조금 유연해진다면, 앞으로 아내나 자식 문제로 문제가 일어나지는 않겠지. 지금은 얌전하지만, 목을 넘어가면 뜨거움을 잊는다는 속담도 있다.

다음에 만날 기회…가 있다면 말이지만, 그때 또 싸움이 일어나는 건 사양이니까.

"내가 할 말은 이상입니다."

"…온정에 감사드립니다."

클레어는 진지한 표정으로 끄덕였다.

정말 사과가 서툴단 말이야.

자, 그 후에 또 크리프의 집으로 돌아왔다.

라트레이아 저택에는 나중에 인사하러 가게 되겠지만, 일단은 기스가 문제다. 물어봐야 하는 게 많이 있다.

이번 일, 이전 일, 돌이켜보면 꽤 이전부터 그 녀석은 타이밍이 좋았다.

그런 점을 좀 자세히 들어봐야겠다.

"그럼 잠깐 기스를 찾아올게."

집에 아이샤와 제니스를 맡기고 바로 기스를 찾으러 나섰다.

"오빠, 잠깐 스톱!"

그때 아이샤가 나를 제지했다.

그녀는 어딘가 다급한 얼굴로 손에 쥔 것을 내밀었다.

"이거!"

그녀의 손에는 편지가 쥐어져 있었다.

밀랍으로 봉인한 편지. 표면에는 '루데우스에게'라고 적혀 있었다.

"웬디가, 우리가 출발한 직후에 기스 씨가 와서 이걸 맡기고 갔대!"

나는 그걸 말없이 받았다.

이 타이밍에 편지라. 안 좋은 예감이 들었다. 바로 봉인을 뜯고 편지를 읽었다.

「루데우스에게.

여어, 선배.

선배가 무녀에게 이야기를 듣고 여기에 돌아와서 이 편지를 읽고 있다면, 대충 무슨 일이 일어났는지 알 거라고 생각해.

다 알았겠지? 설마 아직 모른다고는 하지 않겠지?

아직 모르겠다면, 이 편지는 내 실책이지만⋯ 뭐, 됐어.

지금 선배는 의문을 품고 있겠지.

알 리가 없는 제니스의 위치를 어떻게 알았을까.

왜 그렇게 타이밍 좋게 내가 제니스를 데리고 나갔을까.

더 거슬러 올라가면 선배와 만날 때도 그랬어. 돌디어 족의 마을에서 우연히 선배를 찾아냈다든가⋯.

그런 것 말이야. 어째서일까?

아무리 S급 모험가인 기스 님이라고 해도 불가능한 일은 있을 거라고.

대답해 주지.

전부 인신님의 지시야.

나는 인신님에게 조언을 받아서 움직이고 있어.

말하자면 '인신의 사도'였다는 소리지. 선배를 속였던 거야.

놀랐을까?

역시나 싫을까?

아니면 화났어?

화났겠지. 뭐, 지당한 일이야.

하지만 나는 어렸을 적부터 그 신의 목소리를 듣고 살아왔어. 죽을 뻔했을 때, 위기에 빠졌을 때, 그 목소리를 들으면 목숨을 건졌지. 싸울 힘이 없는 나에게 그 목소리는 구원이었어.

선배, 너도 그랬을 거 아냐?

마대륙에서 돌아올 때, 인신님은 도와주었을 거야. 루이젤드 형씨와 만나게 해 주고, 마안을 손에 넣게 해 주고, 감옥에 들어가면 꺼내 주고, 여동생의 목숨도 구해 주었지.

제니스가 어디에 있는지 가르쳐 준 것은 인신님이야.

하지만 선배.

너는 인신님을 배신했어.

그야 무슨 일이 있었을 거라고는 생각하거든?

인신님은 선한 신이 아냐. 우리를 이용하기 위해서 조언을 주는 거겠지. 가끔은 우리를 가지고 놀기도 하지. 그게 선배의 성질을 건드린 걸지도 몰라.

하지만 싹 태도를 바꿔서 배신하는 건 아니잖아.

이용당했다고 해도 우리가 받은 은혜는 그대로 남아 있으니까.

그 은혜를 청산해야지.

적어도 나는 고향이 사라졌을 때 그렇게 생각했어.

인신님은 나를 이용해서 내 고향을 없앴어. 인신님은 웃었어. 너는 나한테 이용당한 거라면서.

물론 나도 화났거든? 뭐야 이 자식, 사람 가지고 놀고 있어, 웃기지 마, 라고.

하지만 그때 인신님은 말했어.

"지금까지 도와줬으니까 이 정도는 괜찮잖아?" 라고.

아마도 나를 속이기 위한 말이었겠지. 분노에 기름을 붓고 더 기분 좋게 웃기 위한 말이었을 거야.

하지만 나는 그때 문득 생각했어.

그도 그렇구나, 라고.

이제까지 도와준 은혜를 생각하면 어쩔 수 없나. 솔직히 원망도 하지만, 그게 공평하다…고.

뭐, 선배는 분명 그렇게 생각할 수 없었던 거겠지.

지금도 읽으면서 '신입, 그건 아니잖아?'라고 생각할지도.

물론 선배에게는 아니어도 나한테는 그렇지 않아.

내가 보자면 선배는 은혜를 모르는 놈이야.

은인에게 이빨을 들이대지 마.

그러니까 선배, 미안하지만 나는 이쪽에 붙도록 하겠어.

이번에는 좀 살펴보러 온 거야. 선배의 역량을 재기 위해서

라도, 교묘히 함정에 빠뜨려서 신전기사단하고 붙여 봤어.

뭐, 간단히 빠져나온 모양이지만… 역시나 이런 방법으로는 선배를 해치울 수 없다는 걸 알았어.

하지만 비장의 카드를 보여주다니, 그건 실수한 거야.

다음에는 확실히 이길 전력을 모아서 정면에서 당당히 선전 포고하도록 하겠어.

목 씻고 기다려.

선배에게 원한은 없어. 감옥에서의 일은 즐거웠고, 성검가도를 같이 여행했던 것은 잊을 수 없어.

미궁 탐색도 그렇게 두근거렸던 건 오랜만이었어. 그건 틀림없어.

하지만 그것뿐이야. 원한은 없지만, 은혜도 없어.

인신님에게는 원한도 있지만, 아직 은혜가 남아 있어. 원한은 있어도 은혜는 갚는다.

그게 내 징크스야.

　　　　　　　　　　　　　　　　　　기스 누카디아가」

나는 곧바로 집을 뛰쳐나가서 달리며 외쳤다.

"기스!"

기스는 적이었다.

어떻게 한 건지 마도갑옷도 보았다. 전력을 모은다고 한다.

녀석이 어떻게? 다음에는 정면에서 싸우자고 한다. 믿어도 되는 걸까. 알 필요는 없다. 그걸 실행하기 전에 막아야만 한다.

기스를 죽여서 막아야만 한다.

나는 그대로 달려서 상업 구역, 용병단 지부로 달려갔다.

곧바로 올스테드에게 이번 일의 개요와 인신의 사도가 누구였는지, 편지의 내용에 대한 메일을 보냈다.

대답을 기다리지 않고 뛰쳐나가서 기스를 쫓아가기로 했다.

하지만 어디로 갔는지 알 길도 없다.

나 혼자서는 효율이고 뭐고 없다. 그렇게 생각한 나는 교단 본부로 달려가서 기스의 지명 수배를 내려달라고 했다. 또한 신전기사단을 동원시켜서 미리시온과 그 주변을 수색해 달라고 요청했다.

하지만 녀석은 인신의 사도.

미래를 아는 남자.

기스. 전투 능력 없이 S급 모험가가 된 남자.

붙잡힐 리가 없었다.

제8화 배신자를 놓치고

기스 누카디아. 누카 족이라는 종족의 마지막 생존자.

못하는 것은 전투. 자신 있는 것은 그 이외.

검술도 마술도 못 쓰는데도 불구하고 계속 모험가로 먹고 살아서 현재의 랭크는 S급.

그것이 올스테드가 아는 기스라는 인물이었다.

'…기스는 지금까지 내가 어떤 행동을 해도 움직임을 바꾸는 일이 없었다. 그렇기에 사도가 아니라고 생각했다.'

올스테드.

그는 자기 행동에 대해 세상이나 사람들이 어떻게 움직이는가를 알고, 그것을 통해 사도인지 아닌지를 확인했다.

자기가 개입하는 역사, 그러지 않은 역사. 모든 것을 아는 그가 거쳐온 루프들 중에서도 기스의 행동은 일관되었다고 한다.

모험가로 살고, 모험가로 죽는다. 주위에서 무슨 일이 일어나든 이상한 움직임은 일체 하지 않았다.

올스테드는 숨어 있는 인신의 사도를 잘 찾아낸다.

기스처럼 높은 전투력 없이 정보 수집과 정보 교란을 특기로 삼는 사도는 소수나마 존재했다. 그들은 드러난 움직임 없이 그림자처럼 움직이며, 중요한 순간에 다른 사도를 돕는다. 결코 사도라고 들키지 않도록.

그런 사도를 올스테드는 모두 죽여 왔다.

그에게는 루프가 있었다. 몇 번 반복하다보면 누가 사노고 누가 사도가 아닌지 판별하기란 쉬웠다.

하지만 기스만큼은 아니었다고 한다.

기스만큼은 딱히 수상한 구석도 없고, 사도였던 적도 한 번도 없었다고 한다.

무슨 짓을 해도 녀석은 인신의 사도 같은 행동을 취하지 않았다.

설령 죽기 직전이라도 말이다.

'하지만 녀석은 모든 루프에서 사도이며, 그걸 숨기고 있던 것이다.'

지금까지의 루프에서 기스가 사도라고 **나선** 적은 없다.

의심하고 죽인 적도 있다고 했다. 하지만 죽을 때도, 살해될 때도, 끝까지 기스는 입을 열지 않았다고 한다.

'그리고 나는 그것을 역사대로의 흐름이라고 착각했다…. 이러니 이길 수 없지….'

문장만 주고받으며 대화를 해 보니, 올스테드의 심정이 꽤나 가라앉았다는 게 보였다.

그는 지금까지 기스가 사도였을 가능성을 알아차리지 못했다. 인신으로서는 웃음이 멈추지 않았겠지.

녀석 아직도 기스를 알아차리지 못했어, 키득키득, 이라며.

뭐, 처음에는 중요한 말이라고 생각하지 않았을지도 모르지만.

'하지만 잘 했다.'

하지만 그런 사도가 여러 명 있을 것 같지 않았다. 올스테드는 루프를 돌고, 인신은 그렇지 않다. 하물며 사도는 의외로 자기 의사에 따라 행동한다. 비슷한 사도를 만들고 싶어도 그리 쉽게 되지 않는다.

'녀석은 인신의 비장의 카드다. 다음에는 처리한다.'

따라서 기스가 인신의 비장의 카드. 마지막 보루일 가능성은 충분히 있다.

인신이 숨겼던 마지막 사도. 그것이 기스… 그렇게 말하면 별로 실감이 안 들지만.

올스테드는 이걸로 이겼다고 생각하고 있다.

그렇겠지. 그에게는 루프가 있다. 혹시 이번에 졌더라도 다음에 기스를 죽이면 된다.

그러면 또 한 걸음, 승리에 가까워진다.

하지만 올스테드가 패배하여 다음 루프로 간다는 소리는 내게 패배다.

"나는 이번 루프에서 이기고 싶습니다."

불안을 품고 그렇게 적어 보냈더니 '녀석에게 다음 수는 없다는 의미다'라는 대답이 돌아왔다.

변명 같아서 조금 웃음이 나왔다.

기스가 사도인 게 발각되고나서 한 달이 경과했다.

나는 그 이후로 기스를 찾았다. 기사단을 동원하여 미리스

대륙 전체를 뒤졌다. 미리스 교단도, 라트레이아 가문도 적극적으로 협력해 주어서 계속 수색의 손길을 넓혔지만, 아마도 완전히 놓쳤겠지.

물론 미리스만이 아니다.

바로 돌디어 족에게 연락을 해서 대삼림에서도 지명수배령을 내렸다.

아리엘에게도 연락해서 아슬라 왕국에서도 지명수배령을 내렸다.

록시에게 부탁해서 라노아 왕국에게도 요청을 넣었다.

물론 그렇게까지 해도 잡힐 기색이 없었다.

중앙대륙 남부, 중앙대륙 북부의 동쪽. 베가리트 대륙, 마대륙, 천대륙.

내 손이 닿지 않는 곳은 많고, 세계는 넓다.

어디로 도망쳤는지도 모른다.

북쪽일까, 서쪽일까. 하다못해 왕룡 왕국에 연줄이 있으면 마대륙 방면으로 도망쳤다고 단정할 수 있겠지만….

국왕이 죽어서 여러모로 어수선해진 왕룡 왕국.

마족이 많이 있고 넓은 마대륙.

혹시 기스가 내가 모르는 전이마법진을 사용해서 이동했다면, 또 다른 곳일 가능성도 있다.

기스가 나돌아다닌다. 안 좋은 예감만 들었다.

솔직히 이 타이밍에 잡아두고 싶었다.

잡을 수 없다고 깨달은 시점에서 나는 방어의 길을 생각했다.

기스는 편지에 다음에는 정면에서 당당히 붙겠다고 말했다. 믿을 수 없는 이야기다. 거짓말과 변명만 잘하는 기스의 말을 어떻게 믿을 수 있을까.

평소라면 그렇게 생각하겠지만….

생각해 보면 기스는 이번에 나를 간단히 죽일 수 있었다. 나는 녀석을 신용했고, 무방비한 모습을 보인 적도 있었다.

하지만 녀석은 손을 쓰지 않았다. 어디까지나 지략으로 나를 덫에 빠뜨리려고 했다.

그 덫이 깨진 뒤에도 그렇다.

기스는 아이샤를 유괴할 수도 있었다. 아이샤도 검술이나 마술을 평범한 레벨로 할 수 있으니까 무리라고 판단했을지도 모르지만, 그래도 기회는 있었을 텐데 그러지 않았다.

그럼 그 편지의 내용을 믿어도 되지 않을까.

인신의 지시라고 해도 어디까지나 당당하게, 라는 것이 기스의 방식일지도 모른다.

누군가를 죽일 때는 수단을 제대로 택하지 않으면 실패한다. 징크스다.

물론 그렇게 생각하게 만들고 사실은 반대. 기스는 크리프네 벽장에라도 숨어 있다가 내가 잠든 뒤에 독 나이프로 푹, 으로 나올 가능성도 있다.

이런 생각의 미로에 빠뜨려서 뭔가를 놓치게 만드는 것이 목적일지도 모른다.

　…이렇게 생각만 해 봤자 어떻게 되는 것도 아니다.

　일단 습격은 없었고 기스가 미리 전력을 모아둔 것도 아니다.

　지금쯤은 어딘가에서 나를 이길 전력을 모으고 있겠지.

　그렇게 생각하고 싶지만 언제 습격을 받을지 모른다는 마음
은 사라지지 않았다.

　무섭다.

　그리고 내가 기스를 찾는 동안에 아이샤는 순조롭게 용병단
지부를 만들었다.

　지부장 선정에 단원 모집, 방향성의 설정. 본래 나랑 의논하
면서 해야만 하는 일이지만 모두 아이샤가 했다.

　라트레이아 가문이 제니스를 돌봐준 덕분도 있겠지만, 압도
적으로 효율이 좋았다.

　그런 아이샤가 눈치 빠르게 손 써 준 거겠지.

　기스가 실종된 지 한 달이 경과했을 무렵. 에리스가 미리스
신성국으로 파견되어 왔다.

　전이마법진을 통해서, 나를 지키러.

　그녀는 완전 무장이었다. 평상복이 아니라 검왕이 입는 코트
에 검이 두 자루.

누가 봐도 이름 있는 검사라고 알 만한 모습으로 당당히 나타났다.

"내가 왔으니까 이제 괜찮아! 모두 두 동강 내 주겠어!"

에리스는 나를 격려하듯이 그렇게 말했다.

"기스도 멍청하네! 루데우스에게 덤비다니! 선배한테는 못 당해, 못 당해가 입버릇이었는데!"

씩씩하게 말하는 에리스를 보고 있으니, 내 공포도 흐려졌다. 적어도 며칠 내로 전투가 일어나서 죽는 일은 없겠지.

그렇게 생각되었다.

"에리스…."

안심한 나는 에리스를 껴안았다. 그대로 가슴을 만지다가 두들겨 맞았다.

흐려지는 의식 속에서 나는 깨달았다.

이것이 기스의 책략이었구나, 라고.

— FIN —

…농담은 접어두고.

진정이 좀 되었으니 정리해 보자.

일단 상황을 볼 때, '기스가 전력을 모아서 정면에서 싸우러 온다'는 밀을 믿었을 경우의 내 행동은 세 가지다.

1. 기스의 수색

2, 마도갑옷(나 자신)의 강화

3, 대항전력의 스카우트

나열하고 보니 지금까지 했던 일과 그리 다르지 않군.

80년 뒤를 내다본 전력이 몇 년 후 정도를 내다본 것으로 변했을 뿐이다.

다만 기스도 평범한 녀석이 아니다. 정정당당히 정면에서 찾아오겠다고 해도, 어떤 식으로 올지 모른다. 숫자를 불려서 올까, 높은 질로 올까.

올스테드의 말로는 '1식'에 탑승한 내게 이길 수 있는 자는 적다고 한다.

하지만 숫자의 폭력이란 며칠 전에 체험했다. 신전기사단처럼 싸울 수 있고, 열강급의 인재가 십여 명. 그런 게 준비된다면 내게 이기기란 쉽겠지.

하지만 그런 인재를 모으려면 시간이 걸릴 것이다.

그리고 숫자도 그리 많지 않다.

1년이나 2년. 최소한 그 정도 기간이 걸릴 거라고 보면 되겠지.

하지만 모이면 질 것 같다. 그렇게 몇 년이나 들여서 주도면밀하게 준비된 덫에 걸리고도 내가 이길 리가 없다. 신전기사단도 그렇게 잘 싸웠다. 인신의 사도가 그 이하일 리가 없다.

그러니까 사전에 저지하기로 했다.

세계 각국을 돌면서 미리 동료로 만드는 것이다.

이미 적이 되었다면 각개격파해도 좋다.

즉, 앞으로의 일은 모두 적이 있다고 상정하고 움직이는 것이다. 적어도 기스가 있을 가능성이 큰 곳은 왕룡 왕국과 마대륙이다.

특히나 마대륙일 확률이 크겠지. 아토페라면 나를 쓰러뜨린다는 말에 좋다고 힘을 빌려줄 것 같고.

마대륙은 마지막으로 할 예정이었는데, 얼른 가야겠다.

하지만 우선순위로서는 왕룡 왕국을 먼저 해도 되겠지.

거기에는 사신 란돌프가 있다. 그는 '2식 개량형'을 장비한 내게 승리했다.

확실한 카드다. 미리 확보해 두고 싶다.

그런 느낌으로 방향성을 정했다.

용병단은 아직 궤도에 완전히 오르지 않았지만, 라트레이아 가문과 교단의 후원도 있다. 양쪽의 높으신 분에게서 일을 받는 동안은 앞길이 막히지 않겠지.

미리스에서 해야 할 최소한의 일은 마쳤다.

일단 본부 샤리아로 돌아가자.

거기서 다시 앞으로의 동향에 대해 올스테드와 확인하는 것이다.

하지만 그 전에 곳곳에 인사를 해 두어야만 한다.

★　★　★

　라트레이아 저택에 가서 에리스를 소개하는 동시에 돌아가기로 했다고 말했다.

　"그렇습니까."

　클레어는 예의가 부족한 에리스를 봐도 얼굴을 찌푸리지 않았다.

　내 말을 지켜주는 거겠지. 다만 그녀는 그저 아쉬운 얼굴을 하였다.

　"제니스는 물론 데리고 돌아가는 거지요?"

　"예. 내가 책임을 지고 돌보겠습니다."

　"알겠습니다."

　제니스는 그 이후 한 달 동안 바쁜 나와 아이샤 대신 라트레이아 가문이 돌봐주었다. 그녀는 라트레이아 저택에서 옛날 기억이 자극받았는지 잘 돌아다닌다고 했다.

　저택 안을 산책하거나 정원을 보고 다녔다고.

　틈만 나면 밖으로 산책을 나가려고 한다고.

　여전히 멍한 상태였지만, 오랜만의 고향을 만끽했다는 것은 이해되었다.

　그런 그녀를 보고 라트레이아 가문의 신사숙녀 여러분은 슬픈 표정을 지었다고 한다.

　장남 에드가에 장녀 아니스… 기스 때문에 그들에게는 인사도 할 수 없었다.

하지만 일단 '다음에 올 때는 반드시 인사를'이라는 전언을 부탁했다.

"마지막으로 노른의 얼굴을 볼 수 없었던 것이 마음에 걸립니다만."

"또 오겠습니다, 다음에는 노른과 아이들도 데리고. 아이샤는… 뭐, 안 올지도 모르지만요."

결국 아이샤와 클레어의 관계가 개선되는 일은 없었다.

아무리 클레어가 우리 집의 방침에 간섭하지 않는다고 해도, 한 번 뿌리 내린 거리감이란 쉽게 사라질 리가 없다.

애초에 클레어도 기본적으로는 아이샤를 위해 말했던 모양이고.

첩의 자식이면 첩의 자식답게 정처의 자식의 체면을 세워줘라.

그레이랫 가문의 정식 딸이라면 숙녀다워져라.

그레이랫 가문의 메이드라면 주인을 모셔라.

그렇게 일관성을 가지고 행동하라는 말이었던 모양이고.

하지만 아이샤는 그 양쪽 다이기도 하고 양쪽 다 아니기도 하다.

클레어로서는 그 어중간한 위치에 대해 뭐라고 더 밀하고 싶은 모양인지, 나와 약속한 뒤에도 아이샤를 보는 눈이 매서웠다.

"뭐라고 하지는 않겠지만, 그녀의 장래가 걱정됩니다."

"예? 아뇨, 괜찮을 겁니다."

아이샤는 너무 똑똑하다고 할 정도로 우수하다. 그리 걱정할 것 없을 텐데.

"그렇습니까…. 나로서는 그 아이가 장래에 돌이킬 수 없는 실수를 저지를 것 같습니다."

"돌이킬 수 없는 실수라는 건 그리 없고, 혹시 그렇게 되면 돕겠습니다. 나도 있고, 실피도 록시도 있습니다. 경우에 따라서는 에리스도 든든한 힘이 되어줄 테니까요."

"…그렇게 말씀하신다면 이 이상은 아무 말 않겠습니다."

클레어는 하고 싶은 말이 더 있다는 얼굴을 하였다.

하지만 아이샤 걱정이라면 괜찮아. 걱정 정도라면 마음대로 해도 돼.

"다음에 만나는 것을 기대해 주세요. 분명 아이샤도 조금은 변했을 겁니다. 클레어 씨의 바람과는 많이 다를지도 모르지만요."

우여곡절이 있었지만… 클레어도 나쁜 사람은 아니다. 좀 마음에 안 드는 사람일지도 모르지만, 나쁜 사람은 아니다.

아내나 자식의 얼굴을 보여주는 정도야 아무런 문제도 없다.

다음에야말로 인사만으로 끝내야지.

건강하게 지낸다고 얼굴을 보여주고 식사를 함께 하고, 근황을 주고받고, 웃는 얼굴로 작별인사를 한다.

"아뇨, 아마도 내 나이를 생각하면 이번이 마지막이겠네요."

마지막.

그녀의 나이는 이미 환갑을 넘었다. 이 세상의 평균 수명은 모르지만, 그녀는 아직 건강하다.

하지만 샤리아까지의 왕복 거리는 약 4년.

가까운 거리가 아니다. 가서 바로 돌아올 리도 없고, 다음에 만나려면 거의 10년은 지나야겠지.

그 무렵이면 클레어는 일흔이 넘는다. 무슨 일이 있어도 이 상하지 않을 나이다.

그렇게 생각하는 거겠지.

실제로 우리 집안은 전이마법진을 쓰기에 그렇게 시간이 걸리지 않는다.

전이마법진에 대해 말해도 좋겠지만, 전이마법진을 써대고 있다고 공공연하게 말하면 어디서 압력이 들어올지 모르니까 말하지 않는 게 무난하겠지. 일단 세상에서는 금기시되고 있고.

아슬라 왕국에서도, 왕룡 왕국에서도, 아마도 미리스 왕족 사이에서도 만일을 대비하여 사용하고 있겠지만.

하지만 세계의 3대 국가인 그들조차도 숨기고 있지.

"루데우스 님. 제니스를 데려와 주어서 정말로 고마웠습니다."

클레어는 그렇게 말하고 고개를 숙였다.

그녀는 얼마 전에 제니스와 함께 마차를 타고 연극을 보러

갔다는 모양이다.

클레어는 계속 무뚝뚝한 얼굴을 하고 있었지만, 수행한 사람의 말로는 이렇게 기뻐 보이는 주인마님을 본 것은 오랜만이라고 했다.

"조만간 또 오겠습니다."

어느 틈에 그런 말이 나왔다.

"하지만…."

"꼭 오겠습니다."

배에 힘을 넣고 단호히 말했다. 그러자 클레어는 가볍게 표정을 풀었다.

"제니스는 정말로 좋은 자식을 두었군요."

클레어는 마지막에 그렇게 말하며 웃었다.

무녀에게 인사하러 갔다.

선물은 두 가지.

내 팔찌와 비슷한 장식을 단 팔찌와 올스테드가 보낸 수호마족 소환 스크롤이다.

이 팔찌는 아이샤가 한 달 동안 미리스의 기술자에게 부탁해서 만든 것이다.

원래 보석을 박아야 할 자리에는 돌이 박혀 있었다.

이것은 내가 흙 마술로 만들어서 검은 광택을 띠는 돌로, 용신의 문장이 새겨져 있었다.

누가 봐도 용신의 부하라는 증표라고 알 수 있겠지.

그런 걸 들고 무녀를 찾아가자 추종자들이 나왔다. 그중에는 테레즈의 모습도 있었다.

그녀는 좌천을 면했다. 내 이름이 들어간 탄원서가 효력을 발휘했던 모양이다.

뭐, 좌천 대신 강등당했는지 대장은 아니었다. 새롭게 파견된 대장 밑에서 부대장 같은 위치에 있었다.

참고로 새 대장은 별로 머리가 유연한 사람이 아닌 모양이었다.

팔찌는 몰라도 교단 안에서 수상한 소환 마술을 쓰는 건 말도 안 된다고 거부했다.

물론 '이것은 용신 올스테드 님이 부하 루데우스를 지켜준 무녀에 대한 감사의 선물! 일개 대장 주제에 거부할 권리 따윈 없다!!'라는 느낌으로 밀어붙였지만….

이 대장, 이래가지고 출세는 글렀군.

스크롤에서 나온 것은 은색 올빼미였다.

몸길이는 1미터 정도. 레오와 비교하면 작지만 그래도 존재감이 있고, 금색 눈동자에는 신성함이 있었다.

페르기우스의 정령 시리즈는 나오지 않았다. 그건 울트라 레어니까 그리 쉽게 나오지 않겠지. 이번에는 무녀 전용이라서 나오는 범위도 다르겠고.

어찌 되었든 성수란 느낌이라서 좋았다.

여기서 검은색의 커다란 거미라도 나왔다간 대장의 거부를 무시할 수도 없었을지 모른다.

"소중히 여기겠습니다!"

무녀는 그 올빼미를 보며 눈을 빛냈다.

손을 뻗어서 쓰다듬자, 기분 좋은 듯이 눈을 가느다랗게 뜨는 올빼미. 소환된 직후부터 자기를 따르는 동물을 보고 무녀는 아주 좋아했다.

"아뇨, 저쪽이 무녀님을 잘 지켜야지요."

애완동물이 아니니까, 얌전히 보호를 받으면 좋겠다.

"그럼 다음에 또."

"예, 루데우스 님도 건강하시길!"

마지막으로 테레즈와 '성분묘의 수호자'에게도 인사했다.

그들과도 또 만날 일이 있겠지.

마지막으로 크리프.

크리프의 앞날은 순조롭게 시작된 모양이었다.

지난번 사건으로 크리프의 이름이 교황파, 추기경파 양쪽에게 알려졌다.

"크리프 그리몰이 '용신의 오른팔' 루데우스를 설득하여 무녀님을 구해냈다."

"교황, 추기경이 다투는 가운데 정의를 말하고 정도를 지켰다."

"미리스 교도의 귀감. 훌륭한 남자."

그런 소문이 그럴싸하게 흘렀다.

재미있는 것은 소문의 출처다. 듣기로는 신전기사단의 대대장, 성당기사단의 부단장 같은 이들이 소문을 흘리는 모양이다.

고로 말단 기사나 신부들은 신뢰할 만한 소문이라고 생각하고, 교황이 아주 대단한 심복을 얻었다고 인식하는 모양이었다.

그리고 그런 소문에 힘을 받았는지, 크리프 본인에게도 실제로 일이 들어왔다고 한다.

그 일이란 높은 귀족의 관혼상제 같은 것이다.

아무리 정쟁이 있더라도 종교인의 역할은 변함없다. 그리고 크리프는 이러니저러니 해도 샤리아에서 실무 경험도 쌓았다. 신참이라고 해도 할 수 있는 일은 많고, 현장에서도 지극히 우수한 인재로 여겨진다고 한다.

그런 그를 보고 쑥덕대는 녀석도 있는 모양이지만….

뭐, 그건 어쩔 수 없겠지. 갑자기 우수한 녀석이 들어왔고, 게다가 그게 교황의 손자.

질투의 불길을 일렁대는 녀석이 있어도 이상하지 않다.

그걸 어떻게 하는 건 크리프의 몫이다.

물론 별로 걱정하지 않는다.

지금의 크리프라면. 바로 저 크리프라면.

무슨 일이 있어도 훌륭히 대처해내겠지.

그저 한 가지 걱정이 있었다.

"그럼 크리프 선배. 일단 돌아가겠습니다."

"그래…. 리제를 부탁한다."

"물론입니다. 바람피우지 않는지 보겠습니다."

크리프는 아직 결혼한 사실을 아무에게도 밝히지 않은 모양이다. 마음에 정한 상대가 있다고는 공언했나 본데… 크리프답지 않군.

하지만 엘리나리제와 결혼했다고 공표하기 어려운 것은 이해할 수 있다.

이 근방의 모험가에게도 엘리나리제 두 빗치의 소문은 퍼져있다.

특히나 현재 베테랑으로 활약하는 그들 사이에서는 동정을 빼앗긴 이도 있다.

그런 녀석과 결혼했다는 이야기는… 아직 하지 않는 게 좋겠지.

손가락질당해도 괜찮을 정도로 출세했을 때 공표하는 형태도 나쁘지 않다.

언젠가는 공표한다. 죽을 때까지 숨길 생각도 아니겠지.

하지만 앞으로 혹시나 맞선 이야기가 들어올지도 모른다.

가정부 웬디도 밤이 되면 돌아간다고 해도 젊은 남녀가 한 지붕 아래….

아니, 괜찮아.

크리프니까. 나도 아니고, 그렇게 잘난 듯이 설교한 인간이 바람을 피울 리가 없어.

나도 아니고!

…이렇게 거듭 말하다간 플래그가 되겠지.

정말로 힘내세요, 크리프 선배.

"크리프 선배도 아무쪼록 바람피우지 않도록. 미리스 님이 보고 계십니다."

"내가 그럴 리 없잖아. 한동안 그럴 짬은 없어."

크리프는 최근 바쁘게 지냈다. 일은 순조롭고, 또 교황의 오른팔로 알려지기 시작했다. 상당한 실력자로 여겨져서 크리프에게 접근하는 귀족도 있었다.

"정말입니까? 선배는 최근 인기가 많으니까요. 웬디나 누구를 그냥 덮치거나 해서."

"웬디는 여동생 같은 아이야. 너도 아니고, 손댈 리가 없지."

나라고 여동생에게 손대지 않습니다!

무슨 실례의 말씀을.

내가 그렇게 뚱한 얼굴을 하자, 크리프가 시선을 내렸다.

"그렇긴 해도… 사실은 나 혼자의 힘으로 하고 싶었는데."

나는 웃으면서 대답했다.

"이게 크리프 선배의 힘이 아니면 대체 뭡니까?"

"하핫."

멋진 말이라고 생각했는데, 웃음이 돌아왔다. 분명히 크리프가 데려온 내가 문제를 일으키고 크리프가 해결했다.

자작극 같은 형태이기도 하다.

하지만 크리프는 그런 가운데 크리프답게 행동했고, 그게 인정받았다.

역시나 크리프의 힘이야.

"…어찌 되었든 고맙다고 말하지. 네 덕분에 조금은 인정받았다."

"이쪽이야말로 덕분에 미리스 사람들과 인맥이 생겼습니다. 용병단 쪽도 설치했고요."

루이젤드 인형의 판매는… 아직 좀 어려울 것 같다.

지금 진행하면 판매까지는 될 것 같지만 살 사람이 적겠지.

용병단 쪽도 아직 안정되지 않았으니까 문제도 많겠지만… 문제가 일어나면 그걸 크리프의 출세의 발판으로 삼으면 된다.

"앞으로는 나 혼자서 할 테니까."

"예, 열심히 해 주세요."

예정과는 조금 다르지만, 이거면 엘리나리제와의 약속도 지켰다고 할 수 있다.

크리프는 이제 괜찮다.

다른 신부들과 어떻게 지내게 되는지는 모르지만, 그래도 좋은 형태로 시작했다고 말해도 과언이 아니겠지.

이번에야말로 크리프에게 맡기자. 아직 교황파와 추기경파의 싸움은 계속되겠지. 그 사이에서 크리프가 자기 나름대로 노력하고 성과를 올렸으면 좋겠다.

뭐, 안 되면 돌아와서 우리 회사의 사원이 되어도 괜찮다.

마음 편히 해 줘요.

"한 달 동안 별로 돕지 못해서 미안했다…."

"아뇨, 신경 쓰지 마세요."

내게는 내 싸움이 있고, 크리프에게는 크리프의 싸움이 있다.

"하지만 혹시 인신의 끄나풀이 무슨 짓을 하면 당장 석판으로 메시지를 보내주세요. 서둘러 달려올 테니까요."

"물론이다."

크리프는 힘주어 고개를 끄덕였다. 돕지 않는다고 해도 그도 동료다.

하지만 내가 비호해야만 할 정도로 약한 것도 아니다.

"그럼 크리프 선배… 건강히…."

"그래, 너도 건강해라."

"그렇긴 해도 1년 정도 후에 또 얼굴을 내밀지도 모르겠습니다만."

"그 무렵에는 리제를 당당히 소개할 수 있을 정도가 되어 있겠지."

그래, 엘리나리제의 저주 문제도 있다. 오랫동안 헤어져 있을 수는 없다.

"…그리고 네가 선배라고 부르는 걸 그만둘 정도로 말이야."

"아니, 그건 그냥 버릇이라서 평생 무리일 것 같은데요."

그렇게 말하자 크리프는 어깨를 으쓱이며 쓴웃음을 지었다.

이렇게 미리스에서의 싸움은 끝났다.

라트레이아 가문과의 충돌에 미리스 교단 내부에서의 항쟁. 그리고 기스의 배신….

많은 일이 있었지만, 덕분에 또 한 가지 목표가 생겼다.

다음 적은 기스다.

막간 광검왕과 신의 아이

루데우스가 크리프와 작별 인사를 할 무렵, 두 인물이 재회했다.

장소는 교단 본부, 봄이 되면 색색의 꽃이 피는 아름다운 봄의 정원.

지난번에 루데우스의 진흙탕 마술로 기운 나무가 많지만, 그래도 생명력은 시들지 않았다. 그 증거로 사라쿠 나무를 대신하여 바루타 나무가 꽃을 피웠다.

그 나무 앞에서 두 여성이 마주 보고 시 있있다.

금발과 적발.

양쪽 다 가슴은 크고, 키도 여성치고 크다.

허리에는 검이 있고, 한쪽은 파란색 갑옷을 입었다.

테레즈와 에리스다.

그리고 테레즈의 뒤, 등 뒤에 숨듯이 무녀가 서 있었다.

그녀는 다리를 모으고 잔뜩 움츠러든 기색이었다.

또한 그 주위에는 파란색 갑옷을 입은 남자들이 있었지만, 그건 배경 같은 것이다.

"자, 무녀님. 에리스 님입니다. 루데우스가 시간을 만들어 주었습니다."

테레즈는 자기 뒤에 있는 무녀에게 부드럽게 말을 걸었다.

하지만 무녀는 계속 움츠러들 뿐이었다.

"하, 하지만… 저기, 에리스 님이잖아요?"

그녀의 안에서 에리스는 동경의 존재였다.

철들었을 무렵부터 하얀 방에 갇혔고, 무슨 일이 있을 때면 밖으로 나와서, 궁지에 몰린 어른의 더러운 기억을 봐야했다.

아무런 자유도 없는 세계에서 아무런 희망도 없이 살던 그녀.

이동 도중에 덫에 빠지고 자객에게 붙들려 절체절명의 위기였을 때에도, 딱히 무섭다든가 죽는 건 싫다든가 하는 생각도 하지 않았다. 그저 자기 운명을 받아들였다.

거기에 나타난 것이 에리스였다.

처음 보았을 때의 감상은 '고고한 야수'였다.

무녀로서는 에리스가 어떻게 움직였는지 알 수 없었다.

그저 기억에 남았다. 그녀의 움직임은 흔들림 없고, 하지만 아무도 그걸 제지할 수 없어서 빨강머리만이 잔상처럼 뇌리에 새겨졌다.

선명했다.

아이가 무사하면 됐다고 말하는 에리스.

아이란 말이 자기를 가리킨다고 안 것은 교단 본부로 돌아온 뒤. 자기가 목숨을 건졌다고 안 것은 그때였다.

그리고 무녀는 떠올렸다.

눈동자를 보았기에 이름은 알고 있었다.

에리스.

그래, 그녀는 에리스라고 한다. 에리스 보레아스 그레이랫.

소리 내어 되새기는 동시에 자기 기억에 있는 에리스에게 강한 동경을 품었다.

그 이후로 그녀는 에리스를 흉내냈다.

뭔가를 볼 때마다 큰 목소리로 감동을 표하거나, 뭔가를 정할 때는 일단 밝고 씩씩하게 큰 목소리로 확실히 선언하거나, 밥을 잔뜩 먹기도 했다.

그 덕분인지 무녀의 호위인 '성분묘의 수호자' 사람들은 그녀에게 다정하게 대해 주게 되었다.

그 결과 에리스에게 더욱 강한 동경을 품게 되었다.

에리스처럼 행동하게 되고 얼마나 지났을까.

자기가 이상으로 삼은 행동이 노력 없이도 자연스럽게 나올 수 있게 되었을 무렵.

루데우스와 만났다.

에리스의 존재를 재확인했다.

무녀는 다시 에리스와 만날 수 있을 거라고는 생각하지 않았다. 만나고 싶다고는 생각했지만, 만나고 싶다고 말한 적도 없었다.

그런 권한이 없다는 것은 그녀도 이해하고 있었다.

하지만 에리스가 미리시온에 왔다고 들었을 때, 무녀는 참을 수 없어졌다.

추기경에게, 교황에게, 곳곳에 필사적으로 부탁했다.

검왕 에리스와 만나고 싶다고.

광검왕은 위험한 인물이라고 하지만, 그래도 한 번 만나고 싶다.

만나서 감사의 말을 전하고 싶다.

그런 약소한 소망은 정말 간단히 이루어졌다.

위험하기 그지없는 광검왕 에리스와 무녀를 만나게 한다는 시도는 루데우스의 '무슨 일이 있으면 내가 책임을 지겠습니다'라는 보증으로 실현되었다.

하지만 막상 눈앞으로 닥치고 보니 뭐라고 말해야 좋을지 몰랐다.

기억을 보는 것은 실례라고 생각해서 눈도 마주칠 수 없었다.

"……."

에리스는 무녀의 눈앞에서 팔짱을 끼고 서 있었다.

그녀는 이미 자기소개를 마쳤다. 루데우스의 아내, 검왕 중 한 명이라고 선언하였다.

그 뒤에 테레즈가 자기소개를 하고 이전 일의 감사를 표하고 대략 5분.

"자, 시간이 별로 없으니까요."

에리스는 예의 바르게 기다렸다.

성격 급한 그녀치고 드문 일이지만, 이번에 루데우스가 그녀에게 단단히 못을 박아두었다.

'상대는 이번에 나를 도와준 사람이니까. 실례하지 않도록… 잘난 듯이 뭐라고 할지도 모르지만, 절대로 때리면 안 돼?'

그 말은 지킨다.

하지만 아무래도 슬슬 짜증이 나기 시작했다.

그녀는 기다리는 게 싫었다.

"얼른 하면 안 돼?"

"아, 예!"

그렇게 독촉하는 말에 무녀는 펄쩍 뛰었다.

에리스의 성을 돋웠다는 불안감이 수치심에게 이겼다.

"저기, 무녀입니다! 이전에 목숨을 구해 주셔서 고마웠습니다!"

"이전…? 기억 못 해!"

"예?"

커다란 목소리로 딱 잘라 말하는 에리스의 모습에 무녀는 반사적으로 그녀의 눈을 보았다.

"……아."

그리고 그 기억 속에 일절 자신이 없는 것을 보고 슬픈 표정을 하였다.

어쩔 수 없었다.

알고는 있었다. 기억하고 있을 리가 없다.

하지만 혹시나, 라고 지금까지 생각하기도 하였다.

혹시나 에리스도 조금은 기억해 주지 않을까.

아, 그때 그 애구나, 많이 컸네, 같은 말을 해 주지 않을까.

그런 식으로 생각하기도 하였다. 지금까지 이렇게 애타는 마음이었으니까.

하지만 에리스는 그녀의 얼굴을 봐도, 이전이라는 말을 들어도 전혀 기억하지 못했다.

어쩌면 더 시간을 들여서 읽으면 기억의 단편으로 남아 있을지도 모르지만….

예전이라는 말에 그녀의 뇌리에 있는 것은 테레즈가 루데우스를 무릎 위에 앉히고 쓰다듬고 쓰다듬던 기억뿐이었다.

무녀는 '기억의 신의 아이'다. 기억이란 잊히는 것이라는 인식이 있었다.

하지만 쇼크라는 건 틀림없었다.

"하지만 루데우스를 도와줬다며! 고마워!"

키가 큰 에리스가 팔짱을 끼고 내는, 기분 좋은 목소리.

쇼크를 날려 버릴 정도의 목소리에 무녀는 생각을 떨쳐내듯이 고개를 내저었다

"아뇨⋯. 에리스 님의 남편을 돕는 것은 당연한 일이니까요."

예전 기억이 없다고 해도 동경과 감사는 변하지 않는다.

그렇게 생각한 무녀에게 에리스는 추격이라도 하듯이 말을 쏟아냈다.

"그래서 당신 이름은 뭐야? 루데우스가 앞으로도 신세 질 사람이라고 그랬으니까 기억해 둘게!"

"예?"

이름.

내게 이름은 없다.

무녀는 이제까지 그것을 불편하다고 생각한 적이 없었다.

하지만 지금, 모처럼 에리스가 기억해 주겠다는데, 그것이 없다.

소중한 것을 가지고 있지 않다. 그게 너무나도 크나큰 상실로 여겨졌다.

"저기⋯ 어어."

"자노바 같은 신의 아이라던데⋯. 무녀리는 긴 이름이 아니잖아?"

자노바라는 단어에 또 에리스의 눈동자를 보았다.

아무래도 다른 나라의 신의 아이는 이름을 가지고 있는 모양이다. 그 신의 아이에게 에리스 본인은 그리 흥미가 없는지 이름 정도밖에 몰랐지만.

하지만 역시 살짝 쇼크를 받았다.

"이놈!"

"무녀님은 무녀님이다!"

"우롱하는 거냐!"

"이름 따윈 필요 없다!"

"네놈의 신은 어디에 있나!"

하지만 뒤에서 소리쳐 준 덕분에 다소 진정이 되었다.

지금까지 불편하지 않았고, 없는 것은 어쩔 수 없다. 그렇게 생각할 수 있었다.

"죄송합니다. 제게 이름은 없습니다."

"흐응…. 그래."

에리스는 신경 쓰지 않았다.

무슨 생각을 하는지는 눈동자를 보지 않은 무녀로서는 모른다. 하지만 혹시 보았으면 에리스가 '보레아스'라는 이름을 버린 경위를 알 수 있었겠지.

정말로 이름 따윈 아무래도 좋다고 생각하는 것을.

"뭐, 이름 같은 건 필요 없어."

에리스는 콧방귀를 뀌고 그렇게 말했다.

일단 무녀는 안도했다.

지금까지의 인생에서 이렇게 상대의 눈을 봐야 할지 망설인 적은 처음이었다.

"그렇긴 해도 놀랐습니다. 미리스에 오지 않으셨다고 들었기에."

"루데우스가 또 겁먹었다고 하길래 와 줬어…. 어어, 서둘러서!"

전이마법진에 대해서는 비밀로 한다.

그 사실은 에리스도 이해하고 있다.

물론 무녀는 이미 전이마법진의 존재를 알기 때문에 가볍게 웃을 뿐이었다.

"그렇습니까, 역시 에리스 님이네요!"

"흐흥, 당연해."

에리스의 기분이 좋아지고, 자리의 분위기도 부드럽게 변했다.

그걸 본 무녀는 이런 식이면 된다고 생각했다. 에리스를 띄워주고 더 분위기를 좋게 만들자고 생각했다.

평소의 무녀라면 절대로 하지 않을 생각이었다.

"저기, 저는 에리스 님을 계속 동경했습니다!"

"그, 그래?"

"예, 어떻게 하면 에리스 님처럼 될 수 있을까요?!"

거기서 에리스는 무녀를 내려다보았다.

통통한 뺨. 굵은 팔다리. 전체적으로 단련이 부족한, 건강하지 못한 몸을.

"되고 싶어?"

"예! 저도 에리스 님처럼 멋지게 되고 싶어서 말투 같은 것
도… 어?"

어느 틈에.

어느 틈에 에리스가 검을 뽑아들고 있었다

반응한 자는 이 자리에 있는 인간들 중 두 명. 신전기사단
중에서 가장 검술이 뛰어난 두 명.

이 두 사람은 반응한 동시에 절망했다.

에리스가 검을 뽑아들었다.

그 칼놀림은 전혀 보이지 않지만, 그래도 뭔가를 벤 감각 같
은 것이 느껴졌기 때문이다.

베였다.

누가?

그거야 뻔하다.

"이놈!"

"잘도…!"

툭 하고 떨어진 것은 무녀의 손목…의 절반 정도 굵기의 바
루타 나뭇가지였다.

"……."

"……."

그걸 보고 신전기사단은 아무 일도 없었던 것처럼 배경으로

돌아갔다.

에리스는 그걸 주워들고 귀찮은 잔가지를 툭툭 쳐냈다.

무녀는 어느 틈에 뽑아든 에리스의 검을 보고 '꽤나 훌륭한 검이네. 신전기사들도 저런 걸 가진 사람은 없는데.'라고 생각하면서 멍하니 그 동작을 보았다.

이윽고 잔가지를 다 쳐내자 100센티미터 정도 길이의 막대기로 변했다.

"자."

그리고 에리스는 그걸 무녀에게 건넸다.

"……?"

놀라는 무녀 앞에서 에리스는 옆으로 몸을 돌렸다.

그리고 한손으로 들었던 검을 두 손으로 고쳐 들고 상단세로 들었다가… 내리쳤다.

촥 하고 정적을 깨뜨리고 사악함을 쫓아내는 듯한 소리가 귀에 남았다.

"해 봐."

"…예? 아, 예."

무녀도 에리스를 흉내내어 나무작대기를 쳐들었다.

그리고 "에잇." 하는 기합소리를 내며 휘둘렀다.

하지만 100센티미터짜리 나무자대기.

건조시킨 것도 아니고, 굵기도 그럭저럭, 중량도 그럭저럭, 중심도 이상해서, 무녀는 균형을 잃어 헛발을 디뎠다.

그걸 보고 뒤에서 "아앗!" 하는 소리를 질렀지만, 그건 넘어가자.

"저기, 에리스 님처럼은…."

"더 중심을 낮춰. 팔꿈치에서 힘을 빼고 등의 움직임을 의식해서. 다시 한번."

"아, 예!"

그 뒤에 무녀는 영문도 모른 채로 나무작대기를 계속 휘둘렀다.

에리스는 무녀가 나무작대기를 휘두를 때마다 충고를 해 주었다.

"……."

"…휘두를 때에는 소리를 내. 하나, 둘, 하나, 둘!"

"하나, 둘, 하나, 둘!"

신전기사들은 그 광경을 막지 않았다.

잘은 모르지만, 그래도 에리스가 무녀에게 위해를 가하지 않는다는 사실을 이해했기에 막을 마음이 들지 않았다.

무녀가 막대기를 휘두르는 모습이 귀엽기 때문이기도 했다.

대장만큼은 그걸 막으려다가 다른 추종자들에게 제지당했지만, 결국은 배경에서 일어난 일이다.

"허억… 허억… 에리스 님…."

서른 번 넘게 휘둘렀을 때 무녀가 떨리는 목소리로 말했다.

"팔이… 더는…."

"그래, 그럼 됐어. 그쯤 해."

무녀는 시키는 대로 나무작대기를 내렸다.

등부터 손목에 이르기까지 저리는 듯한 권태감이 있었다. 찌릿, 찌릿 하고 팔뚝이 갈라지는 게 아닌가 싶은 감각이 전해 졌다.

귀에 가져가면 근육이 징징 소리를 내는 게 들리지 않을까.

"저, 저기…."

무녀는 불안한 얼굴로 에리스를 올려보았다.

왜 나무작대기를 휘두르게 했는지 몰랐다. 뭘 시험한 걸지도 모른다.

실망하게 한 걸까. 이래서 나처럼 될 수 있겠냐고 질책하려 는 걸지도 모른다.

그런 슬픈 마음이 솟아났다.

"내일부터 매일 하도록 해. 그리고 이 정원이라도 좋으니까 뛰어."

"예?"

"방법을 모르겠으면 저 녀석들에게 물어보고."

에리스는 똑바로 무녀를 바라보고 있었다.

무녀는 그 눈동자에 빨려들 듯이 에리스의 기억을 보았다.

거기에 있던 것은 검의 성지에서의 혹독한 수행의 나날이었 다.

먹지도 마시지도 않고 검을 휘두르고, 눈 속을 달리고, 소리치고, 싸우고, 단련하는 과정이었다.

그것은 단순한 광경이었다.

그저 에리스가 예전의 에리스에서 지금의 에리스로 변화할 뿐인 광경이었다.

힘들기도 하고 괴롭기도 했지만, 분명히 지금의 에리스를 형성하는 과정이었다.

"나처럼 될 수 있어."

분명히 단언한 에리스.

혹시 이 자리에 루데우스가 있으면 '아니, 아무리 그래도 무리 아닐까….'라며 쓴웃음을 지었을지도 모른다.

하지만 이 자리에 루데우스는 없다. 딴죽을 걸 사람은 없다.

"저기."

무녀는 고개를 돌려 테레즈의 눈을 보았다.

그녀의 기억에는 그녀 자신의 훈련이 새겨져 있었다.

어머니의 질책을 받으면서도 몰래 검을 휘두르고, 남자 사이에 섞여서 연습을 하고, 때로는 기뻐하고, 때로는 슬퍼하고, 그러면서도 포기하지 않으며 계속 검을 휘둘렀던 기억이.

또한 무녀는 다른 신전기사들을 보았다. 순서대로, 차례대로.

그들의 눈동지 안쪽에서도 에리스 정도는 아니지만 노력의 기억이 있었다. 검술만이 아니라 마술, 학문에 관한 기억도 깊게 새겨져 있었다.

모두가 에리스가 지금 보여준 방법이 확실한 것이라고 인식하고 있었다.

될 수 있다, 될 수 있다.

분명 힘들겠지. 다들 편하지 않았다.

하지만 될 수 있다.

"저도… 할 수 있을까요."

"괜찮을 겁니다. 검술도 마술도 허락되지 않습니다만, 몸을 단련하는 정도라면… 다들 몰래 가르쳐 줄 겁니다."

대답한 것은 테레즈였다.

그녀는 사람들을 바라보면서 그렇게 말했지만, 곧 무녀에게 시선을 되돌렸다.

그녀의 눈동자를 들여다보면서 진지하게 말하였다.

"다만 혹시 자객의 습격이 있어도 우리가 전멸할 때까지는 결코 아무것도 하지 않겠다고 맹세해 주세요."

거기에는 어중간한 실력으로 적에게 덤볐다가 죽은 귀족의 기억이 있었다.

이자처럼 되지 말라는 테레즈의 마음이 있었다.

"예. 미리스 님께 맹세하겠습니다."

무녀가 기쁘게 끄덕였다.

그 자리에 정말로 부드러운 분위기가 흘렀다.

그 분위기를 느낀 것일까, 정원 여기저기를 다니던 은올빼미가 돌아왔다.

고개를 갸웃거리면서 무녀를 올려다보고 호우우 소리 내어 울었다.

"어머…. 왜 그래?"

무녀가 몸을 낮추고 손을 내밀자, 올빼미는 가려운 곳을 보여주듯 이마를 내밀었다. 무녀가 손톱으로 긁어 주자, 올빼미가 부드러운 털을 세우며 기분 좋다는 듯이 눈을 가늘게 떴다.

에리스는 그걸 보고 왠지 몸이 근질근질해졌다.

그녀는 수족을 좋아한다. 하지만 수족만이 아니라 복슬복슬한 털을 가진 생물이라면 다 좋았다.

개나 고양이는 만질 기회가 많지만, 새는 아니었다.

날아가는 새를 베어 떨어뜨릴 수는 있지만, 이렇게 커다란 새가 경계도 않고 가까이 다가오는 일은 드물었다.

"…저기, 나도 만져 봐도 돼?"

"예! 물론입니다!"

허가를 받은 에리스는 가쁜 콧김을 내뿜으며 웅크려 앉았다.

그 기세에 은올빼미가 주저하듯이 뒤로 물러났다.

그러자 에리스는 움직임을 멈추었다.

"……."

여기서 빠르게 움직이니까 안 되는 거다. 동물은 자기보다 날렵하고 강한 생물을 본능석으로 두려워하나.

완전히 힘으로 제압하면 얌전해지기도 하지만, 친해지고 싶다면 무서운 생물로 보이지 않도록 해야 한다.

그런 이야기를 침대에서 완전히 제압했던 리니아에게 들었다.

사실 그 가르침을 지키기 시작한 뒤로, 루데우스 저택의 애완동물들에게 두려움 사는 일은 없어졌다. 지금은 그냥 체념한 듯이 눈을 감고 있을 뿐이다.

천천히, 완만하게, 에리스는 손을 내밀었다.

은올빼미는 움직이지 않았다. 살짝 겁먹은 듯한 눈동자에 콧김이 가쁘긴 했지만, 무녀의 의사를 존중했는지 그 손에서 도망치지 않았다.

에리스의 손이 은올빼미에게 닿았다.

멀리서 보기에는 딱딱해 보이던 올빼미의 깃털은 부드러워서 에리스의 기분을 고양시켰다.

그대로 껴안고 얼굴을 묻고 싶었지만, 그렇게까지 하면 안 된다.

그렇게까지 하면 도망친다. 레오도 리니아도 프루세나도 그랬다.

하지만 그 정도로 안 하면 된다.

그렇게 생각하면서 에리스는 은올빼미를 쓰다듬었다.

은올빼미는 사자 앞의 임팔라처럼 잔뜩 굳은 기색이었지만, 그걸 신경 쓰는 인간은 없었다.

“마음에 드셨나요?”

“새도 좋네.”

한동안 그 부드러움을 만끽한 에리스는 홍조를 띤 얼굴로 일어섰다.

모피도 좋지만, 깃털의 부드러움은 각별하다고 생각하면서.

그때 문득 에리스는 어떤 사실을 깨달았다.

"그 녀석, 이름은 뭐야?"

"예? 이름 말인가요?"

무녀는 그 질문에 고개를 갸웃거렸다.

그래, 이름.

"생물을 키울 거면 이름을 붙이는 게 상식이야."

"그런가요?"

"그래, 전에 루데우스가 그렇게 말했어."

무녀는 난처해졌다.

이름이라고 해도 붙일 만한 것이 없었다.

자신은 이름을 대는 것이 허락되지 않았지만, 분명히 있는 편이 편리할까.

"이름….''

깊이 고민하는 무녀의 모습에 추종자들이 술렁대기 시작했다.

"무녀님….''

"그럼 내기."

"아니, 내가.''

"무슨 소리. 무녀님이 정해야지.''

그때였다. 정원에 한 남자가 나타났다. 지금은 다른 이들의 출입이 금지되었을 정원에 난입자가 나타났다.

"에리스, 끝났어."

그래, 루데우스였다. 크리프와 인사를 마치고 다소 감상적인 기분으로, '아니, 감상에 빠질 틈은 없다. 다음에는 싸움이 기다리고 있어. 나는 로봇. 센티멘털이 아니라 센티넬한 기분으로 움직여야만 해.'라고 각오를 다진 루데우스.

그는 정원을 둘러보고 고개를 갸웃거렸다.

"어어, 무슨 일 있었어?"

"이름을 정하게 되었어."

"이름….."

루데우스는 정원을 둘러보았다.

난처한 얼굴을 한 무녀, 허둥대는 추종자. 상황이 잘 이해되지 않는다는 새 대장.

그저 쓴웃음을 짓는 테레즈.

곧바로 상황을 이해했다.

그럼 분명히 난처하겠지. 분명 에리스도 악의는 없었을 거다, 라면서.

"아, 루데우스 님이 정해 주시면 어떨까요?"

그때 무녀가 그런 제안을 하였다.

자기는 정할 수 없지만 루데우스라면 문제 없을 거라고.

"어? 내가 해도 됩니까?"

"예, 물론입니다."

그 말에 루데우스는 고민했다.

에리스와 무녀를 교대로 보았다. 이상한 이름을 붙일 수 없다고 생각했지만, 갑작스러운 일이라 머리가 잘 돌아가지 않았다.

햄스터가 돌리는 쳇바퀴처럼 공회전을 계속한 그의 뇌세포는 어느 순간 딱 멎었다. 햄스터가 넘어졌다.

그때 떠오른 이름은 그의 지난 생에서 무녀와 관계있는 것이었다.

"그럼…… 너스로."

"너스인가요. 좋은 이름이네요! 당신의 이름은 오늘부터 너스입니다!"

무녀가 웅크려서 발치의 은올빼미의 머리를 쓰다듬었다.

그걸 보고 루데우스는 아차, 라고 말했다.

"왜 그러시나요?"

"아뇨, 아무것도 아닙니다."

루데우스는 무녀에게서 시선을 돌렸다.

켕기는 게 있는 것처럼 얼굴을 돌렸다. 그 모습에 고개를 갸웃거리면서도 무녀는 만족했다.

동경하던 에리스와노 만났고, 올빼미의 이름도 정했다. 내일부터 할 일도 생겼다.

오늘은 정말 좋은 날이다.

"에리스 님. 오늘은 고마웠습니다!"

"또 올 거야. 그때 또 보러 올게."

"예!"

에리스도 만족했다. 새를 만질 수 있었던 것만으로도 만족이었다.

추종자들도 만족했다. 에리스가 검을 뽑아서 오싹한 상황도 있었지만, 무녀가 만족한 모양이라서 만족이었다.

내일부터 몸을 단련하는 법을 이것저것 가르쳐 드려야겠다고 생각하였다. 모두가.

루데우스만 식은땀을 흘리고 있었다. 아차 싶어서 고개를 돌리고 있었다.

테레즈만이 루데우스의 표정을 알아차리고 있었다. 대체 누구에게 붙이려던 이름이었는지 알아차리고 있었다.

하지만 그녀가 그걸 말하는 일은 없었다.

그저 쓴웃음을 지을 뿐이었다.

그런 모습을 은올빼미가 고개를 갸웃거리며 바라보았다.

이렇게 에리스에게 또 한 명의 제자가 생겼다.

내일부터 무녀는 점점 날씬해지고, 신전기사들에게서 지금 이상으로 아이돌 같은 대접을 받게 되지만… 그건 또 다른 이야기다.

막간 테레즈의 맞선

그날 테레즈는 라트레이아 저택에 와 있었다.

루데우스가 미리스에 와서 사건이 터졌던 이후로 그녀는 집에 돌아오는 일이 많아졌다.

젊었을 적에는 테레즈도 클레어에게 반발하여 두 번 다시 집에 얼씬거리지 않겠다고 생각했지만, 시간이 지나 일을 시작하고 어른이 되면서 '이 사람은 이런 사람이니까'라며 클레어를 받아들일 수 있게 되었다.

과거에는 클레어와 얼굴만 마주치면 싸움을 벌일 때가 많았지만, 루데우스가 다녀간 이후로 클레어의 잔소리도 줄어들어서 테레즈가 집에 들르기도 쉬워졌다.

더불어서 집에 돌아오면 아무것도 하지 않아도 식사가 나오기에, 테레즈는 며칠에 한 번씩은 집에 돌아오게 되었다.

테레즈는 기사라고 해도 귀족 집안 따님이다. 메이드나 하인 한두 명이야 고용할 법도 하지만, 쫓겨나다시피 한 그녀는 기사단의 박봉밖에 믿을 게 없었다. 물론 무녀의 호위, 중대장급이면 가족을 부양하기에 충분한 급료가 나온다.

하지만 미리스에서는 결혼할 때 신부 쪽이 지참금을 가져가는 경우가 많다.

집안과 연을 끊다시피 쫓겨난 테레즈는 결혼을 포기한 게 아니었다. 백마 탄 왕자님을 꿈꾸며 불철주야 돈을 모으고 있었다.

집안과의 관계를 회복했으니까 그렇게 모은 돈은 의미 없는 것이 되었지만, 그냥 놔두었다.

그런 그녀에게 아무런 맥락 없이 던져진 말은 그야말로 마른하늘에 날벼락 같았다.

"그래서 테레즈, 당신은 언제 결혼하는 겁니까?"

그것은 테레즈에게 금구라고 할 수 있었다.

백마 탄 왕자님을 꿈꾼 지 이십 몇 년, 이미 혼기를 놓쳤다고 할 나이가 되었다.

상대 따윈 바라지도 않는다.

"언제…?"

지금 당장이라도.

그게 테레즈의 본심이었다.

"당신도 나이가 찼습니다. 여자 몸으로 일에 힘쓰는 것에 대해서는 이제 뭐라고 하지 않겠지만… 슬슬 신변을 다지는 쪽이 좋지 않겠습니까?"

"어머님이 하실 말씀입니까?"

"나 이외에 누가 말한단 말인가요? 당신에게는 당신의 생각이 있다고 말하지만, 나는 어머니로서 걱정하고 있습니다."

"아니, 하지만 어머님… 결혼하려면 상대를 찾아야…."

미리스 귀족의 경우 기본적으로 결혼 상대는 부모가 정하는 법이다.

부모에게는 자식의 결혼 상대를 찾을 의무가 있다.

물론 자유연애를 금지하는 건 아니지만, 그런 케이스는 희귀하다.

테레즈가 결혼할 수 없었던 배경에는 그녀 자신이 그런 쪽으로 부족한 것 이상으로 소개해 주는 부모가 없었다든가, 라트레이아 가문에서 쫓겨난 딸과 결혼하여 라트레이아 가문과 적대하면 귀찮아진다는 이유도 포함되어 있었다.

그러나 테레즈가 클레어와 화해한 이상, 그것도 사라졌을 터였다.

"무슨 말입니까? 당신 입으로 필요 없다고 말하지 않았나요?"

"…그런 말을 했던가요?"

"'권력 다툼에 휘말려 죽는 게 행복입니까?' 그렇게 말한 것을 나는 똑똑히 기억합니다."

"윽…. 그러고 보면 그런 말을 했던 것도 같은데…."

테레즈는 잊고 있었다.

"당신은 당신의 생각이 있고, 스스로 찾을 거라고 생각했으니까 지금까지 아무 소리 하지 않고 있었던 건데 말이죠."

"그랬던 겁니까…."

분명히 당시의 일은 서로 사과했다.

테레즈로서는 당시의 일도 사과했다고 생각했다.

그리고 클레어는 클레어대로, 테레즈가 어떤 식으로 살든지 포기했던 것이다.

"……."

"……."

그것이 지금의 참상으로 이어졌다고는 생각도 못 했다.

"그 말은 철회하도록 하겠습니다."

"그렇다면 내가 찾아보죠. 라트레이아 가문의 딸에게 어울리는 상대를."

"부, 부탁드리겠습니다…."

"당신은 전부터 그랬죠. 자기가 멋대로 정했다가, 상황이 변하면 멋대로 상대도 이해해 줄 거라고 생각해요. 알겠습니까, 테레즈. 미리스의 숙녀라면…."

그때 한동안 클레어의 잔소리가 이어지고 테레즈의 기가 확 죽었지만, 마음속으로는 주먹을 불끈 움켜쥐고 있었다.

뜻하지 않은 방향으로 흘러갔지만, 결과만 좋으면 문제없다고.

당신은 이미 나이가 있으니까 좋은 조건은 바랄 수 없다고 생각하세요.

시작부터 그런 말을 듣긴 했지만, 며칠 뒤에 들어온 혼담은 테레즈의 눈에 제법 괜찮은 조건으로 보였다.

모카이트 가문의 오남.

더스크라이트 모카이트.

나이는 27세.

직업은 신전기사.

하지만 큰 임무는 맡지 않고, 말하자면 예비역 같은 대우를 받고 있었다.

그렇기 때문에 기본적으로는 일이 없어서, 날이면 날마다 놀러 다닌다고 했다.

그 말만 들으면 그리 좋은 조건으로 들리지 않았다.

하지만 테레즈 자신이 무녀의 호위라는 임무를 맡아 급여를 잘 받고 있으니 생활에 걱정은 없다.

테레즈는 하위 기사에게 임무를 주는 권한도 가졌으니까, 뭣하면 그녀가 일을 주어도 좋다.

나이로 보자면 완벽했다.

테레즈의 취향은 성인이 되기 전의 나이를 제일 좋아하지만, 연하라는 것만으로 충분하다고 할 수 있다.

마흔이 넘은 뚱뚱한 아저씨를 데리고 올 거라고 생각했던 만큼, 뜻하지 않은 행운이라 할 수 있었다.

오히려 클레어가 "당신은 라트레이아 가문의 딸이니까 더 좋은 상대가 있을 터."라고 말할 정도였다.

테레즈로서도 조건이 좋다고 해서 갑자기 결혼까지는 생각하지 않았다.

하다못해 얼굴을 본 뒤에.

얼굴이 좋으면 절대로 놓치지 않는다.

그렇게 생각했다.

"이쪽은 라트레이아 가문의 사녀, 테레즈 라트레이아입니다."

맞선 자리로 정해진 장소는 모카이트 가문의 저택이었다.

맞선은 결혼하는 당사자 중 한쪽의 저택에서 치러진다.

어느 쪽이라고 정해진 건 아니지만, 처음에는 남자의 저택에서, 두 번째는 여자의 저택에서 하는 일이 많았다.

일단은 부모와 당사자, 합쳐서 넷이 서로의 집안을 시찰하는 것이다.

세 번째부터는 다른 가족을 소개하는 일도 있다.

말하자면 서로의 집안이 어느 정도 규모인지 등을 확인하는 것이다.

빚을 숨기고 있든가, 재정적으로 문제가 있으면 고용인의 태도가 나쁘거나 청소가 제대로 안 되어 있든가 좋지 않은 자가 드나든 흔적이 있는 등, 어떠한 문제가 보이는 경우도 있다.

물론 라트레이아 가문도 모카이트 가문도 이름 있는 미리스 귀족이기 때문에 어디까지나 형식적인 것이었다.

"나이가 있고 숙녀로서 부족한 점도 많습니다만, 아시다시피 신전기사로 일하고 있기에 남편의 일을 이해할 수 있습니다. 본인도 결혼에 의욕적인 터라 좋은 아내가 될 것입니다."

칭찬인지 헐뜯는 건지 모를 소개였지만, 테레즈는 그것도 다

예상하고 있었다.

평소에는 좀처럼 입지 않는 청색 드레스의 옷자락을 들면서 우아하게 인사했다.

이날을 위해 연습한 것이다. 아니, 억지로 연습하는 꼴이 되었다.

"테레즈입니다. 잘 부탁드립니다."

이 날을 위해 연습한 미소와 이 날을 위해 연습한 간드러진 목소리.

학생 시절에 더 열심히 했으면 좋았을 거라고 후회할 정도로 어색한 모습이었다.

"······켁."

그런 인사는 상대의 얼굴을 본 순간 얼어붙었다.

"······."

테레즈의 얼굴을 보고 뚱한 표정을 하는 남자는 아는 얼굴이었다.

수염은 없고 머리도 잘 매만졌다.

테레즈가 아는 그도 평소부터 이렇게 단정한 모습이었다.

설령 투구 안이라서 얼굴이 안 보이더라도 실례가 있어서는 안 된다, 복장의 문란은 신앙심의 문란이다, 라고.

아아, 이상한 일이다.

테레즈는 더스크라이트라는 남자를 모른다.

혹시 그가 더스크라이트가 아니라, 그 옆에 서 있는 중년여성이 그런 걸까?

"이쪽은 모카이트 가문의 오남, 더스크라이트 모카이트. 현재 한직으로 쫓겨났지만, 신심 깊고 실력도 있으니 장래성에 기대할 수 있다고…."

중년여성의 소개에 따르면 역시나 이 남자가 더스크라이트인 모양이다.

"아니…."

하지만 테레즈의 기억에 있는 이 남자는 더스크라이트라고 불리지 않는다.

하지만 틀림없는 그다.

잘못 봤을 리가 없다.

왜냐면 매일처럼 얼굴을 맞대고 있으니까.

"처음 뵙겠습니다, 더스크라이트 모카이트입니다."

그도 그렇게 자기소개를 했다.

하지만 테레즈는 알고 있다. 그는 평소에 그런 이름을 대지 않는다.

그가 대는 이름은 그래….

'성분묘의 수호자'의 더스트 박스.

틀림없이 그 사람이었다.

"……."

그렇긴 해도 그게 이상한 일이 아니라는 것은 테레즈 자신이 잘 알았다.

'성분묘의 수호자'의 멤버는 관리직을 제외하면 그 내력을 숨기는 것이 의무로 되어 있다.

이것은 여러 이유에서 나온 것이지만, 기본적으로 무녀라는 귀중한 존재를 지키기 위한 조치다.

과거에 무녀가 암살될 뻔한 일이 있었다.

당시에는 아직 '성분묘의 수호자'라는 집단이 없었고, 신전 기사단의 한 부대가 호위를 담당하고 있었다.

어느 날 무녀를 암살자들이 노렸다.

무녀는 운 좋게 살았지만, 그 사건이 계기가 되어서 부대 안에 배신자가 있다는 사실이 발각되었다.

그는 타국의 스파이에게 가족을 인질로 잡혀서, 무녀의 정보를 누설했다고 했다.

그렇게 해서 생겨난 것이 '성분묘의 수호자'다.

호위는 미리스와 무녀에게 충성심을 가지고 상당한 실력을 가진 무명의 인물 중에서 선출되었다.

내력을 숨기고, 그리고 정체를 숨기는 것으로 무녀의 정보가 외부로 나가는 것을 막고, 완전히 얼굴을 감추는 투구를 써서 무녀를 노리는 자에게 위압감을 준다.

내력을 숨긴다는 것은 무녀의 호위를 맡을 때에 메리트가 크다.

부대장인 테레즈에게 부하의 내력이 알려지지 않은 것은 물론 부대장이 가장 배신할 가능성이 크기 때문이다.

참고로 얼굴을 아는 이유는 갑옷 안의 사람이 바뀌는 것을 막기 위해서다.

"……."

여기서 부대장인 테레즈가 해야 할 일은 '아무것도 못 본 것으로 한다'다.

더스트의 정체를 아는 것은 테레즈에게도, 더스트에게도 안 좋다.

아무 일도 없었던 것처럼 맞선을 깨뜨리고, 아무 일도 없었던 것처럼 일로 돌아간다.

그것이 두 사람에게 최선이라고 할 수 있는 결과였다.

아니면 정체가 알려진 더스트를 '성분묘의 수호자'에서 제외하는 것.

하지만 실제로 테레즈는 부대장으로서 부하의 상태를 볼 의무가 있다.

매일 함께 일을 하고 있으면 알게 되는 것도 생긴다.

브리얼 가먼트는 블랙상투스라는 흑마를 가지고 있다는 것.

콜테이지 헤드는 비번일 때 반드시 시내의 극장에 간다는 것.

일의 특성상 독신이 많지만, 스컬 애쉬만큼은 기혼자라는 것.

그 외에도 많이 있다.

그리고 그런 정보를 더듬어 보면 정체를 찾아낼 수도 있다.

완전히 감추는 것은 불가능하다.

그러니까 더스트를 '성분묘의 수호자'에서 제외하는 건 꺼려졌다.

그래서 뭐 어쨌단 말인가. 테레즈는 그렇게 생각했다.

'이 녀석, 얼굴은 나쁘지 않군.'

숙녀처럼 웃음을 띤 채로, 부모들 사이의 이야기가 이어졌다.

미리스 귀족의 맞선은 부모들의 자식 자랑으로 시작한다.

어떤 아이고, 어떤 점이 대단한가, 어떤 이유로 결혼에 이르렀는가, 그런 식이다.

결혼에 앞서 일단 부모들이 납득할 필요가 있다는 점 때문에 이런 형식이 이용된다.

자식은 부모의 자랑담을 들으면서 상대의 정보를 취득한다.

자기가 말하기 어려운 것도 부모의 입으로 듣는 경우가 있으니까 중요하다.

물론 테레즈의 귀에는 아무것도 들어오지 않았지만….

"그럼 젊은이들끼리 이야기 나누도록 하세요."

그렇게 부모들의 자랑이 끝나고 두 사람만의 대화가 시작되었다.

어느 세계든 만남의 자리에 부모가 있으면 말하기 어렵다.

서로의 취향을 맞춰보거나 사소한 일로 웃거나, 애초에 부모에게 말하기 어려운 이야기를 하거나….

매력적인 시간이다.

참고로 미리스 숙녀 사이에서는 이 시간이 필살의 시간으로 여겨졌다.

마음에 둔 남성의 마음을 휘어잡기 위해서는 여기서 어떻게 스스로를 어필할지가 중요하다.

반대로 마음에 없는 남성의 마음을 내치는 것도 이 시간의 중요한 역할이다.

"휴우~….."

부모들이 퇴실하는 것을 지켜본 테레즈는 일어섰다. 더스트는 움직이지 않았다.

테레즈는 창가로 걸어가서 다리를 어깨넓이로 벌리고 손을 뒷짐졌다.

그리고 고개를 기울이면서 빙글 돌아보았다.

빙그르르 하는 소리가 날 듯한 포즈.

십대 소녀가 하면 미소도 나오고 아름답고 매력적이고 상대에게 좋은 인상을 주기 쉬운 포즈.

테레즈 정도 나이의 여성이 하면 쓴웃음이 나오기 쉬운 포즈.

하지만 그녀의 눈은 웃고 있지 않았다. 농담이 아니다. 진심이었다.

더스트의 목덜미에 오한이 들었다.

나는 지금 타깃이 되었다.

"더스크라이트 씨는 멋진 분이로군요☆"

배 속에서부터 울리는 혼신의 간드러진 목소리.

그녀는 생각했다. 이 녀석하고 결혼해도 좋겠다고.

나쁘지 않다. 오히려 반대로 말하자면 괜찮은 상대라고.

일에 열심이고 기밀 누설도 없다. 이번 일은 추태라고 할 수 있겠지만, 자기라면 그 추태를 커버할 수도 있다고.

"예…? 테, 테레즈… 님?"

"편하게 불러주세요. 부부가 되는 거니까."

테레즈는 다소곳한 모습으로 뺨에 손을 대고 천천히 더스트에게 걸어갔다.

더스트는 그 말에, 모습에, 전율을 숨기지 못했다.

하지만 움직일 수 없었다.

'성분묘의 수호자'에서 가장 판단 속도가 빠르다고 일컬어지는 더스트 박스다.

이윽고 테레즈는 더스트에게 다가가 그 옆에 앉았다.

"우리 결혼하면 잘 해나갈 수 있다고 생각합니다. 더스크라이트 씨는 일이 수월하지 않은 모양이지만, 저는 이렇게 보여도 중대장이고 급료도 좋고… 집안일은 걱정하지 마세요. 테레즈 모카이트… 좋은 느낌이네요."

테레즈가 슬금슬금 다가오고, 더스트가 떨어졌다.

더스트는 계속 도망쳤지만, 이윽고 소파 가장자리에 도착했기에 결단에 쫓겼다.

"아니, 기다려 주세요."

"안 기다릴 겁니다…."

테레즈의 손이 가만히 더스트의 손에 겹쳤다.

생각 이상으로 힘이 들어가서, 절대로 놓치지 않겠다는 결의가 느껴졌다.

하지만 힘은 더스트 쪽이 위였다.

더스트는 테레즈의 손을 뿌리치더니 일어나서 방구석으로 도망쳤다.

'성분묘의 수호자' 굴지의 돌격 바보라고 불리는 더스트 박스가 말이다.

"부대장님, 이게 뭡니까! 무슨 농담입니까?!"

"무슨 농담…이냐고요?"

테레즈는 노골적으로 거절당한 것에 쇼크를 받았다.

아무래도 미인계가 실패했다는 것을 깨달았다.

한껏 용기를 냈는데. 지금까지 이런 짓은 절대로 안 했는데. 남편에게만 보여주는 얼굴이라고 생각했는데….

"휴우~…."

테레즈는 다시 깊이 숨을 내쉬었다.

아무래도 아무것도 모르는 척하면서 결혼까지 도달하기란 어려운 모양이다.

그도 그렇지. 당연하다고 할 수 있다. 왜 그걸로 정체를 숨긴 기사와 결혼할 수 있다고 생각했을까. 테레즈가 흥분했기 때문이다.

하지만 테레즈도 상당히 경험을 쌓은 기사다. 궁지와는 몇 번이나 맞닥뜨렸다.

그녀는 다시 일어나서 천천히 창가로 걸어갔다.

다리를 어깨 넓이로 벌리고, 손을 뒷짐졌다.

방금 전과 같은 포즈에 더스트는 그 의도를 몰라서 곤혹스러웠다.

"더스크라이트 군… 이라고 부르도록 할까."

"테레즈… 님?"

"이건 추태로군, 더스크라이트 군. 설마 내게 정체가 알려지다니."

"…예."

위엄 있는 테레즈의 말에 더스트는 무심코 목소리를 낮추었다.

테레즈는 천천히 돌아보았다.

방금 전과 달리 기사답게, 다리에 힘을 줘서.

그녀의 눈동자 안에는 위축된 더스트의 모습이 있었다. 방금 전까지의 딱딱한 얼굴이 아니라 죄송하다는 듯이 눈썹을 찌푸리고 있었다.

"설명해 보겠나. 왜 이렇게 되었지? 맞선 상대의 이름 성도도 확인하지 않았나?"

"예, 저의 잘못입니다. 설마 부대… 테레즈 님은 이미 결혼하셨다고 생각해서, 저기, 이름을 확인하지 않고….”

이 자식, 사람 약올리는 거냐.

테레즈는 그렇게 소리치고 싶은 것을 꾹 참으며 이야기를 이어나갔다.

“이렇게 되었으니 나는 부대장의 권한으로 너를 면직할 수밖에 없다. 그러지 않으면 무녀님이 위험에 빠지게 된다.”

“…….”

“너도 알듯이 나는 약하다. 스스로는 꽤나 열심히 노력했다고 생각하지만, 너희만큼 검이나 마술의 재능이 없다. 평범하다. 혹시 무녀님을 해하려는 자가 있다면 나는 간단히 붙잡히겠지.”

테레즈의 입은 실로 매끄럽게 움직였다.

머리는 놀라운 속도로 회전하고 있었다. 그것이 공회전인 줄 모른 채.

“물론 내가 없다고 ‘성분묘의 수호자’의 총전력이 현저히 떨어지는 일은 없다. 나는 지휘관이 천직이라고 생각하지만, 너희는 따로따로 싸워도 충분히 강하니까. 하지만 말이지, 나는 너를 알아 버렸다. 분명 나는 고문을 당하면 너에 대해 불어 버리겠지. 모카이트 가문의 오남, 더스크라이트 모카이트. 분명 무녀를 해하려는 자는 네 가족을 노릴 거다. 가족의 목이 날아가는 꼴을 보고 싶지 않으면 ‘성분묘의 수호자’의 다른 멤버의 정체를 말해라. 물론 너도 모른다. 그럼 타이밍을 봐서

한 명씩 처리해라, 혹은 무녀님을 죽여라, 그렇게 요구할지도 모른다. 용서받을 수 없는 짓이지. 그래서 나는 생각했다. 나와 네가 가족이 되면 된다. 네가 나를 지킨다. 그러면 그런 사태에 빠지는 일도 없다. 응, 좋은 생각이다. 실로 명안이다. 그렇지?"

줄줄줄 떠드는 테레즈의 이론.

하지만 그걸 듣는 동안 살짝 납득한 듯했던 더스트의 표정이 변했다.

턱을 당기고 살짝 뒤로 기울었던 자세를 바로 하고 표정을 다잡았다.

야수 같은 눈동자로 테레즈를 똑바로 바라보았다.

"부대장님, 그건 말도 안 됩니다."

"말도… 안 된다…?"

테레즈는 둔기로 한 대 얻어맞은 듯한 기분이 되었다.

뭐, 분명히 테레즈의 나이는 그리 젊다고 할 수 없다. 더스트도 결혼 적령기라고 할 수 없는 나이지만, 그래도 연상의 아내다.

그렇긴 해도 라트레이아 가문의 딸이니까 외모는 준수하고, 기사로시 계속 몸을 움직였으니까 몸매도 망가지지 않았다. 가문도 충분하다.

그렇다면 성격인가.

"뭐가, 어떻게, 말이 안 되지?… 아니, 안 되나요?"

고칠 수 있는 점일까.

그게 문제였다. 혹시 고칠 수 있는 점이라면 테레즈는 이 자리에서 부하의 다리에 매달려서 꼴사납게 '고칠 테니까 결혼해 줘'라고 애원할 생각이었다.

"무녀님에게 위해가 된다면, 저는 가족을 다 죽이겠습니다."

"…뭐?"

테레즈의 움직임이 멎었다.

"그러면 인질은 없어집니다. 그 뒤에 죽을 각오로 그 녀석들을 죽이겠습니다. 그러니까 말도 안 됩니다. 무녀님에게 해가 가는 일은 없습니다."

완전히 맛 간 눈으로 말했다.

그 말을 듣고 공회전을 계속하던 테레즈의 머리 회전수가 떨어지고, 무사히 기어를 전환할 수 있었다.

그리고 떠올렸다.

더스트 박스는 맹신자였다.

미쳤다고 할 정도로 미리스교를 믿고, 무녀라는 존재를 인생 내내 지키기로 맹세했다.

그녀는 성 미리스의 환생이며, 자기 종교의 심볼 그 자체.

그녀를 숭상하고 지킨다. 그것이 자기 신앙이라고 완고하게 믿어 의심치 않는 인간이다.

'성분묘의 수호자'에는 그런 인물이 모였다.

"……."

동시에 결혼하고 싶다는 마음이 완전히 식었다.

판단을 그르쳤다고 영혼이 납득했다.

왜 나는 이 녀석과 결혼하려고 생각했을까. 이 녀석이 명백히 결혼에 맞지 않는 상대라는 것은 나도 알고 있었을 텐데.

마음이 급해졌던 것이다. 다 알고 있던 것도 초조함 때문에 잊어버리고, 이상을 현실이라고 믿어 버렸다. 얼굴이 좋으면 된다고 생각하였다.

그렇다면 테레즈가 취할 길은 단 하나.

"좋은 말이다. 그래야 '성분묘의 수호자' 더스트 박스, 무녀를 지키기에 합당한 신앙자다."

자존심의 사수다.

"예! 감사한 말씀!"

"앞으로 이러한 추태가 없도록 항상 마음을 단단히 갖도록."

"알겠습니다!"

이것으로 테레즈의 자존심은 지켜졌다.

테레즈는 부대장으로서, 정체가 알려지면 안 되는 상대의 앞에 어슬렁어슬렁 나타난 부하의 신앙심을 시험하고 '성분묘의 수호자'를 계속해도 문제없는지 시험한 것이다.

결혼에 애가 타서 부하에게 덤벼들려던 부대장 따위는 존재하지 않았다.

"하지만."

그때 더스트가 인상을 풀었다.

"하지만 부대장의 연기도 대단했습니다. 소름이 끼쳤습니다."

"…소름이 끼쳤나."

"설마 부대장이 그렇게까지 눈을 번쩍이면서 덤벼들 줄은 생각도 못 했으니까요."

소름이 끼쳤다.

그 말에 테레즈는 화가 났다.

왜 추태를 보인 부하에게 그런 소리까지 들어야 하는 걸까.

나는 내 나름대로 열심이었다.

그야 학교에서의 예의범절 수업을 더 진지하게 들었으면 좋았겠다고 생각하긴 했지만, 그래도.

"불끈했다."

"…예?"

"너무 아름답고 매력적이라서 무심코 손을 내밀 정도였다, 그렇겠지?"

뭐라고 토를 달 수 없는 강제력.

더스트의 이마에 식은땀이 흘렀다. 등골이 축축해지고 다리가 떨렸다.

그래, 공포다.

설령 어떤 강적과 상대하더라도, 자기 신앙심으로 눈썹 하나 까딱하지 않고 싸울 수 있는 '성분묘의 수호자'인 더스트 박스가 공포에 떨었다.

"뭣하면 정말로 결혼해도 좋은데. 아니, 그래야 할까. 너는 한심한 남자다. 또 이런 일이 있을지도 모르지. 나와 결혼하면 적어도 맞선 이야기는 사라질 테고.”

“아뇨, 저기….”

“농담이다. 너는 이쪽에서 사양이다.”

테레즈는 그렇게 말하고 일어섰다.

“오늘은 서로 비번이었지만, 내일부터는 또 무녀님의 호위임무가 있다. 절대 늦지 마라.”

“…예.”

테레즈는 기사답게 스커트 자락을 휘날리면서 성큼성큼 방에서 나갔다.

더스트는 그걸 지켜보며 이마에 흥건히 맺힌 식은땀을 닦았다.

“순당한 결과입니다.”

저택에 돌아오자, 클레어는 입을 열자마자 그 말부터 꺼냈다.

“당신은 꽤 풀이 죽은 모양이지만, 그 정도 남자는 라트레이아 가문과 맺어지기에 부족합니다. 어디까지나 연습상대입니다. 다음에는 더 좋은 상대를 찾아올 테니까, 그때까지는 이번 교훈을 살려서 미리스의 숙녀답게….”

클레어의 기나긴 설교가 시작되는 가운데, 테레즈는 일말의 불안을 느꼈다.

처음이 더스트였다.

가문만 보면 확실히 결혼상대로 나쁘지 않지만, 실제로는 치명적으로 부적합한 상대.

마찬가지로 찾다 보면 또 비슷한 상대가 걸리는 게 아닐까….

"알겠습니다."

하지만 테레즈는 고개를 내젓고 그렇게 대답했다.

자기가 클레어에게 부탁한 일이다. 그만두겠다고 말하기 어렵기도 했지만… 그 이상으로 역시 결혼하고 싶었기 때문이다.

그렇게 연속으로 안 좋은 상대가 걸릴 리도 없겠지.

다음에야말로 좋은 상대를 만날 것이다.

"다음에도 열심히 하겠습니다."

"좋은 마음가짐입니다, 테레즈. 당신도 일로 바쁘겠지만, 숙녀답게 처신할 수 있도록 배움과 훈련을 빠뜨리지 마세요."

"예!"

테레즈는 씩씩하게 대답했다.

그 후에 테레즈의 예감은 멋지게 적중하게 되지만, 그건 또 다른 이야기다.

막간　원숭이와 늑대

★ 기스 시점 ★

눈을 떴다.

몸을 일으키고, 뚜둑뚜둑 소리 나게 목을 움직이며 몸 상태를 확인했다.

손발에 저린 느낌은 없고 배탈도 나지 않았다. 피부에 이상한 반점 같은 것도 없었다.

조금 배가 고프긴 하지만 몸은 건강 그 자체.

"후아~"

텐트 밖으로 나가서 하품과 함께 기지개를 켰다. 뚜둑뚜둑 소리 나게 허리를 움직이며 일출을 구경했다.

일출을 보면서 방향을 확인. 지도와 산의 구릉을 비교하며 현재 위치를 확인.

어제 해가 지기 전에도 확인했지만, 아침과 저녁에는 보는 느낌도 다르기 때문에 두세 번씩 확인하는 것은 중요하다. 길을 잃는 녀석은 현재 자기 위치를 확인하지 않는 녀석이 많다.

"오늘은 서쪽이었지."

가야 할 방향을 보면서 중얼거렸다. 대답하는 이는 아무도 없었다.

오늘도 꿈에서 인신과 만났다.

일출과 함께 서쪽에 가서 '페닐의 가로수길'에서 세 번째로

난 나무 아래서 쉬고 있다가 다섯 번째로 지나가는 마차에 타라. 한동안 계속 마차를 타고 있다가 도착한 동네의 '신록의 나무들'이라는 숙소에서 묵어라.

그러면 나는 루드 용병단의 추격자에게 들키지 않고 이동할 수 있다…라고 한다.

뭐, 영문을 모르겠지.

보통 녀석이라면 어딘가에서 의심하겠지. 왜 그렇게 하면 되는지 이유까지 설명해 주질 않으니까. 그리고 조언과는 좀 다른 행동을 했다가 쉽사리 붙잡히겠지. 마음은 안다. 나도 예전에 비슷한 짓을 했다.

하지만 지금의 나는 이 말에 따라 살고 있다.

그게 올바르다고 생각한다.

나에게 인신의 조언은 절대적이다.

―아, 아니, 끝까지 말하지 마.

물론 조언에 따른다고 모든 일이 순조롭고 완벽하다는 건 아니다. 조언 때문에 안 좋은 일이나 싫은 일과 만나는 때는 있다. 그것도 상당한 빈도로.

하지만 그래도 말하도록 하지.

그게 어쨌단 말이냐.

아니, 생각해 보라고.

말에 따르지 않아도 안 좋은 일이나 싫은 일은 만나는 거잖아.

좋은 일만 일어나는 건 아니잖아.

하지만 적어도. 조언에 따르면 죽는 일은 없다.

나처럼 힘 없는 녀석이 이제까지 엄청나게 위험한 장소에 발을 담그면서도 살아남은 것이 그 증거다.

나는 나보다 훨씬 강한 녀석이 안타깝게 죽는 것을 몇 번이나 보았다.

그건 정말로 무참해. 평소에 그렇게 허세 부리던 녀석이 막상 위험에 빠지면 한심하게 도움을 청한다고. '살려줘, 죽고 싶지 않아, 엄마'라고.

무참한 거야 그렇다고 쳐. 다만 죽는 건 무섭지 않다고 큰소리치던 놈이 말이지, 진짜 호걸로밖에 보이지 않던 녀석이 말이지, 거의 예외 없이 그렇게 된다고. 소름이 끼쳐.

인간은 말이야, 죽는 것을 기피하게 되어 있어. 본능적으로 죽고 싶어 하지 않아. 죽는 것은 무섭다고 생각해.

나도 무서워. 죽고 싶지 않아.

그러니까 죽지 않도록 조언해 주는 것만으로도 나한테는 충분해.

인신은 내 목숨을 붙여 주었어. 이 나이까지.

말하자면 내 수호신 같은 거지. 악신이긴 하지만.

그런 인신에게 은혜를 갚을 때가 온 것은 지금으로부터 몇 년 전의 일이다.

아슬라 왕국의 술집에서 평소처럼 술에 취해 잠들었을 때 인신이 말을 걸어왔다.

아무래도 부탁이 있는 모양이었다.

인신이 '부탁한다'고 말할 때는 대개 안 좋은 일이 일어나지.

전에 부탁을 들어줬을 때는 고향이 멸망했다.

평생치의 눈물을 흘리고 목소리가 나오지 않을 정도까지 소리쳤다.

이번에도 그것과 비슷한 일이 일어날 게 틀림없다. 녀석은 완전히 자기를 아군이라고 믿게 만든 뒤에 배신하는 걸 좋아하지. 고향이 멸망해서 멍하니 있을 때도, 녀석은 내 얼굴을 보고 낄낄 웃었다.

…그렇게 생각했는데, 아무래도 좀 낌새가 이상한 모양이었다.

나도 남의 안색을 살피며 살아온 지 오래다.

인신이 진짜로 궁지에 몰려서 도움을 청하는 게 느껴졌다.

그러니까 부탁을 들어주기로 했다.

연기일 수도 있었지만, 그리 연기를 잘하는 녀석도 아니고… 게다가 정말로 궁지에 몰렸다면 도와주는 것 자체는 아깝지 않았다.

내가 은혜를 입은 건 틀림없고.

인신은 아무래도 루데우스에게 배신당한 모양이다.

어차피 배신당했다기보다는 나한테 그랬던 것처럼 넋이 나가 있을 때에 낄낄 웃었다가 실수해서 되려 궁지에 몰린 거겠지. 그리고 루데우스는 인신의 적으로 돌아서 용신 올스테드의 부하가 되었나. 칠대열강 제2위, 뭐, 거물이군.

아무튼 그런 쪽으로는 아무래도 좋다.

문제는 그런 거물에게 붙은 선배가 인신에게 귀찮은 존재라는 점이다.

인신은 미래를 보는 힘을 가지고 있다.

마안 따윈 눈도 아닐 정도로 먼 미래를 볼 수 있다.

그러니까 어떤 상대라도 낙승…일 만큼 편리한 것도 아닌지, 몇 가지 제약도 있는 모양이다.

내게 그걸 전부 가르쳐 준 건 아니지만, 적어도 두 가지.

한 번에 세 사람의 미래밖에 볼 수 없다는 것.

올스테드의 미래는 볼 수 없다는 것.

모처럼 세 사람의 미래를 봐도 올스테드와 관련이 생기면 그 세 사람의 미래는 변한다. 하지만 인신의 눈에는 전혀 관여하지 않은 것처럼 보이는 느낌인 모양이다.

인신은 그 하얀 방에서 세계 전체를 내다볼 수 있는 모양이지만, 올스테드만큼은 볼 수 없다.

그리고 그런 올스테드의 특성은 왠지 루데우스에게도 전해졌다는 모양이다.

용신의 가호란 걸까.

올스테드는 저주인지 뭔지의 영향으로 남들에게 두려움을 사거나 적의를 갖게 하는 바람에, 관여할 수 있는 인간이 제한

되었다. 사람들은 그에게 협력을 부탁하지 않는다. 동료 따윈 존재하지 않는다.

그런데 선배가 사이에 들어가면서 많은 인간을 동료로 삼을 수 있게 되었다.

그게 어떤 결과를 부를까.

신기하게도 인신은 자기가 죽는 모습만큼은 볼 수 있는 모양이다.

쓰러진 올스테드를 짓밟으며 비웃는 영상이 어느 날 갑자기 역전되는 것이다.

올스테드에게 짓밟혀서 비웃음을 듣는 영상으로.

왜 그때뿐인가 싶었는데, 뭐, 아마도 인신과 같은 장소에 올스테드가 있기 때문이겠지. 자기 눈으로 보는 영상이니까 올스테드도 보이는 거겠지.

인신의 능력이 어떤 것인지도 내게는 별 상관없다.

중요한 것은 루데우스의 존재가 인신을 위협한다는 점이다.

서둘러서 루데우스를 죽일 필요가 있는지, 인신은 이런 수 저런 수를 써서 루데우스를 없애려고 들었다.

하지만 그렇게 잘 풀리지 않았다. 아슬라 왕국에서는 북제 나 수신과 붙여 보았지만, 마음대로 되지 않았던 모양이다. 올스테드를 쓰러뜨릴 수 없는 거라면 몰라도 루데우스도 쓰러뜨릴 수 없다.

이대로 가다간 루데우스가 점점 동료를 불린다.

그래서 인신은 한 가지 계략을 내놓았다.

사도 세 명으로 쓰러뜨릴 수 없다면 숫자를 불리면 된다.

말하자면 루데우스를 흉내내는 것이다. 올스테드는 동료를 늘릴 수 없지만, 선배를 같은 편으로 넣어서 손발이 될 동료를 얻었다.

인신은 사도 세 명밖에 조종할 수 없지만, 그중 한 명에게 동료를 모으게 하면 결과적으로 세 명 이상의 부하를 얻게 된다.

오오. 나이스 아이디어다.

그래서 그 동료 모집의 적임자로 내가 점 찍혔다는 소리다.

왜 나인가 싶기는 하지만… 뭐, 인신은 일이 끝나면 그 녀석의 소중한 것을 짓밟고 쓰레기통에 내던지는 녀석이다. 나 정도밖에 없었겠지.

그리고 그렇게 모은 동료를 적절한 타이밍에 전부 동시에 투입하면 아무리 루데우스라도 끝이 난다는 것이다.

그렇게 해서 나는 인신의 동료를 모집하기 위해 뛰어다니고 있다.

시간제한은 인신이 정한 '적절한 타이밍'까지.

이제 그리 시간이 없지만 지금으로서는 순조롭다.

히지민 이 동료 모집이라는 게 또 큰일이다.

기본적으로는 인신이 정한 '이 녀석이다!'라는 인물과 내가 만나서, 말재주만으로 구워삶아서 '적절한 타이밍'까지 '집합

장소'로 이동시킨다.

그 인신이 정한 이들이 또 괴짜들투성이다.

실력은 부족함 없지만, 어딘가 결함이 있거나 애초에 말이 통하기나 하는지 미묘하거나 이상한 문제가 있거나 무슨 생각인지 알 수 없는 놈들뿐…. 뭐, 그러니까 나처럼 수상한 녀석의 말도 들어주는 일이 있지만.

다만 숫자가 부족하다. 나를 포함해도 두 손으로 꼽을 수 있을 정도다.

대신 실력으로 보자면 톱클래스다. 세계적으로 유명한 실력자나 미리스의 옛날이야기에 나올 만한 이도 있었다.

솔직히 그런 녀석보다 돈으로 고용할 수 있을 만한 알기 쉬운 녀석들을 백 명이든 이백 명이든 동료로 넣는 편이 낫다…는 생각도 내놓았지만, 기각당했다.

인신은 배신을 두려워했다. 자기가 미래를 볼 수 없어서 어떻게 움직일지 모르는 녀석을 대량으로 데리고 있는 것을 싫어했다.

뭐, 지당한 의견이다.

인신은 인망이란 게 전혀 없으니까.

혹시 그런 녀석에게 루데우스가 배신을 종용하면 어떻게 될까. 결과는 뻔하다.

선배는 그렇게 보여도 자기편을 만드는 데에 능하니까. 고민이 있으면 같이 고민해 주고, 문제가 있으면 같이 해결해 주고, 한심한 녀석이라고 두고 가지 않고 기다려 준다. 그렇게 대단한 힘을 가진 주제에 약한 이에게 잘해 준다.

그러니까 숫자를 믿을 수 없다. 질을 믿어야 한다.

애석하게도 나는 군중을 컨트롤할 수 있을 만한 카리스마가 없고.

아군을 늘리면 늘릴수록 적이 늘어날 가능성도 늘어난다. 작전을 못 들은 녀석도 늘어나겠고, 그러면 이길 수 있는 것도 못 이긴다.

그러니까 소수정예다.

적어도 배신할 가능성이 낮은 녀석들. 그러면서 쓸 만한 녀석들.

그런 녀석들에게 루데우스나 올스테드의 약점을 가르쳐 줘서 쓰러뜨리게 한다.

으음….

내가 할 말은 아니지만, 조금 더 사람을 신용하면 어떨까 싶은데. 아니, 그렇잖아? 어중이떠중이라도 여럿 있으면 할 수 있는 일도 늘어나고. 리스크를 두려워하면 리턴도 작아진다고.

아무튼 지금의 나는 인신의 사도.

보스의 말은 절대적이다.

뭐, 이번에는 보스에게 꾸지람을 좀 들었지만.

왜 그때 루데우스를 죽이지 않았냐, 독살이라도 하면 간단했는데, 라고.

뭐, 지당한 말씀.

그렇긴 해도 내게 필요한 루틴이란 게 있어.

뭐라고 할까, 나는 선배를 배신할 거다. 그건 말하자면 파울로를 배신하는 것이다. 이 녀석은 절대로 배신하지 않을 거라고 믿은 상대의 아들과 적대하고 죽이려고 하는 것이다. 그러니까 마음의 정리란 게 필요하지.

그렇게 말해도 인신은 납득하지 않았지만.

나는 스스로를 잘 아니까 하는 말인데. 아마도 그대로 독살하려고 했다간 나는 마지막에 실수했을 거라 생각한다. 어딘가에서 겁을 먹었을 거다.

하지만 정리를 마쳤으니까 이제 그럴 일은 없다.

나는 진짜로 각오를 하고 루데우스 그레이랫과 적대한다.

그런고로 나는 오늘도 숨은 실력자에게 조력을 구하기 위해 이동을 개시했다.

이걸로 몇 명째더라. 세 명째였나, 네 명째였나.

이놈이고 저놈이고 일기당천에, 일생 중 한 번도 만날 일 없다고 생각했고, 대화를 나눌 일도 없을 거라 생각했던 놈들이다.

그야말로 이야기 속에서 나오는, 구름 위의 존재라고 생각했다.

하지만 이야기해 보니 의외로… 아니, 의외고 뭐고 없나.

이놈이고 저놈이고 인간이었다.

어디까지나 인간이었다.

성격에 특이한 구석은 있지만.

특히나 처음 녀석은 나도 알만큼 유명인이면서도 엄청 인간미 있는 녀석이었지….

★　★　★

그건 인신에게 부탁을 받고 얼마 시간이 지났을 무렵이었다.

그 녀석에게 가기 전에 나는 인신의 지시에 따라 이리저리 움직였다.

예를 들어서 아슬라 왕국의 오래된 도구창고 안에 잠든 마검의 도신과 왕룡 왕국의 어느 언덕에 있는 묘에서 칼자루를 입수하고, 마검을 다루는 대장장이에게 의뢰해서 수리하든가, 마대륙의 수상쩍은 부족이 빚는 술을 입수하는 등.

뭐에 쓰냐고 물어도, 나도 모른다.

뭐, 인신에게 정보를 듣고 나 나름대로 앞날을 생각한 결과, 이런 것이 도움이 되는 모양이라고 생각했을 뿐이다. 유비무환이다. 안 써도 된다면 좋다.

그 이외에는 정보수집이지만, 인신 이상 가는 정보를 내가 입수할 수 있을 리도 없어서 헛걸음이 많았다.

아무튼 나는 인신의 지시에 따라서 북방대지로 이동했다.

선배처럼 고대 용족의 전이유적을 사용해 이동하는 게 아니니까 이동에 시간이 걸리는 게 문제였지만, 뭐, 사실을 말하자면 고대 용족의 유적 이외에도 전이마법진은 몇 개 존재한다. 올스테드가 그것의 존재를 아는지 모르는지는 모르지만, 적어도 쓰지 않은 모양이었으니까 그걸 써서 이동했다.

숫자도 그리 많지 않고 전 세계를 망라하는 것도 아니지만, 어지간한 장소에는 갈 수 있다.

나는 인신의 지시에 따라서 목적지에서 제일 가까운 도시까지 이동하고 방한구를 구입해서, 쌓이기 시작한 눈을 헤치며 이동했다.

목적지는 숲으로 둘러싸인 협곡이었다.

숲은 마물이 사는 곳이다. 반드시 마물이 나온다.

나 같은 녀석이 무기도 호위도 없이 혼자 들어가선 안 되는 장소다.

하지만 나는 알고 있다.

인신의 말처럼 적절한 타이밍에 필요한 행동을 하면 절대로 마물과 만나지 않고 목적지에 도달할 수 있다는 걸.

예를 들어서 인신은 '도중에 어느 커다란 토르네르 나무 밑에 있는 동굴 앞에서 천천히 스물을 센 뒤에 전진해라'라고 말했다.

나는 거기에 따라서 토르네르 나무를 발견할 때마다 그 밑을 뒤졌다.

놓칠 리는 없었다. 인신이 그렇게 말했다면, 나는 동굴을 발견할 운명에 있다.

발견했다고 해서 딱히 뭐가 있는 것도 아니다.

아이 하나가 들어갈 수 있을까 말까 할 정도의 작은 굴 앞에서, 안을 들여다보지도 않고, 안에서 뭐를 꺼내는 것도 아니고, 또 안에서 뭔가가 기어나오는 것도 아니고, 눈이 내리는 가운데 천천히 20초 정도 세었을 뿐이다.

끝난다고 뭔가 일어나는 것도 아니다.

뭐가 뭔지 모르지만, 나는 서둘러 그 자리를 뜰 뿐이다.

참고로 여기서 일부러 남아 있다간 큰일이 일어난다.

아니, 나도 S급 모험가니까 이 구멍이 어떤 마물의 둥지인지는 알고 있다.

스노우 벅이라고, 커다란 사슴 같은 야수가 어렸을 때에 쓰는 장소다. 겨울 동안에 이 안에서 지내고 봄이 되면 나온다.

왜 이런 굴 안에 있는가 하면, 바로 천적에게서 몸을 지키기 위해서다.

천적이란 다른 육식동물이나 마물이다.

그리고 이 숲에 사는 스노우 벅의 천적은 아이스크로 타이거다.

눈을 헤치고 다니며 사냥감을 쫓다가, 방심했을 때 습격한다.

솔직히 말해서 전혀 몰랐지만, 아마도 나는 아이스크로 타이거에게 찍혀 있었던 거겠지.

하지만 여기에는 나보다 습격하기 쉽고 맛난 사냥감이 존재한다.

가련한 스노우 벅 새끼의 명복을 빌자.

뭐, 미래를 안다는 건 그런 것이지.

위험은 있어도 죽지는 않는다. 예상 밖의 일은 일어나지 않고, 살짝 다치기는 해도 반드시 목적을 수행할 수 있다.

그런 느낌으로 나는 숲을 나아갔다.

숲을 빠져나가자 협곡이 나왔다.

협곡에는 차가운 바람이 불었고, 암벽에는 얼음이 달라붙어 있었다. 계곡 밑에 흐르는 강에는 얼음덩어리가 떠 있었다.

"우욱⋯."

춥다고 할 정도가 아니다. 얼른 돌아가고 싶어.

그런 기분을 누르면서 얼음이 달라붙은 계곡을 곁눈으로 보면서 한나절 정도 걸었다.

그러자 아래쪽으로 내려가는 길이 보였다.

아래로 내려가서 협곡을 거슬러 올라가자, 그 녀석이 있었다.

커다란 바위에 등을 기대고 검을 껴안은 모습으로 앉아 있었다.

그의 앞에는 화톳불이 있고, 꼬치에 꿴 고깃덩어리가 지글지글 소리를 내며 구워지고 있었다.

무슨 고기일까.

설명을 듣지 않아도 알 수 있었다.

왜냐면 남자와 화톳불 뒤에는 사체가 하나 나뒹굴고 있었으니까.

그건 커다란 발톱과 이빨을 가졌고, 눈처럼 새하얀 비늘로 뒤덮여 있었다.

S랭크의 마물, 스노우 드래곤이다.

원래는 A랭크의 마물인 화이트 드레이크의 돌연변이로, 화이트 드레이크의 두 배 이상의 체격을 갖고, 입에서 얼음 브레스를 내뿜고 고도의 물 마술을 다룬다. 날개는 날기 위해서가 아니라 점프하기 위해서 있고, 그 굵은 다리로 협곡을 넘나들며 사냥감을 노린다.

분류상은 드래곤이 아니지만, 일반적인 화이트 드레이크보다 드래곤에 가까운 것과 애초에 드래곤과 동등한 힘을 가졌으니까 스노우 드래곤이라고 명명되었다.

어지간해선 볼 수 없는 마물이고, 화이트 드레이크 무리를 습격하여 잡아먹는 폭군이다. 혼자서 사냥할 수 있는 마물도 아니다.

하지만 그걸 혼자서 쓰러뜨린 거겠지.

어떻게? 라는 의문도 품지 않았다. 왜냐면 그걸 해낼 수 있는 남자니까.

나는 그런 남자의 앞에 서려고 했다.

어느 선을 넘자 등골이 오싹하고 떨렸다.

살기다.

여기서부터는 내 영역이다. 다가올 거면 각오해라. 그렇게 말하는 것이다.

나는 뻣뻣하게 굳으려는 입가를 다스려서 필사적으로 웃음을 지었다. 두려움을 숨기고 자신감으로 가득하게 보이는 미소.

그런 미소를 지으면서 나는 남자의 앞에 섰다.

나 같은 게 내려다봐도 되는 상대가 아니라고 생각하지만, 상대가 앉아 있으니까 어쩔 수 없지.

"너는 뭐냐?"

그 말은 아주 차분한 목소리였다.

위협도 아니라, 겁주는 것도 아니라, 그저 갑작스럽게 나타난 내 이름을 담담히 묻듯이.

"나는 기스다."

그러니까 그렇게 대답했는데,

"이름을 묻는 게 아냐."

아무래도 아니었던 모양이다.

그럼 뭘 말해야 할까. 나도 하고 싶은 말은 산더미만큼 있다.

하지만 나는 일단 묵묵히 남자의 앞에 서기로 했다.

이런 남자는 말이 많은 것을 싫어한다. 백 마디 말보다 설득력 있는 것을 가지고 있기 때문이다.

참고로 그것은 세간에서 '폭력'이라고 부른다. 내가 가지지 않은 것이지.

이 녀석이 가진 폭력은 그중에서도 특별히 최고급의 것이다. 신뢰할 만한, 세계에서도 손꼽히는 레벨. 배신하지 않는 힘이다.

다만 이 자리에서 폭력은 필요 없다. 나는 그런 힘이 없고.

침묵이면 된다.

"영문 모를 일뿐이다."

거봐. 내가 입을 다물고 있으니 남자는 멋대로 떠들기 시작했다.

"저번에 꿈을 꾸었다. 인신이라는 녀석이 나와서, 협력해 달라고 하더군. 자기 말을 들으면 내 소원이 이루어진다고. 증거를 보이겠다면서 이 위치를 가르쳐 주었다. 그랬더니 이 녀석이 있었다."

남자는 엄지로 뒤에 있는 스노우 드래곤의 시체를 가리켰다.

어이어이, 인신님, 난 그런 소리 못 들었어. 그런 식으로 불러낸 거냐.

나도 불러내서 나와봤더니 이런 게 있으면 함정에 빠졌다고 생각할 거라고.

"스노우 드래곤은 분명히 내가 젊었을 때 만나서 목숨만 간신히 건져 도망쳤던 상대다. 언젠가 죽이겠다고 생각했는데, 어느 틈에 잊었던 상대이기도 하다. 설마 이런 곳에 있었다니."

어라라, 그런 건가.

그렇군. 인신은 이런 쪽으로 제법이지. 상대가 원하는 바를 들어주는 건가.

아무튼 덫에 빠졌다고 생각하지 않는 모양이다. 스노우 드래곤에게 빚을 갚았고.

아니, 대단하기도 하지.

"그리고 죽였더니 네가 왔다."

남자는 계속해서 나를 가리켰다.

"원숭이… 너, 기스라고 했나?"

그제야 간신히 나를 보았다.

처음으로 이 남자의 얼굴을 보았다.

남자는 그리 강해보이는 얼굴을 하고 있지 않았다. 사시사철 남의 안색을 엿보는 나는 얼굴만 봐도 그 녀석이 강한지 약한지 어느 정도 안다.

그렇다고 해도 딱히 억세다든가 하는 판단 기준은 아냐.

표정이다.

강한 녀석은 대개 긍정적인 얼굴을 한다. 일상적으로 노력했고, 그걸 고생이라고 생각하지 않아. 당연하다고 생각한다. 자기평가가 뚜렷하고 흔들림이 적다. 그러니까 이상하게 허세를 부리지 않는다.

남자는 허세를 부리지 않았지만, 아무래도 흔들림이 있었다.

계속 믿고 있던 자기평가를 누군가가 박살내어서, 피로와 초조함이 뒤섞인 채로 어째야 좋을지 모른다는 얼굴이었다.

그도 그렇겠지.

왜냐면 이 녀석은 졌다. 절대로 질 리가 없는, 지더라도 더 나중의 일이라고 생각했던 상대에게 완벽할 정도로 박살났다.

그 탓에 지금까지의 자기 언동이나 신념이 흔들려서, 뭐가 뭔지 알 수 없게 되었다.

자신감도 사라졌다.

말하자면 패배자다.

잘 알아, 나도 그런 녀석을 몇 명이나 봐왔으니까. 너만큼 실력 뛰어난 녀석은 아니지만, 그래도 충분히 실력 있는 녀석들이 콧대 세우다가 그게 꺾여서 몰락하는 모습은 잊으려야 잊을 수가 없지.

그렇지만 아무리 몰락하더라도 실력이 사라지는 건 아니지.

이 남자는 틀림없이 달인이고, 유용성은 의심할 바가 없다.

"설명해라."

그 말에 나는 간신히 입을 열었다.

하고 싶은 말은 얼마든지 있었고, 이 녀석의 프로필을 듣고 여러 말을 생각했다.

그러니까 이제까지 침묵했다.

이런 타입은 나처럼 입만 산 녀석이 갑자기 줄줄 떠들기 시작하면, 경련이라도 일어난 것처럼 화를 내기 시작하니까.

평소에는 전혀 안 쓰는 작은 머리로 생각하고, '영문은 모르지만 아무튼 이야기를 들어볼 수밖에 없는 모양이다'라는 단

계까지 잠자코 있어야 어떻게든 굴러간다.

이야기를 한다는 것은 상대에게 말을 전하는 작업이다.

"일단 그렇군…. 나는 인신의 대리다."

"대리라고?"

아, 대리라는 말의 의미도 모르나. 배움이 부족한 녀석은 싫은데.

뭐, 나도 학교에 간 적은 없지만.

"인신은 너의 소원을 이루어준다. 그 대신 하고 싶은 것이 있어서 사람을 모으고 있지. 나는 말하자면, 그렇게 모은 녀석들의 진두지휘를 명받은 부하란 소리야."

"흥, 소원이라…. 너희는 내 소원이 뭔지 아나?"

남자는 거기서 허리춤의 칼자루를 쓰다듬었다.

오오, 무섭네.

그냥 쓰다듬었을 뿐이지만, 마음만 먹으면 내가 눈도 깜빡이기 전에 검을 뽑아서 내 목과 몸이 작별할 수 있다. 아니면 왼쪽 눈과 오른쪽 눈이 작별할지도 모르지만.

아무튼 이 녀석은 언외의 말로 이렇게 말한 것이다.

헛소리 지껄이면 죽인다.

여기서 대답을 잘못하면 나는 죽는다.

하지만 나는 이 남자의 소원을 알고 있다. 사전에 인신에게서 이 녀석이 어떻게 패배자 같은 몰골로 이런 곳에 틀어박혀 있는지를 들었다.

그렇긴 해도 혹시 그게 틀렸다면… 그런 생각이 자꾸만 들었다.

부탁한다고, 인신님.

여기서 죽으면 아무리 나라도 웃을 수가 없어.

"용신 올스테드."

그 자리의 온도가 순식간에 내려간 기분이었다.

하지만 그걸 느낄 수 있다는 소리는 이 대답이 정답이었다는 뜻이다. 한기를 느낄 수 없다면 나는 이미 죽었을 테니까.

자, 여기서부터는 내 차례다. 절대로 맞출 수 없는 정답이 나오는 바람에 머리가 멍해진 상대에게 머리를 쓸 틈을 주지 않고 떠들었다.

"네 소원은 용신 올스테드를 쓰러뜨리는 것. 과거에 패배했고, 최강을 목표로 계속 수행해서 어떠한 도달점에 도착했지만, 어느 틈에 족쇄를 차게 되어서 도전도 생각할 수 없게 된 목표이자 최강의 적."

"인신의 목적도 올스테드다. 다만 인신은 올스테드를 죽이고 싶은 거지, 쓰러뜨리고 싶은 게 아냐. 어떤 수단을 써서라도 말이지."

"너는 그 수단이다. 미안하게도 너 혼자선 못 이기니까 이미 몇 명에게 말을 붙여놨지만."

"어이, 그렇게 무서운 얼굴 하지 마. 틀린 말 했어? 너도 알고 있잖아? 너 혼자서는 올스테드에게 못 이긴다는 것을."

"하지만 그래도 너는 도전하고 싶을 거야. 계속 그러고 싶다고 생각했을 거야. 안 그러면 오랫동안 살던 집을 뛰쳐나오고, 오랫동안 매달려왔던 것을 버리고, 가족마저도 버리고, 방랑 생활을 하지 않을 테니까. 너 정도 실력이면 아슬라 왕국이든 왕룡 왕국이든, 마음대로 골라잡아서 임관할 수 있었을걸. 가고 싶은 곳에 가면 돼. 아니야? 응?"

"내가 주려는 것은 올스테드에게 도전할 권리다. 네가 이대로 평생 떠돌아다녀도 올스테드와 만날 수 없을지 몰라. 도전해도 허무하게 깨질지 몰라. 하지만 나라면 최고의 무대를 준비해 줄 수 있어. 올스테드가 도망칠 수 없는 상황에서 너와 싸우도록 상황을 만들어 줄 수 있어."

"어이, 알아. 안다고. 너는 이렇게 말하고 싶은 거지? 나한테는 도전할 자격이 없다."

"분명히 너는 올스테드에게 패배했을 때 결의했을 거야. 두 번 다시 지지 않는다. 올스테드에게도, 다른 녀석에게도 절대로 지지 않는다. 실제로 너는 극히 최근까지 지지 않았어. 이놈이고 저놈이고 다 죽였지."

"분명히 너는 패했어. 두 번째 패배를 맛보았어. 결의했을 텐데도, 쉽게, 네가 평소에 일축했던 피라미처럼. 그러니까 패배자처럼 이런 곳을 터덜터덜 방황하는 거야. 올스테드를 찾는 것도 아니고, 그냥 방황하는 거지. 알아. 스스로에게 자격이 없다고 생각하는 거지? 한 번이라도 패했으니 올스테드에게 도전할 자격이 없다고."

남자의 눈빛이 예리해졌다.

하지만 아직 검은 날아오지 않았다.

대신 날아온 것은 말이었다.

"…아니다."

"아하, 아니다! 그래, 아니지! 분명히 아냐!"

이야기는 통한다. 말은 닿는다.

그러니까 이 녀석은 대답을 하고, 칼을 휘두르지 않고 말을 한다.

"자격이 없다고? 웃기는 소리! 네게는 자격이 있어. 누구한테든 자격이 있어. 그도 그렇잖아? 왜 넘버 2가 아니면 넘버 1에게 도전할 수 없다는 거지? 다른 녀석들에게 졌다고 해서 올스테드에게 도전해선 안 되는 거야? 누가 그걸 정했는데? 아무도 안 정했잖아. 그렇게 생각하면 너는 누구보다도 자격이 있어. 올스테드에게 도전하려고 계속 노력해 왔으니까!"

남자의 눈동자에 그림자가 보였다.

망설이고 있다. 조금만 더 하면 된다.

"너는 도전해야 해. 이길 것 같든, 질 것 같든, 힘이 부족하든, 몸이 안 좋든 관계없어. 오히려 더 좋은 거 아닌가? 오랫동안 너를 속박했던 족쇄가 풀렸어. 아무런 근심 없이 도전하면 되잖아."

"그 결과 꼴사납게 패할지도 모르지만, 그게 어쨌다고. 이대로 딱히 어디로 가는 것도 아닌 채로 방황하다가, 나이를 먹고 쇠약해져서 객사하는 게 좋아? 너는 그런 녀석이 아니잖아?"

"뭘 망설이지? 내 손을 잡아. 그리고 올스테드에게 도전하는 거야. 어때?"

나는 그렇게 말하고 손을 내밀었다.

"……."

남자는 표정이 어두워지고, 망설이고, 고민하고, 날카로운 눈으로 이쪽을 바라보았다.

말이 조금 많았던 걸지도 모른다.

단숨에 정보를 주고 방향성을 정한 상태로 상대에게 생각할 기회를 주는 것은 상책이다.

하지만 이 경우에 정보를 너무 많이 주면 괜히 머리가 정지한다. 맞장구 레벨의 대답을 했으니까 괜찮으리라고 생각하지만, 생각 외로 머리가 멎은 걸지도 모른다. 그런 녀석으로 보이지 않지만, 아무래도 경우가 경우니까.

그렇긴 해도 반대로 대화하면서 생각을 유도하려고 해도 안 된다. 중간부터 귀찮아져서 이야기를 듣지 않게 된다.

단숨에 정보를 주어 방향성을 결정하는 것이다.

결론은 처음부터 이 녀석의 안에 있다. 결론을 방해하는 것도 이 녀석의 안에 있다. 그럼 변명을 주면 된다.

그 다음에는 멋대로 자기 좋을 대로 생각한다.

그런 것이라고 생각한다.

나보다도 훨씬 머리 좋은 녀석이라면 더 냉정하게 생각하게 할 수 있을지도 모르지만, 이 녀석의 경우는 다르겠고.

"······."

남자는 한동안 침묵했다.

여기서는 조용히 있어야지.

스노우 드래곤의 둥지인 이 협곡에는 다른 마물이 일절 존재하지 않는다.

바람도 없고, 얼어붙은 물에서는 물소리도 들리지 않는다.

그저 고기를 굽는 지글지글 소리만이 시간의 경과를 알려주었다.

남자는 조용했다.

미동도 하지 않았다. 죽은 게 아닐까 싶을 정도였다. 마치 여기에 없는 것처럼, 기척을 지운 것처럼 느껴졌다.

조용함을 느끼자 나는 두려워졌다.

조용하다는 것은 나 혼자밖에 없다는 소리다. 나는 혼자서는 아무것도 못 한다. 여기에 마물 한 마리가 어딘가에서 섞여 든다면 나는 죽겠지.

뭐, 다소 저항은 하겠지민, 도망칠 수 있다고 장담할 만큼 스스로에게 자신이 없다.

그러니까 나는….

"나는 누군가의 부하가 되어 일하는 건 사양이다. 쓰레기처럼 몰락하더라도."

남자는 문득 그렇게 말했다.

내 손을 잡지 않았다. 뿐만 아니라 허리춤의 검에 손을 댔다.

식은땀이 흘렀다. 이런, 도망쳐! 라고 내 모든 세포가 외쳤다.

하지만 내 뇌세포는 도망치지 말라고 저항했다. 도망쳐도 헛수고인 걸 알고 있었다.

이 남자는 내가 눈도 깜빡이기 전에 나를 여덟 토막 낼 수 있다.

내 사체는 눈에 덮이고, 봄이 되어 기어나온 벌레들이 파먹을 때까지 계속 여기 남겠지.

하지만 베이지 않았다.

질질 시간이나 끌 남자가 아니다. 베려고 하면 단숨이다. 왜…?

그렇게 생각했을 때 남자가 조용히 물었다.

"어이, 원숭이. 너는 왜 이런 짓을 하지?"

마치 그 질문은 마지막 유언을 들어주겠다는 듯하였다.

"내 앞에 나와서 적당히 줄줄 읊어댄 끝에 목이 날아가는 꼴 사나운 죽음을 맞는다. 그런 가능성을 생각하지 않았나?"

생각했지.

지금도 죽을 정도로 생각했다.

격노한 녀석의 앞에 설 때마다, 필사적으로 머리를 굴리고, 비명이 나오려는 것을 꾹 참고, 말로 어떻게든 달랬다.

반대로 묻고 싶은데 말이지. 내가 이제까지 너 같은 녀석의 성미를 건드리지 않기 위해 얼마나 고심했는지 알아? 라고.

"너는 어떤 소원을 이루려는 거지? 너를 움직이는 이유는 뭐냐?"

"이유…?"

설마 그런 걸 물을지는 몰랐다.

하지만 분명히 그렇군, 옆에서 보자면 이상할 거야.

"그야 나는 인신님의 경건한…."

"신앙을 위해서란 헛소리는 치워라."

살기가 내 몸을 훑었다.

사정없이 다리가 떨리고 목이 경련했다.

지금까지 나를 향하던 살기는 다 무엇이었을까 싶을 정도로 강력한 살기. 나는 이미 죽었구나 하는 착각마저 들었다.

"경건한 신자란 놈은 나도 본 적 있다. 미리스 교도기사단 놈들이지. 정말로 신을 위해서라면 뭐든지 하는, 기개 있는 놈들이었다. 네게서는 그런 기개가 느껴지지 않는다."

오호, 그런 놈들과 똑같이 보면 곤란하지.

미리스 교도기사단이라면 진싸배기 맹신자잖아.

하지만, 그래. 올스테드에게 도전한다는 것은 그런 건가.

분명히 듣고 보면 그렇지. 칠대열강 제2위. 이 남자가 인생을 걸고 쓰러뜨리려던 상대니까.

나로서는 싸우는 상대는 어디까지나 선배지만….

뭐, 그것도 나에게는 똑같은가.

절대로 당할 수 없는 상대, 손이 미치지 않는 상대, 그런 것에 왜 목숨을 걸면서까지 싸워야만 하냐고 묻는 것이다.

가벼운 이유라면 따를 마음이 들지 않겠지.

하지만 그래.

왜일까.

나는 왜 인신의 부탁을 들어주려는 걸까….

"……."

이번에는 내가 침묵할 차례였다.

이렇게 성급한 녀석 앞에서 입 다물고 서 있는 것은 자살행위나 다름없다.

하지만 신기하게도 이 남자는 기다려 주었다. 아무리 성급한 녀석이라도 정점에 도달하면 조금은 기다릴 수도 있나.

…….

또다시 침묵이 자리를 지배했다.

문득 떠오른 것은 예전의 일이었다. 꽤나 오래 전의 일.

태어나서 모험가가 되고, 인신을 만나기 전까지의 일.

나는 마대륙 남쪽에 있는 작은 마을에서 태어났다. 촌장의 아들로, 5형제중 셋째. 적어도 마을사람의 평균적인 생활과 비교하면 부자유스러울 것 없이 지냈다고 할 수 있다.

다만 당시의 나는 자유롭지 않았다.

부자유 그 자체였다.

태어났을 때부터 약혼녀가 정해져 있었고, 장래에 해야 할 일도 정해져 있었다.

촌장의 아들은 정해진 인생을 걷는 것이 일이었다. 그 일만 하면 다른 일은 하나도 하지 않아도 문제없었다.

내게 주어진 일은 기록이었다. 마을에서 수확한 작물이나 사냥감, 그것들과 교환한 외부의 수입품, 교역품, 마을 전체에 있는 물품의 숫자를 헤아리고 어딘가에 적어서 알기 쉽게 정리해둔다.

그것뿐이다.

중요한 일이냐고 묻는다면, 그야 물론 중요하겠지.

지금의 나는 물품 정리가 덜 된 상점이나 돈 씀씀이가 엉망인 모험가들을 보았으니까 그게 얼마나 중요한지 안다.

하지만 당시의 기스는 생각했다. 재미없다고.

나는 더 많은 것을 할 수 있다. 검도 마술도 배울 기회만 있으면 금방 달인이 될 수 있고, 그렇지 않더라도 어느 나라에 임관하면 역사에 이름이 남길 만한 큰일을 해낼 수 있다.

그렇게 호언했다가 아버지에게 얻어맞았다.

"주제를 알아라."

그것이 아버지의 입버릇이었다.

지금 와서 생각하면 아버지의 그 말은 나라는 남자의 본질을 꿰뚫어보고서 한 말이었겠지. 이 아이에게는 어떤 재능이 있고, 어떤 길 할 수 있는가. 부모의 눈으로는 왠지 모르게 안 걸지도 모른다.

물론 나는 몰랐다.

주제 따윈 알 리가 없었다. 알 기회도 없었으니까.

그러니까 뛰쳐나왔다. 일을 내팽개치고 집을 뛰쳐나와서, 마을과 교역하던 상인의 마차에 숨어타고 마을을 빠져나와, 가족도 약혼녀도 전부 다 버리고 근처에서 제일 큰 도시로 도망쳤다.

내 전설은 이제부터 시작된다.

그때는 그렇게 믿어 의심치 않았다.

하지만 현실은 금방 드러났다.

검술과 마술은 괴멸적. 평범한 레벨도 안 되었다.

그 이외의 것은 남들만큼 할 수 있었다. 하지만 결코 드러날 정도는 아니었다.

하지만 필사적으로 연습해서 남들보다 조금 나은 정도. 달인에게는 아득히 미치지 못한다.

나는 여러 분야에서 재능을 찾으려고 했다.

하지만 틀렸다. 평범의 레벨에서 도저히 빠져나갈 수 없었다.

평범. 어디를 어떻게 봐도 평범.

그래도 어떻게든 모험가로 활동하려고 했다.

꿈이 있었다. 모든 것을 버렸다. 포기하고 어슬렁어슬렁 마을로 돌아갈 수는 없었다.

많은 기술을 익혀 보자고 생각할 만큼 재주가 있었기 때문일까, F랭크 의뢰는 처리할 수 있었다. 모험가가 혼자서 추위에 떨며 간신히 생활할 정도는 되었다.

하지만 만족할 수 없었다.

F랭크 모험가의 의뢰는 말하자면 잡일이다.

도시의 잡일꾼. 해결사.

마을에 있을 때랑 뭐가 다르지? 나는 이런 걸 하고 싶었던 게 아냐.

나는 피가 끓고 살이 튀는 모험이나 듣는 이가 모두 몸을 떠는 위업을 달성하고 싶었다.

그게 내 꿈이었다.

그러니까 나는 꿈을 이루려고 했다. 조악한 검을 쥐고 중고 장비를 입고, 필사적으로 동료를 모아서 도시 밖에 나가 채취나 토벌 의뢰를 받으려고 했다.

틀렸다.

전멸했다.

마대륙에서 태반의 초심자 파티가 그렇듯이, 우리 또한 쉽게 마물에게 유린당했다.

내가 살아남은 것은 직전에 본 꿈 덕분이었다.

그저 하얀 바닥이 이어질 뿐이지 아무것도 없는 공간에서,

얼굴을 판별할 수 없는 남자에게 신탁을 받았다.

혹시 이런 상황이 온다면 이렇게 하면 된다.

그렇게 느슨한 느낌이라서 단순한 꿈이라고 생각했다.

물론 그 녀석의 말과 같은 상황에 빠질 거라고는 꿈에도 생각하지 않았다.

그리고 당연하듯이 사태가 악화되었다.

동료의 목이 눈앞에서 날아가고, 혼자 남아서 도망갈 곳을 잃고 눈물과 콧물과 침을 흘리면서 취한 행동은 수수께끼의 남자에게서 받은 신탁에 따르는 것. 물에 빠진 자는 지푸라기라도 잡는다.

나는 살아남았다.

그리고 그날부터 기스는 인신의 사도가 되었다.

인신의 사도로서의 생활은 나에게 천국이라고 할 수 있었다.

인신은 검술이나 마술을 가르쳐 주거나 마안 같은 힘을 주지 않았지만, 대신 미래를 가르쳐 주었다.

나는 그 '미래'를 사용해서 기어올라갔다.

원래 나 같은 녀석이 도저히 해결할 수 없는 문제를 간단히 풀고, 대단한 녀석들의 눈에 들어서 동료가 될 수 있었다.

'미래'를 사용해서 대단한 녀석들을 돕고 신뢰를 얻게 되었다.

그 녀석들과 피가 끓고 살이 튀는 모험에 나섰다.

매일이 즐거웠다.

"거봐, 내 말대로 됐지? 나는 싸움 말고는 뭐든지 할 수 있어."

그렇게 자랑스럽게 말하는 것만으로도 나는 만족했다.

내가 일류급 존재가 된 듯한 기분이 들었다.

뭐든 할 수 있는 존재가 된 듯하였다.

대단한 녀석들이 나를 동등한 존재로 인정해 주었다. 그것만으로도 좋았다.

주위의 어중이떠중이가, 나를 대단한 녀석들과 동급으로 봐주는 것만으로도 만족했다.

고향이 멸망한 뒤, '검은 늑대의 이빨'에 들어간 뒤로는 인신이 미래를 가르쳐 주는 기회가 줄어들었지만, 그런 걸 가르쳐 주지 않아도 괜찮았다. 파울로에게 휘둘리는 나날은 즐거웠고.

뭐, 그래도 가끔씩 인신이 나와서 도와준 적은 몇 번 있었다.

나에게 인신의 조언이란 인생의 일부였다.

이것 덕분에 나는 일류 모험가가 될 수 있었다.

하지만 어딘가 공허한 기분은 있었다.

검은 늑대의 이빨이 해산하고 혼자서 전전하던 때, 특히나 그런 기분이 강해졌다.

스스로의 힘으로 뭔가 해낸 게 아니다. 그런 구린 기분이 마음속 어딘가에 항상 있었다.

싸움이라도 강하면 자신감이라도 있겠는데, 실력이 전혀 없었다.

미래를 모르면 센 녀석들, 대단한 녀석들의 뒤에 붙어서 그 녀석들이 서투른 분야를 메워줄 뿐인 존재.

거짓으로 점철된 허영의 모험가.

금붕어 똥이라는 말이 잘 어울리는 잔재주와 입만 산 인생.

무엇 하나, 어느 것 하나도 일류라고 할 수 없는 존재.

이대로 괜찮은 걸까?

결국 나는 뭘 하고 싶었지? 어떻게 되고 싶었지?

그런 생각은 마음 속 구석에 항상 존재했다.

"…너는 모를지도 모르지만. 내 인생은 언제나 분명한 게 없었어."

입에서 나온 것은 솔직한 말이었다.

설득도 뭣도 아니다. 단순히 내 마음을 비추는 말이었다.

"남의 힘을 빌려서 거짓말이나 하고, 남에게 빌붙어서 세 치 혀만으로 부스러기나 주워먹을 뿐이지, 내가 주체가 되어서 뭔가 이룬 적이 없었어."

나는 내 목적이란 것을 갖지 않았다.

꿈은 있었다. 대단한 모험을 하고 싶다, 역사에 이름을 남길 만한 위인이 되고 싶다. 아니, 그렇게까지 되지 않아도 좋다. 역사 따윈 아무래도 좋다.

나는 뭐랄까, 그래. 대단한 녀석이 되고 싶었다.

모험은 했다. 하지만 그래도 동료들의 앞에 서서 뭔가 한 게 아니다.

내가 가고 싶은 곳에 모두를 이끌고 간 적은 없었다.

마음속으로는 알고 있었겠지. 결국 이건 거짓된 힘이고, 이런 것을 써서 뭔가를 목표로 하더라도 의미 따위 없다고. 인신의 기분에 따라서는 언제든 모든 것을 잃을 수 있다고.

그러니까 나는 아무것도 목표로 삼지 않는다. 뭔가를 목표로 하면 반드시 나쁜 일이 일어나고, 손은 닿지 않는다.

그냥 재미있고 웃기게 살며, 언제든지 요령 좋게 행동한다.

그러면 다 잘 돌아간다.

징크스다.

그렇게 생각했다.

…하지만 지금은 조금 다르다.

인신은 내게 도움을 청해 왔다. 그 절대적인 신이 나에게까지 부탁하고 들었다.

내 힘이 필요하다. 아무것도 못하는 쓰레기라고 생각했던 나의 힘이.

즉, 이 싸움에서 이기면 내가 대단하다고 증명할 수 있지 않을까.

남의 안색만 살피고 거짓에 거짓을 덧칠하면서, 자기 혼자서는 아무것도 못하는 내가, 내가 동경하던 강자가 될 수 있다는 게 아닐까.

"그러니까, 뭐라고 할까."

하지만 이건 목숨을 걸 만한 이유일까.

내 마음은 아니라고 대답했다. 그런 건 아무래도 좋다고.

그런 건 이미 예전에 답이 나왔고 납득도 했다고.

알고 있다. 나는 대단한 녀석이 아냐. 검도 마술도 못한다. 남들보다 잡일을 조금 더 잘하지만, 뭔가 달인이 될 수 있는 것도 아니다. 아무리 잘나 봐야 잔재주만 많을 뿐인 한낱 원숭이 닮은 피라미에 불과하다.

하지만, 하지만….

"이대로 끝낼 수는 없어."

나는 거기서 입을 다물었다.

너무나도 납득이 가는 스스로의 말에 놀랐다.

그래, 나는 그랬던 건가. 그렇게 생각했나.

나는 내 나름대로 인생을 즐기며 살았다고 생각했고, 이대로 재미있게 살다가 언젠가 길바닥에서 죽어도 좋다고 생각했는데, 사실은 그게 아니었다.

"이대로 끝낼 수는 없다…란 말이지."

남자는 검에서 손을 뗐다.

긴장이 풀렸는지 표정에서도 험악함이 사라졌다.

"흥, 그렇군. 바로 그거야."

별로 생각 없이 했던 말이었지만, 생각해 보니 이 남자의 현황과도 맞는 바가 있었나.

이대로 끝낼 수는 없다.

나도, 이 남자도.

"좋아."

남자는 계속 내뻗고 있던 내 손을 잡았다.

"네 부하가 되어 주지."

사납게 씨익 웃으며 남자는 말했다.

너무나도 쉽게 나온 수긍에 김이 빠질 정도로.

하지만 분명히 나는 이 남자를 설득했다. 세계 최고봉, 인간 중에서 이 녀석을 모르는 사람은 없다고 하는 강력한 검사를.

"그래서 뭘 하면 되지? 네 호위라도 하면 되나?"

"아니…."

입가에 미소가 나오려는 것을 필사적으로 참았다.

억누르지 않아도 되겠지만 왠지 참았다.

이럴 때에 히죽대면 안 되지. 히죽대는 낯짝에서는 사람들이 멀어진다. 징크스다.

"일단 이 장소로 이동해 줘. 그 뒤의 일은 차차 전하지. 그리고 나를 보더라도 아는 척 말을 걸지 마. 은밀히 행동하는 거야."

나는 지도 한 장을 남자에게 건넸다.

결전의 장소는 이미 정해 두었다. 나는 이 녀석들의 권유 이외에도 거기서 사전준비를 하고 있었다.

패할 생각은 없으니까, 신중하게, 시간을 들여서, 확실하게.

"알았다. 하지만 미리 말해 두는데, 나는 연기가 서투르다. 들키기 싫으면 내 시야에 들어오지 마."

남자는 그걸 받더니, 그런 말을 남기고 성큼성큼 걸어갔다.

이제 나 같은 건 모른다. 존재하지 않는다고 말하듯이.

좋아. 역시나 검 하나로 살아온 무인인지. 쓸데없는 짓은 하지 않고, 쓸데없는 대화도 하지 않는다.

그저 이렇게 하겠다고 정한 것만을 한다.

말로 써먹기 편한 건 아니지만, 아주 강력하다.

그런 남자가 내 부하…라.

"……."

나는 남자의 뒷모습이 보이지 않게 될 때까지 지켜보았다.

그리고 보이지 않게 되자,

"좋았어!"

주먹을 하늘로 내뻗었다.

생각해 보면 첫 번째는 간단했다.

두말할 나위 없이 으리으리한 간판을 가진 거물로, 나 같은 것은 눈앞에 서는 것도 허락하지 않겠다는 오라를 띠고 있었지만, 대화만으로 알아서 납득하고 동료로 들어왔다.

타이밍 같은 것도 있었겠지.

내가 생각하고 고민해서, 하지만 결코 설득하기 위해 한 게 아닌 말에 우연히도 그 녀석의 심정이 들어맞았다. 침울해지고

고민할 때에 크리티컬한 권유가 들리면 누구든 마음을 연다.

그것뿐이라고 하자면 그것뿐이겠지.

나는 잘 해냈다. 우연도 있었지만 설득해 냈다.

하지만 인신님.

나는 그 남자와의 대화 이후로 생각하곤 해.

우리는 뭔가 잘못하는 게 아닐까…라고.

이대로 가다간 어디서 괜한 함정에 빠지지 않을까…라고.

어이, 인신님.

너는 알겠어?

21권 끝

무직전생

이세계에 갔으면
최선을 다한다

무직전생 ~ 이세계에 갔으면 최선을 다한다 ~ 21

2019년 12월 10일 초판 발행
2024년 3월 10일 4쇄 발행

저자	리후진 나 마고노테
일러스트	시로타카
옮긴이	한신남

발행인	정동훈
편집인	여영아
편집 팀장	황정아 김은실
편집	노혜림

발행처	(주)학산문화사
등록	1995년 7월 1일
등록번호	제3-632호
주소	서울특별시 동작구 상도로 282 학산빌딩
편집부	02-828-8838
영업부	02-828-8986

ISBN 979-11-348-1459-5 04830
ISBN 979-11-256-0603-1 (세트)

값 9,000원